KB186301

이인좌의 봄

이인좌의 봄

안휘 장편역사소설

인문서원

'무신혁명(戊申革命)'을 아십니까?

"나는 반란을 일으킨 적이 없소. 전대미문의 패륜 군주를 처단하고 국운을 바로잡기 위해 봉기한 녹림당의 대원수일 따름이오."

지금으로부터 290여 년 전 어느 봄날, 봉두난발의 한 사나이가 쇠사슬에 묶여 한양 한복판 군기시(軍器寺. 현재 서울시청 자리) 앞으로 끌려 나왔다. 사나이는 임금과 대소신료들, 그리고 백성들이 지켜보는 가운데 몸이 여섯 토막으로 찢기는 능지처사(陵遲處死)를 당했다. 1728년(영조 4년) 3월, 조선 땅에 뜨거운 바람을 일으킨 이 사나이의 이름은 이인좌였다.

이인좌가 이끄는 호서군이 청주성을 함락시키면서 시작된 무신 봉기는 영남 지방을 중심으로 들불처럼 번진다. 동계 정온 선생의 4대손인 정희량은 이인좌의 동생 이능좌와 더불어 고현창(거창군 위천면)에서 군사를 일으켜 안음현과 거창현 두 지역을 단숨에 장악했다. 이어서 합천에 거주하는 정희량의 인척인 조성좌 일족의 도움으로 한때 합천·함양 등 4개 군현까지 석권하였다.

무신봉기는 우리 역사에서 결코 소홀히 다루어서는 안 될 중요한 사건이었다. 부농층·중소상인과 하층민이 중세 봉건 신분 사회를 해체하는 데 주도세력으로 부상하게 되는 변혁 운동의 '필연적 통과점'이었다는 관점에 동의한다. 무신혁명은 조선 후기 정치·사회 체제 및 권력 구조의 내부 모순의 결과로 나타난 민중 동원을 통한 가장 큰 규모의 권력투쟁이면서 의리와 명분의 분출이었음이 분명하다.

역사는 이 사건을 '이인좌의 난(亂)' 또는 '무신란(戊申亂)'이라 기록하고 있다. 이름만 대면 알 만한 명신 대작 후손들이 대거 참여한 이 사건을, 전국적으로 20만 명의 민중이 가담한 이 거사를 '난'이라고 부르는 일은 과연 합당한가. 이인좌를 한낱 '역적'이라고만 일컫는 일에 대한 깊은 의문이 이 소설을 쓰게 만들었다.

우리가 알고 있는 역사는 철저하게 승자(勝者)의 기록이다. 이긴 자들은 패자(敗者)의 삶을 잔인하게 말살하고, 그 흔적마저 무자비하게 훼손해왔음이 자명하다. 그래서 우리가 알고 있는 역사는 대개가 진실의 그림자에 지나지 않는다는 말은 참이다.

현미경을 들고 증거를 찾아내어 논증하는 일이 역사가의 몫이라면 상상력을 도구로 진실에 한 발짝이라도 더 다가가려고 애쓰는 것은 예술가의 몫이다. 그런 예술가들의 노력이야말로 역사를 다면적으로 들여다보고 추리하고 사색하여 인문학적 지능을 넓혀가는 가치 있는 작업의 일환임을 확신한다.

독자의 입장에서 무리해 보이는 설정이 없지 않을 것이다. 전문가들의 눈에 부실해 보이는 대목도 적지 않을 것이다. 그러나 가능하면 역사적 진실에 충실하려고 애를 썼다. 허술한 부분은 긱가의 역량 부족으로 너그럽게 혜량해주시기를 감히 부탁드린다. 역사의 심연을 반추하는 일은 결코 과거로 가는 길이 아니라, 미래로 향하는 가장 의미 있는 여정이라는 깨달음을 독자 여러분과 공유하고 싶다.

이 소설은 무신봉기 역사의 앞부분에 해당하는 이인좌의 행적을 정밀하게 따라 짚은 작품이다. 소설을 다 쓰고 나서도 여전히 나는 궁금증으로 가슴이 뛴다. 무신혁명군(戊申革命軍) 대원수 이인좌의 가슴속에 끝까지 남아 있던 꿈은 무엇이었을까. 우리는 지금 그 꿈의 끝자락에 당도해 있는 것일까.

2019년 1월, 안휘

차례

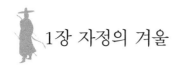

1장 자정의 겨울

이목구비가 단정하다. 사각에 가까운 얼굴에 눈이 가느다랗다. 콧날은 날카롭고 입술은 얇다. 귀는 밖으로 휘어져 있다. 머리에 비해 상체가 짧고, 몸체는 두꺼운 옷에 굴곡이 숨어 둔중한 느낌을 준다. 대의는 양어깨를 가린 통견식이다. 가슴까지 올라온 내의는 상단을 폭넓게 주름을 잡아 고정시켰다. 복부에 늘어진 주름, 결가부좌한 무릎 위로 흘러내린 잎사귀 모양의 옷자락이 이채롭다. 어깨 위로 들어 올린 오른손과 무릎 위에 놓인 왼손은 엄지와 중지를 살짝 구부리고 있다.

　칠백아흔…… 아직 이백열 번은 더 올려야 할 절을 남겨놓고, 윤자정(尹紫貞)은 아픈 허리를 양손으로 잡으며 무릎을 꿇고 앉아 습관처럼 한동안 목조여래좌상을 짯짯이 살펴본다. 대웅전 바닥 마루 틈을 비집고 솟아오른 서늘한 바람이 오한을 만들며 이마에 흐르는 땀방울을 식혀주고 있었다.

섣달 보름, 응달 소나무와 황양목 둥치에 얼어붙은 첫눈이 마치 여인네의 버선발인 양 보이는 아침나절의 계곡행은 녹록지 않았다. 화양구곡 기슭에 비스듬히 이어진, 비탈을 어슷어슷 걸어 채운암(彩雲庵)에 이르는 길은 매번 아찔하다. 파천(巴串), 학소대(鶴巢臺), 와룡암(臥龍岩)을 지나 암자로 오르는 갈림길에 이르러서야 비로소 긴장을 내려놓을 수 있다.

아무래도……. 오랫동안 윤자정의 가슴을 짓눌러오던 일말의 불안이 며칠 사이에 깃을 앙칼지게 세우고 일어나 자꾸만 심장을 할퀴고 있다. 길 떠난 지 달포가 넘었으니 돌아오고도 남을 시일이건만 남편은 왜 여태 구곡으로 들지 않는 것일까. 경상도를 잠시 다녀오마고 했는데 이토록 늦어지는 것이 자꾸만 조바심을 일으켜 세웠다. 간밤에는 웬일로 시름이 더욱 너덜거려서 한잠도 이룰 수가 없었다. 아무래도 뭔가 큰일이 꾸며지고 있는 게 틀림없을 것 같은 불안이 요 며칠 동안 밤마다 졸음을 막아서곤 했다. 하여 윤자정은 조바심을 견디지 못하고 한겨울 이른 새벽에 채운암을 향해 집을 나섰던 것이다.

남편의 출타가 잦아지고 길어진 세월이 이미 여러 해를 헤아린다. 그동안 집을 나섰다가 곧바로 돌아오지 않는 나날이 한 달은 예사였고, 두 달을 넘긴 적도 있다. 원행에서 돌아온 남편의 눈빛은 여독에 절어 후줄근해진 몸과는 전혀 딴판이다. 대문을 들어서는 당신의 눈빛에는 알 수 없는 광채가 점차 더해갔다.

선왕(경종景宗)이 등극하던 그해, 그러니까 만 일곱 해도 더 지난

일이다. 남편은 문득 즐겨 마시던 술마저 끊고 사랑방에 처박혀 책을 읽었다. 전에 없던 변화였다. 여섯 척에 가까운 건장한 체격에 타고난 무인(武人) 기질까지 있어서 장수의 기상을 지닌 남편이다. 그런 이가 사서삼경을 다시 읽기 시작한 것은 숙종 임금이 붕어한 후 소원하던 대로 세자(이윤李昀. 경종)가 즉위식을 치른 직후였던 것이다. 남편은 출사를 결심한 듯 보였다. 이따금 장검을 차고 말을 달려 어딘가를 횡하니 돌아치다 들어오는 일 말고는 일체 외출이 없었다. 어쩌다가 낯선 누군가가 찾아오는 날에는 손님과 함께 외출했다가 두어 식경이나 지나 돌아올 때도 있긴 했다.

법당문이 열리고, 혜륜(慧輪) 스님이 들어오다가 휜 허리를 펴며 이쪽을 물끄러미 바라보았다. 윤자정은 자리에서 일어나 공손하게 합장으로 예를 갖췄다. 법당문을 여닫는 사이에 문밖을 지나가던 칼바람 한 자락이 회오리쳐 날아와 옷깃을 파고들어 진저리를 만들었다. 스님은 윤자정의 예를 목례로 받고는 말없이 법당 한가운데로 천천히 나아가 목탁을 집어 들었다. 청아한 목탁 소리가 법당 안에 울려 퍼졌다. 윤자정은 얼핏 정신을 차리고 불상을 향했다. 그러고는 천천히 합장을 한 뒤 무릎을 꺾어 남은 절을 채워 나갔다. 비워내지 못한 잡념들이 희로애락의 감정에 뒤섞여 뇌리를 휘저었다. 윤자정은 입술을 달싹거려 조그맣게 소리를 내어 잡생각들을 쫓아냈다. 나무아미타불 관세음보살…….

. . .

   법당에 찾아와 절을 하는 것은 정녕 누구를 위한 성심일까. 자주는 아니어도, 어쩌다 마음을 가라앉히지 못할 만큼 심사가 답답하고 복잡할 때마다 윤자정은 채운암을 찾는다. 신령한 기운이 흐르는 법당 안에서 일천 배 절을 올리며 무아지경에 흠뻑 빠져들었다가 벗어나면 날아갈 듯 개운해진다. 살아가는 동안 무심결에 끼어들었을 악업의 묵은 때들을 부처님 앞에서 무릎 꿇고 벗어놓는 일은 행복하다. 그렇게 한바탕 구슬땀 쏟으며 시름을 소진하고 나면 영혼이 맑아지는 시원한 느낌이 새록새록 살아난다. 법당을 벗어나면 일천 번 몸을 굽혔다 세우면서 생각한 모든 것들이 홀연 망각의 세계로 사라진다. 남편을 위한 기도, 아이들에 대한 희원들을 긴 시간 읊조리는 것은 스스로를 비워내는 한 과정이다. 기도를 마치고 법당문을 나서는 순간에 다가오는 안온함……. 어쩌면 그 삽상한 평안 때문에 자꾸만 불당을 찾는지도 모른다.

   바깥에는 어느새 동천에 떠오른 해가 뜰을 비추고 있다. 구곡 주변에 흐드러진 황양목들이 햇빛에 반짝였다. 황양목들은 같은 사철목인 소나무들과 경쟁하듯 한창 햇볕을 핥아먹는 중이다. 저 나무줄기들은 땅속에 박힌 뿌리들을 부려 새로운 기운을 세차게 뽑아 올리고 있을 것이다. 겨울 한복판 동지를 시작점으로 새로이 출발한 봄은 그렇게, 보이지 않는 어둑한 땅속에서 시나브로 잉태되고 있으리라.

   윤자정은 문득 암서재(巖棲齋)가 궁금해졌다. 갈림길에서 잠시 망설이던 그녀는 오른쪽으로 발길을 돌렸다. 머지않아 능운대(凌雲臺)가 나타났다. 능운대 앞에서 공손하게 합장을 하고 허리를 굽혔다. 하늘을 향해 늠름히 솟아오른 커다란 바위를 올려다보니 불현듯 남편의 기상이 겹쳐 떠올랐다. 스무날이 가까운 긴 나날을 남편은 대체 어디를 돌아치고 있는 것일까. 지난번처럼 또 함경도까지 간 것은 아닐까. 구름을 떠받치고 선 능운대의 듬직한 어깨를 보며 윤자정은 남편의 힘차고 너른 품이 그리워져 코끝이 시큰해졌다.

조금 더 걸어 내려가니 왼쪽 계곡 건너 저만큼 높은 곳에 층층이 쌓아 올린 듯한 첨성대(瞻星臺) 바위들이 여전히 신비롭다. 가로지른 바위 등을 타고 계곡을 건너 몇 걸음 옮기자 큰 바위들을 끼고 흐르는 금사담(金砂潭)이 보이기 시작했다. 이윽고 계곡 건너편에 우암(尤庵 송시열宋時烈)의 기운이 빼곡히 서린 암서재가 나타났다. 윤자정은 계곡물 옆에 앉아 암자를 유심히 살폈다. 소박한 듯 화려한 듯 변함없이 서 있는 목조건물 안에 누군가 사람이 있긴 한 것 같은데, 곧바로 눈에 띄지는 않았다. 윤자정은 맑디맑은 계곡물을 한 손으로 떠서 입에다 대고 마셨다. 눈 녹은 물이 섞였을 계곡물은 식도를 타고 내려가며 짜르르 냉기를 온몸으로 흩었다.

무슨 이유로 나를 번번이 과거장에 들지 못하게 하는 거요? 이렇게 차별을 하는 이유가 도대체 무엇이란 말이오? ……. 남편의 저렁저렁한 음성이 환청인 양 귓가를 맴돌았다.

삼 년 전이었다. 그해 봄 남편은 열흘 남짓 한양을 다녀왔다. 말에서 내려 대문을 들어서는 남편은 노기가 가득 찬 낯빛을 감추지 못했다. 남편은 자신이 과거에 응시하지 못하는 이유를 알아냈다. 몇 번씩이나 과거시험장 입구에서 석연찮은 퇴짜를 맞았다. 누군가가, 그 이유가 결국 우암의 후예 노론당파 벼슬아치들이 자신의 출사를 한사코 막고 있기 때문이라는 것을 귀띔해주었던 것이다.

어디에선가 굵은 몽둥이를 하나씩 움켜 든 장정들이 우르르 달려 나와 계곡 건너 암서재를 향해 포효하고 있는 남편을 에워쌌다. 모두 여섯 명이었다. 남편은 그들의 모다깃매를 두려워하지 않고 온몸으로 다 받아냈다. 야, 이놈들아! 대체 내가 무슨 잘못을 했단 말이냐? 무엇 때문에 네놈들이 번번이 내 전정(前程, 앞길)을 가로막고, 이렇게 몽둥이질까지 해댄단 말이냐? 윤자정이 알고 있는 한, 남편은 상대가 아무리 여럿의 장정이라고 해도 그렇게 무기력하게 매를 맞고만 있을 사람이 아니었다. 남편은 그들의 무차별 폭행을 일부러 견디고 있는 게 분명했다. 오랜 세월 안에서 들끓어온 분노를 그렇게라도 터트리며 삭여야 할 이유가 따로 있으리라는 것을 윤자정은 알 듯했다. 암서재 장정들의 무자비한 매질은 남편이 정신을 반쯤 잃고 쓰러졌는데도 멈추지 않았다. 미행으로 따라와 그 참혹한 광경을 지켜보던 윤자정은 더는 견디지 못하고 뛰쳐나갔다. 사람 죽이네! 윤자정의 입에서 솟아오른 날카로운 비명이 계곡을 카랑카랑 찢어 울렸다.

계곡을 날아다니는 바람에 냉기가 만만치 않았다. 암서재는 여전히 고요했다. 백호(白湖 윤휴尹鑴) 할아버지와 우암의 지독한 악연이 떠올라 한숨이 났다. 어쩌면 두 어른은 역사에 남을 우정으로 한 시대를 함께 풍미할 수 있었을 것이다. 어머니에게 열 번도 더 들은 이야기였다. 백호 할아버지와 우암은 원래 서로의 천재를 알아보고 의기투합했던 동지였다고 했다. 효종 임금이 대군(봉림대군 鳳林大君)이던 시절 사부였던 우암은 병자호란 이후 낙향했다. 형인 소현세자(昭顯世子)와 함께 대군마저 볼모로 잡혀 청나라로 끌려갔기 때문이었다. 우암은 젊은 시절 백호 할아버지를 만나 사흘간 토론을 한 이후 '30년간 나의 독서가 참으로 가소롭다'고 했을 정도로 극찬한 적도 있었다고 들었다. 그러나 이른바 예송논쟁이라는 갈등을 거치며 두 분의 사이는 틀어졌고, 결국 우암은 백호 할아버지를 사문난적(斯文亂賊)으로 몰아붙여 사약을 받도록 만들었다는 이야기였다. 그런 곡절 끝에 두 집안은 철천지원수 지간이 되고 말았다고 했다.

암서재 앞에서 봉변을 당한 이후, 남편은 책을 아주 놓았다. 어디를 간다는 말도 없이 집을 훌쩍 떠나 보름씩, 때로는 달포씩 돌아오지 않았다. 그러던 어느 날 남편이 전라도 부안(扶安)으로 정배됐다는 청천벽력 같은 소식이 들려왔다. 경기 지역의 과장(科場)에 뛰어들어 난동을 부리다가 체포돼 유배됐다는 것이었다. 그때 만삭인 몸으로 어찌할 수 없는 형편이던 윤자정은 한 차례 인편에 옷가지와 안부 서신을 보낸 것 말고, 남편을 위해 할 일이 없어 눈물바람만 하고 살았다. 앞길이 완전히 막혀버린 피 끓는 헌헌장부의 애통이 안타까워 밤마다 올무에 걸려 포효하는 산짐승이 나타나는 꿈으로 숨 막히는 고통을 겪었다. 남편은 막내아들 인명(仁明)이가 태어난 지 두 달이 되던 무렵 가까스로 유배에서 풀려나 거지꼴을 하고 집으로 돌아왔다.

그 일을 겪은 이후 남편은 입버릇처럼 고향을 떠나고 싶다는 말을 되뇌었다. 그러다가 선왕이 급서하고, 세제(世弟)였던 연잉군(延礽君. 영조英祖)이 새 왕으로 등극하자 한동안 폐인처럼 떠돌았다. 남편은 마치 정신이 반쯤 나간 사람마냥 행동했다. 끼니도 잊고 화양구곡 여기저기 바위에 멍하니 걸터앉아 한나절씩이나 혼자 생각에 빠져있기도 했다. 그러던 남편은 결국 청주목 송면(松面. 괴산군 청천) 본가를 비워둔 채로 식솔들을 이끌고 외가가 있는 경상도 문경(聞慶) 땅으로 옮겨갔다.

문경으로 옮겨가 살면서 남편은 비로소 화색을 찾았다. 거의 매일이다 싶게 바깥에서 누군가를 만나고 돌아오는 것 같았고, 돌아와 집을 들어서는 그의 얼굴에는 늘 부푼 희망이 그득했다. 윤자정이 기억하는 한, 문경에서 살던 그 반년 동안만큼 남편의 모습이 활기찬 적은 없었다. 그러던 어느 날 남편은 상주에서 산다는 박필현(朴弼顯)과 순흥에 거주한다는 정희량(鄭希亮)이라는 선비들을 데리고 집으로 돌아와 꼬박 닷새를 함께 지냈다. 남편보다 열댓 살은 많아 보이는 박필현은 키가 그리 크지는 않았지만, 몸피가 단단하고 잘생긴 호걸이었다. 덩치가 큰 정희량은 얼핏 보기에도 용력이 대단한 장사 같았다. 세 사람은 사랑방에서 도란도란 밤이 깊도록 뭔가를 깊이 숙의했다. 이따금 껄껄거리며 웃는 소리가 크게 들려왔다. 다과상을 들이기 위해 잠시 사랑채에 들었을 때 윤자정은 세 사람의 모습에서 진한 의기투합의 기운을 보았다. 비로소, 문경으로 이주한 이후 남편의 얼굴에 화색이 돌아온 이유를 알 것 같았다. 나중에 남편에게 들은 말로는, 박필현이라는 이름의 그 선비는 수년 전 생원시에 일등으로 합격한 인재로서 의금부도사로 임명되었으나, 사특한 노론 모리배들에게 터무니없는 탄핵을 받아 상주(尙州)로 낙향하고 말았다고 했다. 정희량은 원래 안음(安陰. 경남 함양咸陽)에서 살았으나 노론 벼슬아치들의 핍박을 견디지 못하고 순흥으로 옮겨가 살고 있다고 했다.

세 사람의 회동은 몇 달 뒤 박 선비가 태인(泰仁. 전라도 정읍) 현감으로 발령이 날 때까지 문경과 상주, 순흥을 번갈아 가며 계속됐다.

• • •

첫새벽에 더듬거리며 갔던 길을 되짚어 나오다 보니 밝아오는 햇살 덕분에 냉기가 많이 가신 계곡 바람이 한결 포근하게 느껴졌다. 학소대를 거쳐 파천에 이르렀을 때 윤자정은 다리쉼을 하기 위해 너럭바위 위에 주저앉았다. 한동안의 보행으로 목덜미에서는 또다시 땀이 살짝 배어나고 있었다. 바위 위에 앉아있던 윤자정은 문득 얼굴이 화끈거려왔다. 오래전 바위 위에서 있었던 남편과의 뜨거운 일이 떠올랐기 때문이었다.

시집온 지 얼마 지나지 않았을 무렵이었다. 아마도 채 백 일도 되지 않았을 즈음이었던 것 같다. 남편은 그 가을 어느 날, 화양구곡 비경을 보여주겠다며 새색시를 데리고 나섰다. 층층시하 눈만 뜨면 온종일 눈치 보아야 할 일들만 지천인 시집살이였다. 그

시절 집에는 시부모는 물론 아래로 네 명의 시동생과 두 명의 시누이까지 있었다. 남편이 시어른들에게 직접 허락을 받아내어 시작한 첫 외출이었다. 단풍이 흐드러진 구곡 풍경은 윤자정의 눈을 완전히 사로잡았다. 계곡을 가득 메운 기기괴괴한 모양의 바위들과 파란 하늘을 품고 흐르는 계곡물 소리만 가지고도 윤자정은 넋을 잃을 지경이었다. 천계가 따로 없구나, 세상에 태어나서 처음 보는 풍광에 윤자정은 입이 다물어지지 않았다.

구름 위를 걷고 있는 듯 황홀 지경에 흠뻑 젖어서 남편이 이끄는 대로 계곡을 따라갔다. 험한 계곡 길에서 거구인 신랑 이인좌의 발걸음을 따라잡는 일이 쉽지는 않았으나, 윤자정은 눈 앞에 펼쳐진 수려한 풍취에 곤한 줄을 몰랐다. 티 없는 옥만큼이나 하얀 바위가 펼쳐진 계곡 입구 파천을 거쳐 학소대에 이르자 남편 이인좌는 낙락장송에 에워싸인 기괴한 바위 아래로 백학이 모여드는 곳이어서 붙여진 이름이라고 설명했다. 열 길이나 되는 기다란 바위가 꿈틀거리는 용을 닮아 붙여졌다는 와룡암을 거쳐 능운대, 첨성대, 금사담, 운영담(雲影潭)을 거쳐 경천벽(擎天壁) 앞에 이르기까지 구곡을 하나씩 구경하는 동안 윤자정은 마치 선경에 든 듯 들떴다.

남편을 따라 계곡을 되돌아 나오는 길에서 윤자정은 자꾸만 뒤를 돌아보았다. 단풍이 흐드러진 구곡 풍경 하나라도 더 눈에 담고 싶은 마음에 조바심마저 일었다. 계곡을 다 빠져나와 입구에 있는 파천에 이르렀을 때 남편은 갑자기 새하얀 너럭바위 위로 윤자정을 이끌고 올랐다. 이인좌는 영문을 몰라 쩔쩔매는 새 신부를 백옥 같은 바위 위에다 살며시 눕히고는 옷고름을 풀어헤쳤다. 윤자정은 너무나 뜻밖인 남편의 행동에 놀라 몸을 일으켜 세우려고 몸부림쳤지만, 소용이 없었다. 파천 너럭바위 위에서 유자정이 옷을 빗긴 남편의 정염은 대단했다. 누가 보면 어떻게 하느냐고 몸부림을 쳤지만, 여섯 척 장수의 억센 손아귀 아래에서 그녀의 저항은 한낱 가냘픈 앙탈에 지나지 않았다. 그날 윤자정은 남편의 거친 몸짓 아래에서 몇 번이나 까무러쳤다.

• • •

송면 본가에는 뜻밖으로 친정아버지가 와 있었다.

대문을 들어서자 덩치 큰 부여댁이 부엌에서 앞치마에다 손을 닦으며 잰걸음으로 다가와 낮은 목소리로 호들갑을 떨었다.

"아씨! 좀 전에 바깥사돈 마님께서 오셨구만유. 한밤중에 길 나서신 모양인디 아무래도 시장하실 것 같아서 시방 막 밥상 차리고 있네유."

윤자정은 부여댁의 호들갑에 맞장구를 칠 겨를도 없이 사랑채로 달려갔다. 사랑방 문 앞에 탑골치 한 쌍이 가지런히 놓여있었다.

"아버지, 오셨사옵니까?"

윤자정이 말을 채 마치기도 전에 윤경제(尹景濟)는 사랑채 문을 획 열어젖혔다. 잘해야 두 해에 한 번꼴로, 그것도 기별 후에나 발걸음하시는 분인데 한겨울에 갑자기 웬일일까 하는 의문이 일었다. 빙그레 웃기만 할 뿐 말이 없는 아버지의 모습이 왠지 수척해 보였다. 방문을 당겨 닫으면서 아버지의 얼굴을 다시 보니 아닌 게 아니라 야위고 검게 그을린 모습이 선명했다.

"아버지, 우선 절부터 받으시옵소서."

윤자정은 아랫목에 앉은 아버지를 향해 가지런한 모습으로 그 동안의 그리움을 삭이듯 정성을 다해 절을 했다.

"그래. 그간 별고 없었더냐?"

"예. 저희야 무고하온데, 아버지께서는 왜 이리 야위셨사옵니까? 편찮으신 데라도 있으신 거 아니옵니까?"

"아니다. 아픈 데가 따로 있지는 않으니 걱정 말거라."

"어머니는 강녕하오신지요."

"그래. 네 친정 식구들 다 무고하다."

아버지의 얼굴에 할 말이 더 있음에도, 서두르지 않고 삼키는 모습이 역력했다. 그때 문밖에서 부여댁의 목소리가 들렸다.

"아씨. 조반상 내왔구만유."

윤자정이 일어나 방문을 열고 소반을 받아 아버지 앞에다가 놓았다. 말을 따로 하지 않았는데도 실고추를 얹은 찐 조기 한 마리가 밥상에 올라있었다. 된장찌개 냄새도 구수했다.

"아버지, 시장하실 텐데 우선 진지부터 드시옵소서. 말씀은 이따가 나누기로 하옵고……."

윤자정은 윤경제가 수저를 드는 모습을 본 다음에야 일어나서 사랑방 문을 열었다.

・・・

　　안방으로 들어오니 졸음을 다 털어내지 못한 아이들이 교자상 밥상머리에 올망졸망 앉아서 어미를 기다리고 있었다. 열두 살 중명(中明), 아홉 살 문명(文明), 여섯 살 화명(化明)은 그래도 잠이 다 깬 모습이었으나, 막내 세 살배기 인명(仁明)은 졸린 눈을 비비고 있다가 어미를 발견하고는 칭얼댔다.

　　"어머니, 저는 아침밥 먹기 싫어요."

　　윤자정은 인명을 향해 다가서며 양팔을 벌렸다.

　　"아이고, 딱하지. 우리 아가가 아직 잠 귀신한테서 놓여나지를 못했구나. 엄마가 깨워줄 테니 이리 오세요."

　　인명이 어미의 말을 듣자마자 발딱 일어나 달려와 안겼다. 윤자정은 아이를 번쩍 들어서 두어 바퀴 돌렸다. 그러고는 자리에 내려놓으면서 달랬다.

　　"어때요? 우리 씩씩한 막내 도련님, 이젠 잠이 확 달아났지요?"

　　아이는 고개를 끄덕였다. 얼굴에 천진난만한 희색이 뚜렷했다. 윤자정은 애틋한 마음으로 인명을 한 번 꼭 안아준 다음 밥상머리에 앉혔다.

　　"아가야. 밥은 꼭 먹어야 한단다. 밥을 많이 먹어야 너도 얼른 커서 아버지나 형님들처럼 키도 크고 힘이 세지지. 우리 도련님은 착하니까 무슨 말인지 알지?"

　　인명은 해맑은 눈으로 어미를 한 번 힐끗 쳐다보고는 고개를 끄덕였다. 그때 저만치에서 부여댁이 하인들의 두리반에 다가앉아

수저를 들며 굳이 대답을 듣자는 마음도 없이 건성 걱정을 얹었다.

"아씨. 그나 마나 나리께서는 언제나 돌아오신대유? 벌써 대문 나서신 지가 보름은 넘은 것 같은디유?"

아비를 가장 잘 따르는 둘째 아들 문명이가 밥숟갈을 든 채로 윤자정을 향해 고개를 쳐들었다.

"어머니. 아버지는 언제 집에 오셔요?"

"곧 오실 때가 됐단다. 아마도 오늘내일 사이에 오시지 않을까 싶구나."

· · ·

"이 서방은 출타 중인 게로구나."

아침 밥상을 물린 윤경제는 숭늉 사발을 쟁반에 받쳐 들고 사랑방으로 든 윤자정이 자리에 앉기도 전에 남편의 일부터 물었다.

"중명 아범에게 무슨 급한 용무라도 있으시온지요? 돌아올 시일이 지났는데, 며칠 더 늦어지고 있사옵니다."

아버지는 딸이 내민 숭늉 그릇을 받아 서너 모금 벌컥벌컥 소리를 내며 들이켰다. 아무래도 뭔가 긴한 이야기를 하려고 작정하고 발걸음한 게 틀림없었다.

"이 서방이 그동안 무슨 일을 준비해왔는지 짐작하는 바가 전혀 없더냐?"

윤자정은 어렴풋이 느끼고 있었다. 구체적인 설명이 있지는 않았지만, 장사치도 아닌 남편이 오랫동안 전국을 돌아치며 사람들을 만나고 다닌다는 것을 알고 있었다. 결코 예삿일이 아닌 뭔가를 준비하고 있으리라는 짐작은 줄곧 해왔던 터였다.

"소상히는 모르오나 일생의 운명을 건 큰일을 채비하고 있다는 낌새는 오래전부터 채고 있었사옵니다. 그런 예감으로 하여 소녀 하루하루가 두렵고 또 두렵사옵니다."

일순 윤자정의 얼굴에 금방이라도 울음이 터질 것 같은 서러움이 가득 고였다. 윤경제는 그런 딸의 모습을 애처로운 눈으로 그윽이 바라보며 말을 끊었다. 한동안 망설이던 윤경제가 무겁게 입을 열었다. 딸네 집을 찾아오면서 이미 작정하고 온 말들이 있어 보였다.

"놀라지 말고 지금부터 내가 하는 이야기를 잘 들어야 한다."

거기까지 말한 윤경제는 잠시 주춤거리더니 목소리를 낮췄다.

"네 할아버지의 생애에 대해서 잘 알고 있을 것이다."

윤자정의 손이 파르르 떨렸다. 그녀가 긴장으로 침을 한 차례 꿀꺽 삼킨 뒤 대답했다.

"예. 백호 할아버님에 대한 이야기는 시집오기 전 친정에서 살 때 어머니로부터 여러 차례 들어서 익히 알고 있사옵니다."

"그래. 네 할아버지는 나라와 백성들을 위해서 일생을 바치신 만고의 충신이셨다. 그러나 추악한 당쟁의 희생양이 되어 터무니없는 오욕을 당하고 끝내 비참하게 세상을 떠나셨지."

윤자정은 모친으로부터 들어온 여러 이야기들을 떠올렸다. '잡초를 제거하려면 그 뿌리를 뽑아내야 한다'고까지 부채질했다던

가. 우암 대감이 야차처럼 달려들어 할아버지를 사사시키기 위해 임금(숙종肅宗)을 부추겼다는 말도 들었다. 윤자정은 백호 할아버지의 막내아들인 아버지 윤경제가 하고자 하는 이야기가 무슨 말인지 다 짐작하지는 못하면서도 그 내용이 무척 심각한 내용일 것이라고 직감하기 시작했다.

"소녀도 할아버님에 대해 그리 들었사옵니다."

윤경제의 입술에 경련이 일었다. 모종의 흥분이 안에서 솟아오르는지 얼굴에 홍조까지 나타나는 듯했다.

"이제 어쩌면 네 할아버지, 아니 내 아버님의 한을 풀어드릴 수 있게 될지도 모르겠구나."

윤자정은 숨이 훅 하고 막혀왔다. 요 며칠, 밤마다 잠을 막아서던 알 수 없는 불길한 예감이 바로 이것이었던가. 심장을 앙칼지게 할퀴던 일말의 불안이 비로소 비밀의 옷자락을 드러내고 있는 것인가. 윤자정은 한 차례 심호흡을 삼키며 아버지의 음성을 알아듣기 위해 귀를 더욱 기울였다.

"세종대왕의 피를 물려받은 네 서방이 이제 곧 헝클어진 역사를 바로 세우는 대업의 선봉에 서게 될 것이다. 전국이 다 들고 일어나도록 결의가 돼있다. 봉기 날이 머지않았다. 이젠 너도 알아야 할 때가 되었기에 비로소 일러주는 것이다."

윤자정은 다시 한번 침을 꿀꺽 삼켰다. 아버지가 하고 있는 말이 무엇을 뜻하는지를 헤아려보니 불현듯 가슴이 두방망이질 치기 시작했다. 금세라도 숨이 멎을 것 같은 긴장이 심장을 가차 없이 두드리고 있었다.

"거사는 반드시 성공할 것이다. 선왕(경종)께서 독살 음모를 피하지 못하고 승하하신 이후 이미 수년 동안 준비해왔고, 민심 또한 분연히 떨쳐 일어나 대의에 반드시 순응할 것이다."

네 해 전 당했던 선왕의 갑작스러운 승하의 배경에 천인공노할 악행이 있었다는 풍설이 나돌았다. 당시 왕세제였던 금상이 사특한 무리와 결탁하여 상극인 생감과 게장을 선왕에게 함께 드시도록 해 그렇지 않아도 허약한 옥체에 치명타를 가했다는 내용의 비화였다. 남편이 이글이글 타오르는 분노의 눈빛으로 처음 그 이야기를 들려주었을 때 윤자정은 너무나 놀랍고 슬퍼서 터져 나오는 눈물을 견딜 수가 없었다. 사람으로 태어나서 어떻게 그런 패륜을 저지를 수가 있을까 싶은 생각에 몇 며칠을 두고 가슴을 끓이던 기억이 새록새록 되살아났다.

"중명 아범이 선봉이라고 하셨나이까. 아버지?"

윤자정은 아버지가 방금 한 말을 곱씹으며 물었다. 윤경제는 결연한 어조로 다시 확인했다.

"그렇단다. 비뚤어진 역사를 바로잡는 거사인 만큼 우리 어느 누구도 목숨을 사려서는 안 될 것이다. 이제 너희 시댁과 우리 집안의 명운을 다 걸어야 할 과업이 시작될 것이니라."

윤경제는 잘못될 경우 멸문지화를 면하지 못할 것이라는 말을 에둘러 하고 있었다. 윤자정은 아버지의 말을 들으며 점점 더 얼어붙었다. 이 일이 잘못되면 어찌 되는가. 주렁주렁 달린 저 죄 없는 아이들의 운명은 또 어찌 될 것인가. 과연 살아남기라도 할 수 있을 것인가. 새하얗게 질려 바들바들 떨고 있는 윤자정에게 아버지가 정색을 하고 말했다.

"많이 두려울 게다. 그러나 절대로 나약한 모습을 보여서는 안 된다. 특히 이 서방 앞에서 흔들리는 모습을 나타내서는 아니 될 것이야. 워낙 장수의 기골을 타고 난 사람 아니더냐. 어쩌다가 못 볼 꼴 숱하게 봐야 하는 세상에 태어나서 막다른 골목에 몰리는 바람에 벼슬길마저 막혀서는 이러지도 저러지도 못하고 살아온 사람 아니더냐. 이 서방의 저 불타는 기개가 반드시 세상을 바꾸어내고 피폐해진 백성들을 다 살려낼 것이다. 대장군으로 전쟁터에 나서는 사내에게 힘을 줄 수 있는 것은 가족뿐이다. 네가 더더욱 의연해져야 한다. 내 말 알아듣겠느냐?"

윤자정은 떨려오는 가슴을 어쩌지 못하고 사뭇 눈물을 흘렸다. 흐느낌에 막혀 다짐을 놓는 아버지 윤경제의 질문에 곧바로 답하지 못하고 겨우 고개만 끄덕였다.

"부부란 풍진 세상을 함께 가면서 생사고락을 같이하도록 하늘이 맺어준 짝이 아니더냐. 사내가 하는 일에 아는 척하고 참견할 일은 아니다만, 이 서방이 처한 숙명을 네 팔자소관으로 깊이 받아들이고 어쨌든 용기를 주도록 하여라."

윤자정은 떨리는 가슴을 겨우 조금 진정시키고는 눈물이 그렁그렁한 눈을 슴벅거리며 대답했다. 흐느낌은 멈췄으나, 목소리는 여전히 흔들리고 있었다.

"아버지의 가르침 깊이 새겨서 가문에 누가 되지 않도록 진중히 처신하겠나이다. 어떤 경우에도 침착하게 대처하고 결과에 순응할 것이옵니다. 염려 놓으시옵소서."

"그래, 암 그래야지. 그래야 영웅이셨던 백호 아버님의 피가 흐르는 내 딸 윤자정이지."

윤경제는 손을 뻗어 딸의 어깨를 다독거렸다. 한동안 침묵이 이어졌다. 윤자정은 여전히 떨리는 가슴을 진정하느라고 오른손바닥을 왼쪽 가슴에 대고 있었고, 윤경제는 충격을 받아들이려는 딸의 모습을 웅숭깊은 눈으로 바라보고 있었다. 윤경제가 문득 뭔가 생각이 난 듯 말했다.

"아, 참. 그리고 여주(驪州)의 네 친정 식구들은 모두 한 달여 전에 거처를 옮겼단다."

"이사를 하셨나이까? 어디로 옮기셨사옵니까?"

"네 언니의 시가가 있는 경상좌도 칠곡이란다. 식솔들 모두 이끌고 그리로 이전했단다. 예전부터 보아왔던 자리가 있었다."

"이번에 중명 아범이 하고자 하는 일과 관련이 있나이까?"

"꼭 그것 때문이라고 말하기는 좀 뭣하지만, 그렇다고 관련이 아주 없는 일은 아니다. 가문의 명맥을 지키기 위해서 식솔들을 조금 비껴있게 하는 정도일 따름이란다."

"그렇게 먼길을 걸으시다니, 무릎이 안 좋으신 어머니는 괜찮으신가요?"

"그래. 네 어머니는 무탈하다. 만약의 경우를 생각해서 절손만은 막고자 하는 절박한 선택이니 어쩌겠느냐. 걱정 말거라."

그때 대문 앞에서 말발굽 소리가 들려왔다. 자정이 얼굴에 화색을 피워 올리며 몸을 일으켰다.

"중명 아범이 온 모양입니다, 아버지!"

· · ·

"최규서(崔奎瑞) 대감을 떠보려고 용인 어비곡(龍仁 魚肥谷. 이동면 어비리)에 사람이 갔었던가?"

윤경제가 신경을 잔뜩 곤두세우며 사위 이인좌에게 물었다.

"예, 장인어른. 동짓달 하순에 한양을 감당하고 있는 이유익(李有翼)이 다녀온 바 있다고 들었사옵니다. 그 어른이야 소론의 큰 기둥 아니십니까. 동참하시면 필경 천군만마가 될 것입니다. 왜 그러시옵니까?"

윤경제가 길게 한숨을 쉬었다. 흰 수염이 성성한 그의 얼굴에 걱정이 진득하게 배어났다.

"아무래도 심상치가 않아. 그쪽에서 우리 녹림당(綠林黨)의 동향을 소상히 수집하고 있다는 소문이 있어."

"동참의 명분을 찾고자 그리하는 일 아니겠는지요?"

"그게 그렇지가 않아. 최 대감이 금상(영조)의 주구 노릇을 불사하려고 한다는 풍문이 있어 온 터라네."

이인좌는 어안이 벙벙한 표정으로 윤경제의 얼굴을 바라봤다. 장인의 말을 도무지 믿기가 어렵다는 눈빛이었다.

"최 대감께서 무슨 연유로 그리하시겠습니까? 누구보다도 나라 걱정을 많이 하는 어른이고 궁중의 패륜에 분기탱천해온 소론의 원로 아니시오니까?"

"그야 그랬지만……. 금상에게 충성을 인정받아야 할 이유가 따로 생겼을지도 모를 일이지. 연잉군(영조)은 예사 위인이 아니야."

연잉군이 보통 사람이 아니라는 말에 이인좌는 고개를 끄덕였다. 선왕이 붕어한 이후 그가 왕좌에 오를 때만 해도 노론 일변도의 등용으로 민심을 아주 잃을 것으로 확신했었다. 이인좌뿐만이 아니었다. 노론의 탐욕에 처참하게 희생된 사람들 모두 연잉군이 임금이 되기만 하면 오히려 그 무리를 모두 일망타진할 역전의 기회가 올 것으로 믿었다. 광해군과 소현세자가 꿈꾸던 깨인 나라, 힘 있는 국가, 백성을 정말로 하늘같이 모시는 조선을 건설할 수 있으리라고 생각했었다. 그러나 장인의 말처럼 연잉군은 짐작보다 훨씬 더 영악했다. 임금 자리에 오른 후, 오랜 세월 별별 못된 짓을 다 하며 자기를 위해서 움직여온 노론들만을 중용하지는 않았다. 탕평(蕩平)이라는 명분을 내걸었다. 소론 중에도 온건한 인물(완소緩少. 소론 온건파)들에게 벼슬을 크게 나누어 주었다. 그것은 연잉군과 노론 일당의 독선적 통치를 예상하고 봉기를 준비해온 사람들에게는 뜻밖의 타격이었다.

"최 대감께서는 선왕의 성은을 가장 많이 입으신 분 아니옵니까? 왜 딴마음을 품겠사옵니까?"

최규서 대감은 선왕이 즉위한 다음해에 소론의 영수로서 우의정이 되었고, 이태 뒤에는 영의정에 올랐던 인물이다. 그런 그가 소론을 배신한다는 것은 있을 수 없는 가정이었다. 윤경제가 고개를 절레절레 흔들었다.

"그게 그렇지가 않아. 최규서 대감은 처세술이 능하기로 정평이 나 있는 분 아니던가. 선왕 대에 있었던 신임사화(辛壬士禍) 때도 아계(김일경金一鏡) 대감과 달리 온건 노선을 택하지 않았나. 금

ㆍ상이 즉위하기 전에 치사(致仕. 나이가 많아 벼슬을 사양하고 물러남)를 빌어 봉조하(奉朝賀. 조선 시대에 전직 고위관리를 예우하기 위해 품계에 따라 일정한 녹봉을 주도록 만든 벼슬)를 받고 일선에서 물러나 성묘를 핑계로 고향으로 돌아간 것도 탁월한 처세술의 일환이지. 거사란 사람을 믿어야 여의한 일이긴 하네만, 사람을 잘못 믿으면 그로 인해 몇 곱절 더 위태로워질 수도 있는 일 아니겠나. 우리 녹림당에 가담한 사람 중에 대의를 믿지 않는 이는 아무도 없을 것이야. 하지만 적극적으로 배신을 하지 않는다고 해서 당인들 마음이 모두 하나일 거라고 치부해서는 결코 안 될 것이네."

이인좌는 맥이 빠졌다. 최규서 대감이 수상하다는 장인의 말을 신뢰하지 않을 수도 없었다. 그가 기억하는 한, 장인 윤경제는 판단력이 정확하고 빈틈이 없는 어른이었다.

"최규서 대감이 엉뚱하게 행동한다면 어떻게 대처해야 하옵니까? 최 대감의 역량으로 볼 때, 그분이 마음을 그렇게 잡숫고 계신다면 이미 많은 것을 준비했을 것으로 보이옵니다만."

윤경제는 앞에 놓인 찻잔을 기울여 식은 찻물로 입술을 적셨다. 그러고는 한동안 운을 떼지 못했다. 한참을 생각에 빠졌던 윤경제가 어렵사리 입을 열었다.

"최 대감을 정리하려면 칼을 써야 할 텐데……. 가한가?"

이인좌는 뜻밖의 질문에 선뜻 답을 못했다.

"살수를 놓자는 말씀이시옵니까?"

"그를 제거하는 것보다 더 좋은 방도는 없을 것이네만, 말처럼 쉬운 일은 아닐 테지."

"그렇사옵니다. 느닷없이 거기까지 손을 쓰기란 벅차기도 하옵고, 여차하면 그 일 하나로 대사가 하루아침에 물거품이 될지도 모르는 일이옵니다. 대신에 최 대감에게 이유익을 다시 보내어 기사에 대한 의심을 거두도록 회유해보겠습니다."

이인좌의 말에 고개를 끄덕이던 윤경제가 마지막이다 싶은 표정으로 뜻밖의 질문을 툭 던졌다.

"정녕 거사를 아주 접을 수는 없는 노릇이지?"

"예?"

이인좌는 깜짝 놀랐다. 장인의 입에서 나올 말이 아니었다. 거사를 거둘 방도가 없느냐는 물음은 천만뜻밖이었다. 이인좌는 눈을 동그랗게 뜨고 장인 윤경제의 얼굴을 바라보며 하문의 진의를 꿰뚫어 보기 위해 애를 썼다. 사위의 급변하는 표정을 살피던 윤경제가 엷은 미소를 띤 채 말했다.

"그냥 해본 말이니 개의치 말게. 지금에 와서 무엇을 어떻게 중단할 수 있겠는가? 그동안 기울여온 공력이 얼마인데 예서 접을 수 있겠나? 아니, 거사를 포기하는 순간 바로 우리는 모두 끝난 목숨이네. 냄새를 맡고 달려온 승냥이들의 처참한 사냥감이 될 따름이겠지."

"장인어른께서 저를 한번 떠본 말씀인 줄 알겠습니다."

"그래. 이미 양 가문의 운명을 통째로 바친 일 아닌가. 세상을 바꾸지 않고서야 가문이 무슨 소용이고, 삶이 무슨 의미가 있겠나. 진군나팔을 불어야 할 때가 점점 더 다가오고 있으니 더는 망설이지 않는 것이 좋을 듯하네."

이인좌가 장인의 말뜻을 헤아리기 위해 다시 눈을 껌벅거렸다. 그러고는 목소리를 더욱 낮춰서 물었다.

"장인어른 말씀이 거사를 속전속결로 해야 한다는 뜻으로 들리옵니다."

"바로 그거라네. 최규서 대감이 확보해가고 있는 녹림당에 대한 첩보들이 요연하게 정리돼 고변될 때까지는 시간이 조금은 남아 있을 거야. 그러나 저들이 손을 쓰기 전에 의표를 찌르는 것 말고 무슨 방편이 있을 것인가."

이인좌의 머릿속이 복잡해졌다. 세력을 뭉치고 작전을 세밀히 세우자면 아직 시간이 좀 더 필요했다. 아무리 적게 잡아도 달포는 걸려야 할 일이었다. 경상도와 전라도, 함경도에서 제대로 군사들을 움직여주어야 한양에서의 내응도 수월할 것이다. 지방 세력들이 불시에 일어나 효율적으로 뭉치도록 하기 위해서는 아직 묶어내고 다져야 할 일들이 많았다. 기실, 조직은 아직 성글기 짝이 없고 전략도 치밀하게 잡히지 않았다. 물론 백성들 사이에서 공감을 얻어 민심이 폭발하기만 한다면 대세를 장악해 삽시간에 밀고 올라가 괘서 작전으로 뒤숭숭하게 만들어놓은 한양을 뒤엎는 일이 그리 어렵지만은 않을 것이다.

"장인어른. 일정을 점검하여 속전속결로 치달아 오르도록 해보겠사옵니다. 대의가 저희에게 있으니 분명 성공할 것이옵니다."

윤경제가 비로소 얼굴에 편안한 웃음을 담았다.

"그래. 백번 천번 점검해왔으니 잘못될 이유란 없을 게야. 지나치게 노심초사하지는 말고 단호하게 밀어붙이게나."

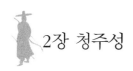

2장 청주성

나는 가네 나는 가네.

에- 혜- 헤에야, 어화 넘차 에헤야.

이 세상을 하직하고.

에- 혜- 헤에야, 어화 넘차 에헤야.

백수 장수나 허재더니나.

에- 혜- 헤에야, 어화 넘차 에헤야.

단 칠십도 못 살았네.

에- 혜- 헤에야, 어화 넘차 에헤야.

삼월 열닷샛날.

　요령잡이가 메기고 상두꾼들이 받는 구성진 상엿소리를 앞세운 상여 패가 청주성 남쪽 청남문 앞 꼬부라진 길을 돌아 대문 쪽으로 천천히 나아가고 있었다. 상복 차림의 이인좌는 상여 뒤 상제들 뒤꽁무니에 고개를 숙인 채 묵묵히 따랐다. 이인좌의 눈은 매처럼 번뜩이며 성문을 지키고 있는 병사들을 살피고 있었다.

"의심하는 기미는 없는 것 같지요?"

뒤쪽에 서 있던 이배(李培)가 완강한 몸피를 흔들며 한 발짝 다가와 귓속말을 하듯 물어왔다. 이인좌는 눈알을 휘둘러 성문 쪽을 한 번 더 훑어 살피며 고개를 끄덕거렸다. 성문 앞에 멈추자 상제들의 곡소리가 더욱 높아졌다. 성문 앞에는 어느새 수문장이 나와 있었다.

상주 차림새의 권서봉(權瑞鳳)이 오동나무 상장을 짚으며 앞으로 나서서 붉은 도포 차림에 칼을 찬 수문장 앞에 머리를 조아렸다. 떡과 전, 수육 등 음식이 든 큰 대나무 광주리를 인 아낙과 술병을 싼 보자기를 든 장정 하나가 뒤따라가 수문장 발 앞에 내려놓았다.

"어디서 오는 상여요?"

수문장이 커다란 몸을 흔들며 한껏 거들먹거리며 물었다. 권서봉이 허리를 굽히면서 공손하게 답했다.

"성 밖 송암에서 온 청주 김씨 상가입니다요. 성안 본가에서 상례를 마무리하고자 합니다요."

수문장이 상두꾼들의 행색을 짯짯이 살피면서 물었다.

"언제 출상하오?"

상제들의 곡소리는 여전히 높았다. 권서봉이 지팡이를 짚은 채 연신 굽실거리며 대답했다.

"하룻밤 묵고 내일 아침에 노제를 마치는 대로 출상합니다요."

"장지는 어디요?"

"와우산(臥牛山) 선영입니다요."

관외에 나가 살던 출향민이 죽었을 때 상여를 성안으로 메고 들어와 초상을 마무리하는 일은 더러 있는 일이었다.

"들어가시오."

수문장은 귀찮다는 듯한 어투로 툭 내뱉었다. 수문장의 말이 떨어지자 저만큼 서 있던 군졸들이 다가와 음식물이 든 광주리와 보자기를 들었다.

"고맙습니다요."

권서봉이 고개를 깊이 숙이면서 인사를 했다.

기다리고 있던 요령잡이가 요령을 힘차게 흔들면서 상엿소리를 다시 메기기 시작했다. 상두꾼들의 받는소리도 한결 높아졌다.

됐구나. 이인좌는 참아왔던 큰 숨을 몰아쉬었다. 큰 고비를 넘겼으니 거사는 반드시 성공할 것이다. 상여가 다시 성문을 향해 천천히 나아갔다.

청주성 안에 미리 들어와 태연하게 술을 걸러 상가를 꾸며놓고 있던 권서룡(權瑞龍)이 저만큼에서 상복 차림으로 기다리고 있었다.

• • •

"장령님! 명하신 대로 것대산 봉수대를 점령했나이다."

청주성 안 상가에서 은신 중인 이인좌에게 드디어 산성을 장악했다는 기별이 당도했다. 삼월 열닷새, 막 유시(酉時. 오후 여섯 시경)에 들어선 시각이었다.

"봉수대를 지키던 군졸들은 어찌 됐소?"

상당산성(上黨山城)에서 보고를 하러 달려온, 역시 상복 차림의 장정이 몸을 바짝 낮추고는 목소리를 깔았다. 작지만 다부지게 생긴 체격이었다.

"예. 것대산 봉수대를 지키던 군졸들이 뜻밖으로 적어서 예정보다 빨리, 수월하게 장악했나이다. 사로잡은 군졸들은 모두 구금 중이옵니다."

"돌아가 철저하게 수비해주시오. 따로 연통할 때까지 생포한 군졸들을 절대 놓쳐서는 아니 되오. 알겠소?"

이인좌가 굵고 차진 목소리에 힘을 넣으면서 장정에게 다짐을 놓았다.

"예. 걱정하지 마옵소서. 단단히 묶어 지키고 있으니 그자들을 놓치는 일은 결코 없을 것이옵니다."

이인좌가 큰 손을 뻗어 땀에 젖어 있는 장정의 어깨를 툭툭 다독였다.

"아주 잘했소. 봉수대에 있는 동지들에게 읍성을 점령하는 대로 반드시 큰 상찬을 내릴 것이라고 전하시오."

장정은 두 척 가까이 높은 이인좌의 얼굴을 경외의 눈빛으로 흘끔거리다가 꾸벅 절을 하고는 동쪽 벽인문(闢寅門) 방향 어둠 속으로 바람처럼 사라져 갔다.

이제 시작이로구나. 이인좌는 한차례 심호흡을 하고는 삼삼오오 모여 앉은 일행들을 돌아보았다. 상가로 위장한 여염집 마당과 골목에 흩어져 몸을 낮춘 일초(一哨, 1백여 명) 남짓 용사들이 곧 있을 전투에 대비하여 각자 휴식을 취하고 있었다. 약속한 시각이 자시(子時, 밤 열두 시경)로 돼있으니, 아직은 시간이 많이 남아있었다. 문득, 닷새 전 이정골 신항서원(莘巷書院) 인근에 소론 동파 양반들을 모아놓고 당부하고 확인했던 말들이 떠올랐다.

"일시를 미리 확언할 수는 없으나, 대업이 임박했음을 고하나이다. 영남과 호남의 수만 녹림당 용사들이 일시에 합류할 것입니다. 함경도에서도 궐기하여 한양으로 밀고 내려올 것이고, 경기의 동지들은 한양의 봉기를 도와 봉기군의 도성 입성을 도울 것입니다. 여러분께 처음부터 무장봉기에 직접 가담해주십사 하지는 않겠습니다만, 성을 장악하게 되면 그때 가서 역할을 다해주시기를 바랍니다. 선왕 경종대왕을 독살한 일을 비롯하여 온갖 잔혹한 악행을 저질러온 저 야차 같은 노론의 만행을 종식시켜야 합니다. 누란의 위기에 처한 나라를 구하고, 우리가 이 모양으로 핍박받으며 살아야 하는 참담한 삶에 종지부를 찍을 날이 머지않았나이다. 부디 거사에 뜻을 보태어주시기를 간절히 비옵나이다."

평소에 울분을 함께 나눠왔던 동패들이어서 그러하기도 할 것이었다. 참석한 양반들은 모두 흔쾌하게 고개를 끄덕이며 이인좌를 격려했고, 일부는 즉석에서 따라나설 결심을 밝히기도 했다. 참석자들은 읍성 안에서 남쪽의 왜구들이 곧 발병하여 소란을 일으킬 것이라는 소문이 돌아 인심이 흉흉해지고 있다는 정보도 들려주었다. 그날 한자리에 모여 의기를 모은 동파 양반들은 이백여 명을 헤아렸다.

. . .

　청주성 비장 양덕부(梁德溥)가 평복 차림으로 이인좌를 찾아왔다.
선왕(경종) 즉위년부터 상당산성 암문(暗門. 몰래 드나드는 작은 샛문)
축조 책임자로 일했던 그는 누구보다도 금상(영조)의 만행에 분노
하는 강경한 사람이었다. 지난해 말 읍성 안에 사는 한 선비의 소
개로 만난 양덕부는 이인좌를 보자마자 그동안 무던히도 많이 참
았다는 듯이 울분을 토했다.
　"아 글씨, 아우가 형을 독살한다는 게 말이 되는 일인감유? 천
인공노할 악행을 저질러놓고 버젓이 용상에 올라 임금 노릇까지
헌다는 건 더더욱 말이 안 되지유. 우리 같은 무장들이 나서서 이
개만도 못한 인사를 때려잡지 않으면 나라 꼴이 워떠케 되겠슈.
시방 내남없이 다 나서야 쓸 것인디……. 그란디, 금상이 이 씨가
아니라 김 씨라는 풍설은 대체 또 뭔 말이래유? 워떠케 그런 말이
나올 수 있대유?"
　이인좌는 그날 연잉군의 핏줄에 관한 의혹을 소상히 말하지는
않았지만, 양덕부의 투박한 듯 신실해 보이는 모습이 맘에 쏙 들
었다. 충청병사 이봉상(李鳳祥)으로부터 두터운 신임을 받고 있는
그였다.
　상가로 꾸며진 민가로 들어선 양덕부가 두리번거렸다. 권서봉이
그를 발견하고 이인좌가 있는 사랑채로 데리고 왔다. 이인좌가 자

리에서 벌떡 일어나 양덕부를 맞았다.

"어서 오시오, 양 비장. 안 그래도 기별을 기다렸소."

투박한 외양의 양덕부가 상기된 얼굴로 목례를 했다.

"무사히 들어오셔서 참말로 다행이구먼유."

"그래, 벽인문(동문)을 뚫는 문제는 무난할 것 같소이까?"

양덕부가 몹시 궁금한 표정으로 되물었다.

"여기 잠입해 들어온 군사가 월매나 되남유?"

"넉넉잡아 일초는 될 겁니다."

"충분합니다유. 거기 동문을 지키는 군사들은 스물도 채 되지 않아유. 더군다나 모두가 바깥쪽에 신경을 쓰고 있을 테니께, 절반만 동원해도 간단하게 제압될 거구만유."

"고맙소. 신천영(申天永) 장수의 군사 육초(6백여 명)가 성문 밖에 매복하고 있다가 문이 열리는 대로 일시에 들이닥치기로 했으니 차질이 없을 거외다."

이인좌가 다시 목소리를 낮춰서 물었다.

"충청병영 문은 어떻소. 쉽게 열 방도가 있소?"

"예. 걱정 붙들어 매셔도 될 것이구먼유. 자시 이후에 계획한 대로 소란이 나면 지가 직접 문을 열어젖힐 판이니께유."

피아의 희생을 최소화하기 위해서는 가능한 한 빠른 시간 안에 종결지어야 할 것이었다. 미적거리거나, 전투가 확산되면 실패할 공산이 크다. 절도사를 신속히 찾아서 제압하는 것이 관건이다.

"과연 곧바로 이봉상을 잡을 수 있느냐가 가장 큰 변수요. 어찌 하면 되겠소?"

양덕부가 비식거리는 표정을 지었다. 염려하지 말라는 듯한 얼굴이었다.

"소장과 절친한 기생 월례(月禮)가 절도사의 동선을 따라잡고 있다가 알려주기로 했으니께 걱정마시어유."

이인좌가 마음속으로 쾌재를 불렀다. 청주성 점령 작전의 얼개는 다 갖춰진 셈이다. 성문과 병영 문을 여는 문제, 무엇보다도 충청절도사 이봉상을 잡을 방책까지 모두 마련됐으니 난제는 모두 해결된 것이다. 이인좌는 양덕부를 얼싸안았다.

"양 비장! 아니, 양 동지! 참말 고맙소. 이번 거사는 양 동지 같은 의인이 함께하니 반드시 성공할 것이오. 양 동지 같은 귀인을 만나다니 내가 참 복이 많소."

양덕부도 감동에 젖어서 이인좌를 끌어안았다.

"까짓거, 이참에 극악무도한 패륜까지 저지르고 용상에 오른 가짜 왕을 내치고 나라를 바로 세우자구유. 지 겉은 보잘것없는 사람이 과업에 동참헐 수 있는 것만 해도 그저 영광이구먼유."

양 비장의 몸에서 시큼한 땀 냄새가 배어났다.

• • •

해시(亥時, 밤 열 시경)가 넘어가면서 부슬부슬 봄비가 내리기 시작했다. 상가 주변에 조문객으로 위장하여 들어와 있던 장수들이 사랑방으로 소리 없이 모여들었다. 이인좌와 함께 상여꾼으로 위장해 들어온 권서봉과 이배를 비롯해 목함경(睦涵敬)과 정행민(鄭行旻)

등의 얼굴이 보였다. 작은 사랑방 안에 거사의 주역들이 옹기종기 둘러앉았다. 이인좌가 입을 열었다.

"다들 무사히 성안으로 들어왔구려. 이제 운명의 시각이 다가오고 있소. 권서봉 동지는 자정이 되면 수하들을 동원하여 벽인문 수문 군사들을 치고 성문을 열어젖히시오. 이배 동지와 목함경 동지는 나와 함께 병영으로 들어갑시다. 삽시간에 절도사와 수뇌들을 잡아서 설득해야 하오. 그것만이 피를 가장 적게 흘릴 확실한 방법이기 때문이오. 수뇌들이 저항하면 부득이 베어야 하겠으나 달아나는 관병들은 절대로 뒤쫓지 마시오. 우리의 목적은 청주성 점령에 있지, 관군 소탕이 아님을 명심해야 할 것이오."

목함경이 물었다.

"병영 문을 열기가 수월치 않을 것인데, 무슨 방책이 있나이까?"

이인좌가 회심의 미소를 지으며 말했다.

"문은 안에서 열릴 것이오."

이번에는 이배가 질문을 던졌다.

"병영이 넓어 절도사의 행방을 찾기가 쉽지 않을 텐데요?"

이인좌가 여전히 여유로운 표정으로 대답했다.

"염려 내려놓으시오. 이미 절도사의 동태를 따라잡고 있소."

일동의 표정에 안도의 빛이 번졌다. 하나 같이 성공을 확신하는 낯빛이 되었다. 이인좌가 다짐을 놓듯 말했다.

"다시 한번 강조하겠소. 우리의 거사는 민심을 잃어버리면 끝장이오. 가급적 불필요한 살상은 피해야 하오. 명심하시오. 충청절도사 이봉상과 수녀들을 회유해보다가 안 되면 그들만 처단하는 것으로 희생을 그쳐야 하오, 아시겠소이까."

일동은 이인좌의 낮은 목소리에 섞인 쇳소리를 들었다.

"예. 알겠나이다."

모두 결의에 찬 목소리로 응답했다. 상주 놀음을 하며 입성을 주도하던 권서봉이 나섰다.

"이제 곧 상여의 앙장과 보장을 열고, 그 속에 숨겨 들여온 무기들을 지급할 것이오. 얼마나 신속하게 행동하느냐가 관건이오. 다들 바람같이 움직여주길 바라오이다."

참석자들 모두가 알아들었다는 듯 고개를 끄덕거렸다.

이인좌가 자리에서 벌떡 일어서서 말했다.

"자, 이제 시작이오. 조선의 역사를 새롭게 쓸 혁명이 시작됐소. 여러분의 손에 이 나라의 운명이 달려 있소. 여러분 모두 이 지엄한 천명을 열정으로 받들어 최선을 다해주시기를 빌어 마지않소. 각자 무운을 비오이다."

이인좌의 선언이 떨어지기 무섭게 일행은 사랑방에서 소리 없이 빠져나갔다. 구름 속을 막 빠져나온 보름달이 아래를 굽어보고 있었다.

• • •

자시(밤 열두 시경).

밤이 깊어지면서 별빛을 삼켜가던 구름이 실비를 슬금슬금 흩고 있었다. 권서봉이 칼과 철퇴, 그리고 활 등의 무기를 옷자락에 숨긴 쉰 명의 용사들과 함께 바람처럼 상갓집 일대를 빠져나갔다.

이어서 이인좌가 이배, 목함경과 함께 남은 용사들을 이끌고 충청병영을 향해 다람쥐처럼 내달았다. 병영으로 향하는 심야의 길은 인적이 아주 끊겨 괴괴했다. 고양이걸음으로 내딛는 용사들의 발소리와 옷자락 스치는 소리만 들릴 따름이었다.

완강한 목책으로 높다랗게 만들어진 병영으로부터 이 만큼 떨어진 곳에 몸을 낮춘 이인좌와 일행이 정문의 동태를 살폈다. 분명히 보름달이 떴을 텐데, 보슬비를 흩뿌리는 구름에 가려져 병영 먼 쪽이 잘 보이지 않았다. 정문 양쪽에는 경계를 서고 있는 두 병의 병사 말고 다른 군사들은 없었다. 이인좌가 뒤에 있던 용사들에게 수신호를 보냈다. 네 명의 용사가 대오를 빠져나가 우회하여 병영 목책으로 낮고 빠른 걸음으로 접근하는 게 보였다.

얼마나 지났을까. 용사들은 어느새 병영 정문 앞에 서 있는 초병들 뒤까지 접근해 있었다. 그들은 둘씩 나뉘어 한 사람은 뒤에서 끌어안으며 입을 막고 남은 한 사람이 단도로 심장을 찌르는 방식으로 삽시간에 초병들을 해치웠다. 이인좌가 수신호로 병영 진입을 지시했다.

초병들을 제거한 용사들이 활짝 열어젖힌 병영 문 안에 양덕부가 있었다. 그는 이인좌를 보자마자 가까이 다가와 조용히 말했다.

"목책 안에서 아까부터 동태를 살피고 있었어유. 월례한테 확인했더니 절도사는 이른 저녁부터 숙부 이홍무(李弘茂)와 함께 기방

에서 술을 잔뜩 마시고 해시 무렵에 처소인 청진당(淸塵堂)에서 굻
아떨어졌다고 하네유."

이인좌도 청진당의 위치를 익히 파악하고 있었다. 그럼에도 물
었다.

"앞장서시겠소?"

양덕부가 곤혹스러운 표정을 지었다.

"죄송하지만 절도사를 베는 일에는 지가 직접 나서기가 좀 거
시기하구먼유. 대의를 위해서 배신을 하기로 했지만, 평소에 지를
워낙 애껴주시던 분이라, 차마 그렇게 하기는 거북합니다유."

난감한 표정의 양덕부를 바라보던 이인좌가 고개를 끄덕였다.

"양 동지의 고충을 충분히 이해하오이다. 사나이 장부로서 대의
를 좇긴 해도, 은인에게 어찌 그리 참혹한 처신을 할 수 있으시오
리까. 이쯤에서 일단 빠지시오."

그렇게 말한 이인좌가 다시 일행에게 수신호를 보내어 자신을
따를 것을 지시했다.

그들은 순식간에 충청절도사 이봉상이 자고 있다는 청진당에
다다랐다. 도중에 부닥친 순찰 병사들은 떼 지어 들이닥친 봉기군
의 서슬에 병장기를 내던지고 혼비백산 도망쳤다. 청진당은 큼지
막한 열두 칸짜리 건물이었다. 앞장서서 달려간 이배가 신발을 신
은 채로 마루에 올라서서 방문들을 거칠게 열어젖혔다. 방안에는
사람이 없었다. 걷어 젖힌 이부자리가 어지러운 것으로 보아서 발
자국 소리글 듣고 창급히 달아난 낌새였다. 불안한 느낌이 살짝
피어올랐다. 이사부가 단호한 어조로 소리쳤다.

"멀리 가진 못했을 거다. 서둘러 찾아내라!"

머지않아서 수하들을 이끌고 뒤꼍 대나무밭을 수색하던 목함
경이 속곳 바람의 두 사내를 마당으로 끌고 들어와 내동댕이치듯
꿇어앉혔다. 두 사람은 이미 추포 과정에서 한 차례 몽둥이 뜸질
을 당한 듯 육신이 온전치 않아 보였다.

"뒤뜰 대나무 숲에 숨어있었습니다."

"어느 분이 절도사 영감이시오?"

이인좌가 부드러운 목소리로 신문을 시작했다. 먼발치에서 본
적이 있어서 사실 이인좌는 이봉상의 얼굴을 알고 있었다. 왼쪽에
꼿꼿이 앉아 분기가 철철 넘치는 눈빛으로 노려보는 사람이 절도
사였다. 그가 입을 열었다. 굵은 목소리가 청진당 앞마당을 저렁
저렁 울렸다.

"내가 충청절도사 이봉상이다. 도대체 네놈들은 누구냐? 무슨
일로 관아를 무도하게 침범하여 장관을 이리 능욕하느냐?"

이인좌가 말했다.

"소인은 송면에 사는 이인좌라는 사람이오이다. 전대미문의 간
악한 수법으로 선왕 폐하를 독살 시해하고 왕위를 찬탈한 현왕의
흉악무도한 패륜을 묵과할 수 없어서 떨쳐 일어났소이다. 녹림당
의 장수로서 가짜 임금의 패륜을 치죄하고 비뚤어진 나라를 바로
잡고자 봉기했을 따름, 영감에 대해서는 추호도 사사로운 유감이
있지 아니하외다. 부디 우리와 뜻을 함께해주시기를 간곡히 청하
오."

이인좌의 말을 들은 이봉상은 더욱더 노여움이 가득 차오른 얼

굴로 노려보았다.

"네 이놈! 감히 내 앞에서 시정잡배들 사이에나 떠도는 흉언을 내뱉고 있는 것이더냐? 말 같지도 않은 말로 더는 세상을 어지럽히지 말고 스스로 잘못을 빌고 벌을 청하라!"

이인좌가 잠시 이봉상의 흥분한 얼굴을 들여다보았다. 절도사의 눈동자에서 분노의 기운이 불꽃처럼 쏟아져 나오고 있었다.

"이보시오, 절도사 영감! 현왕의 패륜이 이 나라 조선의 근간을 뒤흔들고 있는 진원임을 정녕 모르신단 말이오? 이런 상태로는 나라의 기반마저 송두리째 흔들릴 것이오. 영감이야말로 이 나라를 지켜온 명문대가의 동량 아니시오니까? 더욱이 선왕의 은덕을 입은 몸으로서 어찌 망국의 길로 치닫고 있는 조정의 행악을 모른 척할 수 있단 말이오?"

명문대가의 동량이란 말을 들은 절도사가 폭발하듯 소리를 쳤다.

"그 더러운 입으로 내 가문을 들먹이지 말라. 네놈이 그 어떤 말을 해도 충무공(忠武公 이순신)의 후손으로서 한 점 부끄럼도 남기지 않을 것이다. 무장답게 죽을 터이니 더는 욕보일 생각일랑 하지 말고 어서 나를 베어라!"

"이보시오, 영감. 저승에 계신 충무공께서 오늘날 조정의 난맥상을 보신다면 뭐라 하시겠소. 나라를 사랑하는 일이 어찌 가짜 임금에게 속아 맹목적으로 충성하는 일이겠소이까. 조선을 사랑하는 마음이 진정이라면 우리와 뜻을 함께하셔야 할 것이오."

"닥쳐라, 이놈! 네놈 같은 만고역적이 어찌 함부로 충무공 석 자를 입줄에 올리느냐? 너는 우리 집안에 서릿발 같은 충의가 면면함을 듣지 못했느냐? 왜 나를 빨리 죽이지 않느냐?"

이인좌는 난감에 빠졌다. 쉬이 순응하리라고 믿은 것은 아니었다. 그러나 이렇게 단박에 스스로 죽기를 자처하고 나오리라고 예상하지는 못했다. 다시 한번 간곡한 목소리를 실어 말했다.

"절도사 영감. 일찍이 궁궐에서 일어난 참혹한 일들에 대해서 아주 듣지 못했다고는 말씀하지 못하실 것이오. 금상이 정말 임금이오니까? 왕의 씨도 아니라는 흉흉한 풍문은 차치하고라도 선왕께서 붕어하신 일에 직간접적으로 관여됐다는 혐의는 또 어찌할 것이오니까? 이 나라의 충신이라면 응당 분개하고 나서서 그릇된 역사를 바로잡아야 할 것이 아니겠소. 지금이라도 마음을 돌리시는 게 옳지 않겠는지요."

이봉상의 얼굴이 노여움으로 크게 일그러졌다. 이미 그의 얼굴은 산 사람의 것이 아닌 것처럼 흙빛이었다. 그가 몸을 벌떡 일으키며 청진당이 쩌렁쩌렁 울리도록 큰 소리로 악을 쓰듯 외쳤다.

"네 이놈! 천하의 역적 입에서 나오는 폭언을 더는 들어줄 수 없겠구나. 어서 빨리 내 목을 쳐서 한평생 무부로 살아온 명예를 지킬 수 있도록 하지 못할까! 혀를 깨물기 전에 어서 내 목을 쳐라!"

이인좌는 결국 이봉상을 설득하는 것은 무리라는 판단이 섰다. 칼을 뽑아 들고 서 있는 목함경에게 손짓을 했다. 목함경은 눈 깜짝할 사이에 칼을 크게 휘둘러 이봉상의 목을 쳤다. 고개를 빳빳이 세우고 이인좌를 훈계하던 이봉상의 몸은 썩은 짚단처럼 푹 고꾸라졌다.

곁에 앉아있던 이봉상의 숙부 이홍무가 자기도 칼을 맞은 듯 앞으로 푹 쓰러져 부들부들 떨었다. 그때 흰 머리띠를 두른 봉기군 군사들이 피투성이가 된 사내 하나를 끌고 마당으로 들어섰다.

"장령님! 스스로 충청병사라고 하는 놈이 맨손으로 성벽을 타고 넘어왔기에 잡아 왔사옵니다."

횃불로 비쳐 보니 끌려온 사내의 풍모가 무관임에는 틀림이 없어 보였다. 그의 손가락이 온통 피투성이였다.

"여기에 이미 절도사 영감이 있거늘, 네가 어찌 장관을 사칭하는 것이냐? 네놈은 대체 누구냐?"

"내가 바로 충청병사 이봉상이오. 여기 분들은 멀리 한양에서 온 손님들일 뿐이오. 저분들은 풀어주시오."

그는 아직도 이봉상이 살아있는 것으로 착각하고 있는 듯했다. 목함경이 벽력같이 소리치며 나섰다.

"네 이놈! 충청병사 이봉상은 대의를 거부하고 모독한 죄로 방금 처형됐다. 여기 절도사 영감의 시신이 보이지 않는 것이냐? 네놈은 대체 누구란 말이냐?"

그 말에 사위를 둘러보던 사내가 떨어져 나뒹구는 이봉상의 얼굴을 확인하고는 자지러졌다. 그러고는 땅을 치며 통곡을 쏟아냈다.

"하이고! 병사 영감! 이 어찌 된 일이옵니까? 어이하여 이다지도 천인공노할 변고가 일어났단 말이옵니까?"

그 광경을 지켜보던 이배가 칼을 사내의 턱밑에 들이대며 물었다.

"네놈은 누구냐! 누군지를 빨리 밝혀라. 청주성 소속 군관이
냐?"

사내가 목전에 들어온 칼날을 개의치 않은 채 핏발 선 눈을 치
떴다.

"나는 충청병사 휘하의 군관 홍임(洪霖)이다! 네놈들이 이토록
참혹한 역적질을 하고도 무사할 성싶으냐? 당장 무기를 버리고
잘못을 빌지 못할까!"

군관 홍임의 기개 역시 이봉상과 다르지 않았다. 이인좌가 나섰
다.

"홍 군관! 우리에게는 그대 같은 대장부가 필요하다. 피를 본 것
은 절도사 영감 하나로 족하다. 이제 천하 대의가 우리에게 있고
대세도 기울었으니 우리와 뜻을 함께함이 어떠냐. 가짜 임금에
게 농락당하고 있는 종묘사직을 바로잡아야 하지 않겠느냐?"

그러나 군관 홍임의 표정은 일말의 흔들림도 없었다. 더는 시간
을 지체할 수가 없었다. 이배가 칼을 치켜들며 말했다.

"장령님! 이런 놈하고 입씨름할 시간이 있지 않습니다."

이인좌가 아쉽다는 표정으로 눈을 부릅뜬 채 분노로 몸을 부들
부들 떨고 있는 홍임을 향해 말했다.

"너는 충신이다. 죽이고 싶지 않지만, 훗날 나를 해칠까 염려되
니 하는 수 없이 죽인다. 일이 성사되면 후손을 녹용할 것을 약속
하마."

그러자 홍임은 이인좌를 비웃으며 가소롭다는 듯이 소리쳤다.

"나는 아들이 없지만 있어도 너 같은 역적에게 등용되지는 않을 것이다!"

홍임이 말을 채 마치기도 전에 이배가 칼을 휘둘러 목을 베었다.

그때 봉기군 군사 하나가 청진당으로 달려 들어왔다.

"장령님! 영장 남연년(南延年)을 찾았나이다."

"어디냐?"

"통군루(統軍樓. 2층 12칸으로 된 일종의 병사 지휘소)에 올라있나이다."

군사의 말을 듣자마자 뒤쪽에 있던 목함경이 나서서 남연년의 위치를 보고한 군사를 앞세우고 쏜살같이 달려나갔다. 그의 손에 들린 철퇴 줄에서 쇳소리가 철걱철걱 들렸다. 이인좌와 이배, 그리고 군사들이 우루루 뒤따라갔다.

통군루에 다다르자 큰 목소리가 들려왔다.

"네 이놈들! 하늘이 두렵지 않느냐? 어찌하여 이리도 흉악무도한 반란을 일으키느냐? 당장 병장기를 내려놓고 항복하지 못할까?"

그의 목소리가 얼마나 우람하고 큰지 누각을 흔들어 크렁크렁 울리고 있었다.

일찍 다다른 목함경이 철퇴를 휘두르며 앞장서서 누각으로 올라갔다. 남연년은 누각 위에서 속옷 차림으로 칼을 뽑아 든 채 식식거리며 분기를 떨치고 있었다. 그러나 노인이라는 티를 숨길 수는 없었다. 굵은 목소리에 어울리지 않게 몸피가 허약해 보였고, 들고 있는 칼도 심하게 흔들렸다. 목함경이 그 앞에서 철퇴를 휘두르며 위협하자 움찔하는 모습을 보이기도 했다. 뒤늦게 통군루 계단을 오른 이인좌가 남연년 앞에 우뚝 섰다.

"남 장군! 이 이상 피를 보고 싶지 않소. 우리와 함께 뜻을 모아 가짜 임금을 몰아내고 종묘사직을 바로 세우는 일에 나서십시다. 지금 희생을 자처해봐야 어느 누구에게도 득될 것이 없소이다."

그러나 남연년은 깊숙이 들어간 눈동자를 번뜩이며 발악하듯 말했다.

"내가 나라의 후한 은혜를 입었고 나이 칠십이 넘었는데, 어찌 개새끼(구자狗子) 같은 너희를 따라 반역을 하겠느냐?"

그 말을 들은 목함경이 곧바로 앞으로 달려나갔다. 그 위세에 남연년은 그만 들고 있던 칼을 놓치고 말았다. 목함경은 이인좌의 눈치를 잠시 살피는 듯하더니 철퇴를 하늘로 크게 휘둘러 남연년의 정수리를 내리쳤다. 사방으로 붉은 피가 튀었다. 남연년은 그 자리에서 죽었다. 이인좌의 가슴에 쓰라린 기운이 퍼졌다. 이제 끝난 건가.

권서봉이 열어젖힌 벽인문(동문)을 통해 단숨에 성안으로 들어온 신천영이 통군루로 뛰어 올라왔다. 정행민이 그 뒤를 따랐다.

"군사들을 요처마다 배치해 성을 모두 장악했소이다."

"저항이 심하진 않더이까?"

"관병 대다수가 겁에 질려 도망쳤소이다. 절도사가 죽었다는 말을 듣더니 잔병들도 병장기를 내려놓고 모두 항복했소."

"청주목사 박당(朴鐺)은 어찌 되었소?"

"처자와 인부(印符)를 모두 버리고 달아났소이다. 담장을 넘어

탈출한 듯한데, 곧 잡힐 것이오."

성공했구나. 이인좌는 감격했다. 가슴이 터질 듯이 기뻤다. 봉기
군 군사들이 목이 터지도록 외치는 만세 소리가 점점 더 커지고
있었다.

• • •

통군루 앞에 모인 거사군 장교들의 기백이 충천해 있었다. 비는
여전히 내리고 있었고 병사들의 몸은 젖어있었지만, 횃불에 비친
얼굴들이 한결같이 밝았다. 그런데, 그 자리에 함께 있어야 할 변
산패 두령 정팔룡(鄭八龍)이 눈에 띄지 않았다. 이인좌가 정행민을
한쪽으로 불러 조용히 물었다.

"정팔룡 대장은 어디 갔소이까? 성에 들어오긴 왔소?"

정행민이 난감한 표정으로 대답했다.

"정 대장은 상당산 집결지에 나타나지 않았습니다. 정 대장뿐만
아니라, 변산패 일백 명 모두 모습을 나타내지 않았나이다."

가슴에 허탈한 기운이 훅 하고 일어났다. 변산 도적패들은 결국
허상이었단 말인가. 문득 채석강에서 당했던 모진 봉변이 떠오르
면서 믿어서는 안 될 도적무리들을 믿었다가 낭패가 난 것은 아
닌지 불안감이 스쳤다. 그들이 장담한 구천(九千) 대군을 온전히
믿은 것은 아니었으나, 그 힘을 기대해온 것은 사실이었다.

그러나 어쩔 것인가. 변산패가 사라졌다는 사실이 갈 길을 멈추
게 할 변수는 될 수가 없었다. 이인좌는 심호흡을 가다듬어 감영

에 모인 스무 명 남짓 거사군 주역들을 향해 큰 소리로 말했다.

"동지들! 여러분의 용맹과 지혜로 우리는 난공불락의 청주성을 기어이 함락했소이다. 참으로 다행스러운 일은 우리 거사군도 손실이 거의 없었고, 이곳 성안 백성들도 다치지 않았다는 점이오. 앞으로도 진중의 군기와 규율을 어겨 민심을 잃는 불상사가 있어서는 절대로 안 될 것이오. 거사군 간부들은 당분간 금주(禁酒)를 엄격히 실천해야 할 것이오. 이제 근일 간 영남군과 호남군이 기병하여 합류하면 우리는 수만 대군을 이끌고 한양도성으로 치고 올라갈 것이오. 일체 대의를 의심치 말고, 성공을 추호도 비관치 말기를 바라오."

거사군 장교들이 일제히 함성을 지르고 만세를 불렀다. 청주성 함락의 밤이 깊어 가고 있었다.

• • •

동헌으로 자리를 옮긴 직후 이인좌는 둘째 아우 이기좌(李麒佐)를 따로 불렀다. 이인좌의 뇌리에는 온통 영남군이 한시바삐 움직여 청주성으로 올라와야 한다는 생각으로 가득 차 있었다.

"너는 지금 곧바로 말을 달려 경상도에 있는 능좌(이능좌李能佐. 이인좌의 첫째 아우)에게 가거라. 청주성 점령 소식을 전하고 영남군 출병이 시급하다는 사실을 곧바로 알려야 한다. 한양에서의 일이 여의치 않다는 사정도 전달하고 대업의 성패가 영남군의 역할에 달려 있다는 점을 정희량 동지가 깨닫도록 해야 한다. 알겠느냐."

진작 무슨 임무가 떨어질 줄 알았다는 듯이 이기좌가 입술을 굳게 깨물었다.

"알겠소, 형님. 지체 없이 안동으로 달려갈 것이오. 형님의 말씀 하나도 빠트리지 않고 능좌 형님에게 전하겠소."

이기좌가 씩씩한 걸음으로 동헌을 나가고 난 뒤 거사군 수뇌부와 마주 앉았다. 이인좌가 신천영에게 말했다.

"서원관(西原館. 청주성 객사)에 선대왕의 빈소를 차리고 위패를 모셔 성민들에게 우리의 대의를 널리 알려야 할 것이오. 아울러 봉기군은 모두 백의(白衣)를 입기로 했으니 약속대로 청주성 거민들로 하여금 신속히 옷을 내도록 독촉해주시오."

신천영이 고개를 주억거리며 대답했다.

"알겠나이다."

이인좌가 도포 소맷자락 안에서 접힌 종이를 꺼냈다. 그러고는 정행민을 향해 말했다.

"격문 초안이오. 내용을 참고하여 즉시 완성해주시오. 빠르면 빠를수록 좋소. 우선 청주성 백성들을 규합해야 하오."

정행민이 이인좌가 내민 종이를 받아들었다.

"그렇지 않아도 종사관 유급(柳給)을 대기시켜 놓았사옵니다. 서둘러 완성하여 보고를 드리겠나이다."

어디선가 첫닭 우는 소리가 들렸다.

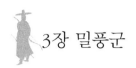

3장 밀풍군

장지문 틈새로 새벽바람이 새어 들어왔다. 삼월 중순의 바람치고
는 매웠다. 청진당에 마련된 침소에서 잠시라도 눈을 붙이려던 이
인좌는 갈수록 말똥거리는 의식을 어쩌지 못하고 몸을 일으켜 낮
은 호롱불을 바라보며 정좌하고 앉았다.

　송면 본가에 장인 윤경제가 다녀간 이후 정초부터 전광석화처
럼 지나간 파란만장이 기억의 사다리를 타고 하나씩 되살아 올랐
다. 심호흡을 하고 눈을 감았다. 설 명절 이후 정신없이 달려온 세
월이 꿈만 같았다.

• • •

　정월 초하루.

무거운 침묵이 흐르고 있었다. 경기 과천에 사는 재종형 이일좌(李日佐)까지 모처럼 함께한 설이었다. 차례상에 잔을 올리며 세종 성군의 후손으로서 명망을 유지해온 누대의 충신 어른들 생각에 눈시울이 달아올랐다. 이인좌는 마지막 잔을 올리며 일족의 존폐를 건 대업을 조상들께 마음속으로 고했다.

차례를 마친 후 형제들과 함께 종산에 올랐다. 아직 어린 막냇동생 기아(李慶兒)를 제외하고, 첫째 아우 능좌, 둘째 기좌, 셋째 준좌 그리고 멀리서 온 재종형 이일좌까지 함께였다. 정초답지 않게 날씨가 포근했다. 산천에 쌓인 눈이 화사한 태양 빛에 반짝이고 있었고, 바람기조차 없는 산자락에는 철없는 봄볕이 성급하게 내려앉아 노닥거렸다. 형제들은 종산 산소에 차례로 예를 올리고 난 다음 둘러앉았다. 팽팽한 긴장이 흘렀다.

이인좌가 입을 열었다.

"충(忠)이란 무엇일까. 나라를 위한 충과 임금을 위한 충은 어떤 경우에도 같아야 하는 것일까. 임금이 임금답지 못할 때, 아니 임금이 진짜가 아닐 때도 단지 용상에 있다는 것 하나만으로 충성을 다하는 것이 옳은 일일까. 나는 오랫동안 생각해왔다. 용상에 앉은 왕이 진짜 왕이 아닐 때 충신은 어떻게 해야 하는가를 스스로에게 물어왔다."

거기까지 말한 이인좌는 이능좌를 향해 고개를 돌렸다. 명절이나 기제사 때마다 둘러앉아 조상의 일생을 추억하는 것은 일종의 가통이었으니 이번 설 명절 이인좌의 서두는 남달랐다. 형보다도 훨씬 더 큰 몸집의 이능좌는 고개를 푹 숙인 채 형의 말을 잠자코 듣고 있었다.

"능좌 아우에게 묻겠다. 자랑스러운 세종대왕의 11세 후손으로서 우리 조상들이 어찌 살다가 가셨는지 잘 알고 있을 것이다, 말해보겠느냐."

이능좌가 기다란 허리를 펴며 자세를 가다듬었다. 수염이 없는 얼굴을 덮어씌우다시피 한 주근깨가 유난스러웠지만, 매서운 눈매가 형 이인좌와 똑 닮아 있었다.

"현조 몽상(李夢祥) 할아버님은 영춘현감과 통훈대부 행사헌부감찰을 역임하신 분입니다. 임진왜란 당시 임실현감으로 공을 세워 군자감판관 익위사사어에 제수되셨고, 또 이조판서를 증직하셨습니다. 고조부 정신(李廷臣) 할아버님은 왜란 때 영의정 이산해(李山海)의 책임을 추궁, 파직시키신 송죽 같은 분이셨습니다. 선천군수에 이어 광주목사, 전주부윤, 동부승지, 나주목사, 광주목사, 용양위호군 등을 거쳐 경상도관찰사가 되셨고, 이후 의주부윤, 충청도관찰사로 재직하셨습니다. 사은사 부사로 명나라에 다녀오기도 하셨습니다."

"잘 말했다. 삼대조 할아버님은 기좌 아우가 한번 돌이켜보아라."

이기좌가 말을 받았다.

"증조부이신 응시(李應蓍) 할아버님은 청백리로서 이름을 빛내신 어른이십니다. 동지사 서장관으로 청나라를 다녀오셨고 승지, 도승지, 동지경연사를 차례로 역임하셨지요. 이후 함경도관찰사, 대사간을 거쳐 이조 참판을 지내셨습니다. 효종실록 편찬에 참여하면서 관상감제조를 겸하셨습니다."

"잘 알고 있구나. 조부님에 대해서는 준좌 아우가 말해보겠느냐?"

날렵한 몸매를 지닌 이준좌가 허리를 펴고 고개를 들어 입을 열었다.

"운징(李雲徵) 할아버님은 문재와 조행이 뛰어나고 지려와 용력이 남다른 분이셨습니다. 평안도도사, 사헌부장령, 집의, 승지를 거쳐 강원도관찰사, 전라도관찰사를 역임하셨습니다. 수차례 다른 파당의 모함을 받아 삭탈관직과 유배까지 당하는 고초를 겪으셨습니다."

"모두 잘 각인하고 있구나. 흡족하다."

이인좌가 잠시 말을 끊고, 경계의 눈으로 주변을 한 차례 둘러살폈다.

"지금부터 내가 하는 이야기는 절대로 밖으로 누출돼서는 안 된다. 낮말은 새가 듣고 밤말은 쥐가 듣는다 했으니, 어떠한 경우라도 함부로 입줄에 올려서는 아니 될 것이다."

이인좌의 아우들은 굳은 표정으로 장형의 입을 주시했다.

"조선은 지금 누란의 위기에 빠져있다. 백성들은 도탄에 빠진 지 오래이건만 궁성에서는 사리사욕을 탐하는 무리가 활개를 치고 있다. 임진년과 병자년에 당한 전대미문의 환란을 겪고도 왕실은 스스로 허물을 깨닫지 못하고 권력을 농단하는 무리들만 득실거린다. 많은 이유가 있겠지만, 왕실의 정통성이 사라진 것이 가장 큰 불행이다. 이 천인공노할 부조리부터 바로잡지 않고서는 조선은 한 발짝도 바른길을 갈 수가 없다."

재종형 일좌와 함께 능좌는 이인좌가 하고자 하는 이야기를 누구보다도 잘 알아차릴 것이고, 준좌, 기좌 역시 대략은 알아들을 것이었다. 이인좌는 그런 믿음으로 이야기를 이어갔다.

"조선이 번영하고 영생하기 위해서 반드시 해야 할 일들이 여러 가지가 있지만, 신분제도부터 개혁해야 한다. 노비세습 제도를 혁파하는 일이 그 첫 번째 일이다. 이제부터 우리 집안의 모든 노비들을 면천(免賤. 천민을 면하게 해줌)할 것이다. 이야기하자면 길다. 반상(班常. 양반과 상놈)을 갈라놓고 수탈만을 일삼으며 기득권자들이 국방의 의무마저 저버리는 나라가 온전하겠느냐. 이 나라는 구석구석 마디마디 썩어 문드러져 가고 있다. 이대로는 안 된다."

거기까지 말한 이인좌가 제종형 이일좌를 향해 말했다.

"일좌 형님. 지금까지 그리 해오셨듯이 한양의 일이 차질 없도록 철저하게 보아주시오. 형님의 역할이 참으로 막중하오. 형님의 정성을 믿겠소."

일좌가 결기가 가득한 목소리로 대답했다.

"너무 염려하지 말게나. 고비가 아주 없을 수는 없겠으나 결국은 일이 뜻대로 되어갈 것이네. 시운도 명분도 모두 우리 편이니 반드시 성공할 것이야."

이인좌는 만족스러운 표정으로 몇 차례 고개를 끄덕거린 다음 아우 능좌를 향해 말했다. 목소리가 한껏 낮아져 있었다.

"각자 맡아서 완수해야 할 책임을 다시 한번 확인하겠다. 능좌 아우는 잘 들어라. 함경도에서 대군이 움직여 합세할 것이지만 경상도가 결정적인 곳이다. 영남군이 빠른 시간 안에 우리 호서군, 그리고 호남군과 합세하여 한양으로 밀고 올라가야 거사가 비로소 성공을 거둘 수 있다. 삼남 연합군이 한양을 올려치면 함경도 군이 곧바로 쳐내려올 것이다. 내가 충청도에서 길을 닦아놓으면 곧바로 몰려와야 한다. 하루만 늦어도 대계(大計)가 틀어질 수 있다는 점을 명심해야 하느니라."

이능좌가 떨리는 목소리로 말했다. 그의 눈언저리엔 어느새 눈물이 번져있었다.

"현좌(玄佐. 이인좌의 본명) 형님. 이 동생은 너무 두렵소. 일전에 경상도 안동의 기류를 짚어보니 간단치 않더이다. 금상이 운곡(雲谷 이광좌李光佐) 대감을 영상으로 기용하기 전만 하더라도 분명히 분기탱천하여 뜨겁더니, 그 이후 여론이 완전히 기우듬해져 버렸소. 안동이 어디요? 거사를 치르자면 반드시 심장 역할을 해야 할 곳인데 거기가 뜨뜻미지근해졌으니 거사가 뜻대로 될지 걱정스럽기 짝이 없소."

이인좌는 당황스러웠다. 형제 중 가장 기골이 장대하고 명민한 능좌 아우였다. 처음 거사를 모의할 적만 하더라도 형보다 더 적극성을 보였었다. 그런 그에게 경상도 안동 지역의 거사 세력을 묶어내는 일을 맡겼다. 능좌로부터 거기 안동 지역의 뚝심 있는 사대부들의 반응이 불같이 뜨겁다는 말을 여러 차례 듣기도 했다. 그런 아우가 갑자기 주춤거리기 시작한 것이다. 이인좌는 이능좌의 얼굴을 곧바로 바라보며 말했다. 차분한 목소리였다.

"능좌야. 우리는 이제 중단을 하느냐 마느냐를 말할 수 있는 단계를 벗어났다. 여기에서 멈추기에는 너무 늦었다는 말이다. 계획한 대로 달려가면 역사를 바꿀 기회가 올 수도 있지만, 멈추거나 후퇴하면 처참하게 도륙당할 일만 남아있게 된다. 그동안의 역사가 어땠는지 잘 헤아려 보거라. 이미 우리 모두는 시위를 떠난 화살 같은 존재들이니라. 반드시 성공한다는 굳은 신념으로 힘차게 내닫는 것만이 유일한 선택일 따름, 다른 선택지는 남아있지 않다. 실패할 이유가 있다면 피해 나아가야 하고 피하지 못한다면 때려 부수고 전진해가는 길뿐이다. 그동안 야무지게 준비해오지 않았느냐. 이 형을 믿고, 너 자신을 믿어야 한다."

둘째 아우 기좌가 나서서 형 이능좌를 바라보며 말했다.

"능좌 형님. 어찌 그리 무른 말씀을 하시오. 우리 형제가 거사에 나선 것은 하늘의 뜻이라는 것을 잠시 잊으셨소? 사나이 대장부로 태어나 삶을 헛되이 하지 않으려면 대의를 위해서 망설임 없이 목숨을 던질 수 있어야 한다고 말한 분이 누구셨소? 큰 형님 말씀처럼 우리 형제들은 이미 시위를 떠난 화살 같은 존재임이 틀림없소. 계획된 대로 최선을 다해 나아갈 일만 남았을 뿐이오. 큰 형님을 받들어 전심전력을 다 쏟아부어야 합니다."

이능좌는 고개를 숙인 채 조용히 아우의 핀잔을 들었다. 이인좌가 이능좌에게 다시 다짐을 놓았다.

"어찌 됐든, 능좌가 경상도에서 성공해야 한다. 알겠느냐?"

이능좌는 눈물을 닦으며 이를 물고 입술을 오므렸다.

"송구하오, 형님. 형님의 말씀 새겨듣고 최선을 다하겠소. 반드시 경상도에서 대군을 일으켜 한양으로 오르겠소. 지성이면 감천이라 했으니 무슨 짓이든 다 해서 반드시 성공하리다."

이인좌가 다가와 이능좌의 어깨를 다독거리며 말했다.

"능좌야. 너무 심려치 말거라. 우리가 준비해온 일이 어디 그렇게 허술하더냐. 다소 망설임이 있더라도 민심이란 한번 불이 댕겨지면 무서운 기세로 뭉쳐지는 법이니, 그 사이의 냉담을 견디는 일만 남았다. 성패의 기운으로 보자면 실패할 이유가 없는 거사 아니더냐. 네 어깨에 걸린 사명이 아무리 무겁더라도 쉬이 내려놓지만 않는다면 청사에 길이 남을 영광에 네게 닿을 것이다. 힘을 내거라."

이능좌가 형을 부둥켜안으며 말했다.

"다시는 흔들리지 않을 것이니 염려하지 마시오. 내 무슨 일이 있더라도 경상도 봉기를 성공시킬 것이오."

이인좌가 다시 한번 아우의 어깨를 다독이면서 고개를 끄덕였다.

· · ·

정월 초사흗날.

"이제 다 왔네. 저 모퉁이만 들어서면 집이 보일 걸세."

저만큼 앞서가던 이일좌가 문득 말을 세웠다. 한양도성의 이하(李河)의 집으로 돌아드는 골목 모퉁이는 바람이 매웠다. 이인좌가 재종형 이일좌와 함께 나란히 말을 타고 송면 본가를 나선 것은 설 명절 다음날 오전이었다. 곧 진눈깨비라도 쏟아질 것 같은 끄

무더운 날씨였지만 지체할 여유가 없었다. 꼬박 하루하고 한나절, 말을 쉬게 하면서 주먹밥으로 허기를 때우거나 잠깐씩 새우잠을 잔 시간 말고는 줄기차게 달려왔다. 등줄기에 땀이 축축이 배어나 한풍의 냉기를 살갗에다가 전했다. 이인좌도 이일좌 옆에 말을 세웠다.

"이제 시작입니다, 형님. 형님의 수완을 믿습니다."

"그러하네. 이제 본격적으로 시작이 된 게야. 복잡하긴 하지만 하나씩 풀려갈 것이고, 반드시 성공할 것이네."

"평안도병사께서 함께 움직이기로 약조했다 하셨는데, 신뢰할 만합니까?"

이일좌가 앞뒤를 살핀 다음 손을 입에 갖다 대고 목소리를 낮췄다.

"평안도관찰사 이사성(李思晟) 영감은 틀림이 없을 것이네. 때가 되면 총융사 김중기(金重器), 금군별장 남태징(南泰徵)과 도성을 치도록 내통이 다 되어있다네."

이인좌는 제종형과 눈을 맞추며 고개를 잠시 끄덕이고는 말고삐를 당겼다. 이일좌가 다시 이인좌의 곁으로 다가와 근처 덩그렇게 높은 기와집을 턱짓으로 가리키며 조용히 말했다.

"밀풍군(密豐君 이탄李坦. 소현세자의 증손) 본가야."

밀풍군이라는 말에 숨이 턱 하고 막혀왔다. 뒤이어 밀풍군이 이하의 집과 이웃하고 있다고 일러주었던 제종형의 말이 떠올랐다. 해가 저물고 있었다. 이인좌는 자신도 모르게 밀풍군이 산다는 기와집을 자꾸만 쳐다보았다.

. . .

　이하의 집에는 뜻밖으로 먼저 온 손님들이 있었다.

　말에서 내려 대문을 들어선 두 사람 중 이일좌를 먼저 반갑게 맞은 이하가 함께 온 이인좌를 잔뜩 경계하는 눈빛으로 훑어보았다. 몸집이 좀 작은 편인 이하는 눈매가 가늘고 날카로워 보였다. 짙은 구레나룻이 인상적이었다.

　"아, 저의 아우 이인좌입니다. 여러 차례 말씀드렸습지요."

　이하는 약간 굳어있던 얼굴을 활짝 풀면서 다가와 이인좌의 큰 손을 움켜잡았다.

　"아, 이인좌 동지! 그동안 동지에 대해서는 너무 많은 말씀을 들어왔소이다. 먼길 오시느라고 얼마나 힘드셨소."

　이인좌도 이하의 손을 맞잡았다.

　"저 역시 말씀을 익히 들어왔소이다. 이렇게 뵈오니 영광이오."

　"어서 안쪽으로 드십시다."

　이하는 앞장서서 두 사람을 안채 뒤쪽으로 안내했다.

　널찍한 뒤뜰 저만큼 가지런하고 높은 돌담장 앞으로 널따란 장독대가 보였다. 방문 앞 봉당 댓돌 위에 태사혜(太史鞋) 한 켤레와 미투리 한 켤레가 가지런히 놓여있었다. 이하가 봉당에 올라 헛기침을 한 차례 한 다음 툇마루에 올라 문을 열어젖히고는 돌아섰다.

　"두 분 어서 오르시지요."

　안쪽에 있던 사람들이 자리에서 일어서는 모습이 호롱불 속에서 어른거렸다.

이인좌와 이일좌가 툇마루에 올라섰다. 커다란 방안에는 이하 말고도 두 사람이 더 있었다. 이하의 안내에 따라 방안으로 들어섰다. 이하가 두 사람을 소개했다.

"귀한 분이 오셨소이다. 이 분은 청주목에서 오신 이인좌 동지이오이다. 이일좌 동지와는 재종간이시랍니다."

이인좌가 공손하게 허리를 굽혀 인사를 했다. 모두가 구면인 듯 이일좌는 목례를 나눴다. 구석 자리에 서 있던 호리호리한 남자가 한 발 앞으로 다가서서 손을 잡으며 반색을 했다.

"아, 오늘에야 이인좌 동지를 만나는군요. 나 이유익이라는 사람이오. 태인현 박필현 현감으로부터 이 동지 이야기를 여러 차례 들었소이다. 정말 반갑소."

이인좌가 고개를 숙여 화답했다.

"저 역시 박 현감과 여기 일좌 형님으로부터 이유익 동지의 활약상을 익히 들어왔소이다. 대의를 위해 가산을 모두 정리했다는 이야기에 탄복했소."

이유익이 잡은 손에 더욱 힘을 주며 말했다.

"탄복이라니요. 거사를 뜻한 자로서 응당 해야 할 일을 한 것뿐이오이다."

이번에는 이일좌가 나서서 이유익 옆에 서 있는 통통한 사내를 소개했다.

"이 분은 양성(陽城. 안성安城)에 사는 권서린(權瑞麟) 동지일세."

이인좌가 깍듯이 고개를 숙이며 인사를 했다.

"이인좌라고 하오이다. 여기 일좌 형님으로부터 말씀을 익히 들었소. 삼 형제가 모두 우리 녹림당 동지들이라니 감탄스럽소이다."

백포(白布) 도포를 입고 있는 권서린은 어중간한 키에 수염이 조금 나 있는 용모였다. 말없이 목례를 하는 그의 얼굴을 자세히 보니 마마(천연두) 자국이 보였다. 이하가 밝은 낯빛으로 부연해서 설명했다.

"그러하다오. 선왕 대에 노론의 파렴치를 징치해야 한다는 상소 한 장 올렸다가 목숨이 위태로웠던 권서봉 동지가 아우요, 권서룡 동지가 형이라오. 상당한 수의 의병들을 확보하고 거사를 기다리고 있지요."

"자, 모두들 좌정하시지요. 멀리 누추한 곳까지 찾아주셔서 고맙소이다."

이하가 손님들에게 자리에 앉기를 권했다. 이인좌는 자신을 찬찬히 훑어보는 이하와 이유익, 권서린의 눈길을 느꼈다. 아무리 어떤 사람들인지 들은 바가 있다고 해도 처음 대면한 사람들이라 서먹한 기운은 어쩔 수가 없었다.

이유익이 잠시 동안의 침묵을 깨고 말문을 열었다.

"초면에 이런 말씀드려도 될지 모르겠소만, 이인좌 동지의 기상이 범상치 않소. 세월을 잘 타고났다면 반드시 큰 장군이 되고도 남았을 용태이시오."

그러자 이하가 나서서 고개를 끄덕이며 말을 받았다.

"그렇게 보셨소이까. 저도 똑같이 느꼈소. 분명 대장군 감이오."

이인좌가 고개를 숙이며 답했다.

"과찬의 말씀들이오이다. 미력이나마 최선을 다해볼 작정뿐이올시다."

안쪽으로 난 방문이 열리고 음식과 다과상이 들어왔다. 좌중은 이하의 권유에 따라 차려낸 음식을 한동안 먹었다. 잘 삭은 식혜를 한 모금 들이키니 먼길을 달려온 피로가 일시에 씻겨나가는 듯 시원했다.

이인좌가 이유익에게 먼저 물었다.

"일전에 일좌 형님을 통해서 전해드렸습니다만, 간재(艮齋 최규서) 대감의 동태는 어떠하오? 박필현 현감에게 들으니 그분을 중심에 세울 수만 있다면 더할 나위 없다고 하더이다만."

이유익이 들었던 젓가락을 내려놓으며 대답했다.

"안 그래도 이일좌 동지로부터 이인좌 동지의 우려를 듣고 염탐을 하고 있소. 일단 최규서 대감이 우리 녹림당의 움직임을 주시하고 있다는 사실은 어느 정도 확인이 되고 있소. 하지만 그 어른의 행적을 돌아보면 쉽게 우리 일에 가담할 분이라는 판단은 들지 않는다오. 대세가 형성되기 이전에는 움직이지 않을 분이라는 예측이 옳을 듯하오."

"혹여라도 그분이 거사를 알고 판을 둘러 엎는 일을 대비해야 하지 않느냐는 걱정이 있소만."

"그래서 간재 대감댁을 드나드는 인물들을 파악하고 그들의 그물에 걸려들지 않도록 각별히 조심하고 있다오. 오히려 금상의 치세를 힘껏 돕고 싶어 하는 듯한 언행만 보여주고 있는 참이오."

"잘 알겠소이다. 참으로 노심초사가 깊으시겠소. 동지의 열성에 그저 감명할 따름이오."

이유익이 손사래를 치면서 말했다.

"당치 않소. 나의 열성이란 보잘것없는 것에 불과하지요. 그나마나 경상도와 전라도의 일은 어찌 돼가고 있소이까?"

이인좌는 자신만만한 표정으로 대답했다.

"아시다시피 호남은 박필현 현감의 거사 준비가 튼실하고, 영남은 정희량 동지의 세력 형세가 대단하다오. 이 몸이 맡고 있는 충청 역시 만사가 여의하오이다. 머지않아 호서군이 청주성을 점령하여 한양으로의 진로를 활짝 열면 영남군과 호남군이 동시에 한양으로 진격해 오를 것이오. 걱정하지 않아도 될 것이오이다."

이하가 상기된 표정으로 맞장구를 쳤다.

"치밀하게 잘해가고 있구려."

이인좌가 물었다.

"평안도관찰사께서는 잘 준비하시고 있소이까?"

이하가 대답했다.

"박필현 동지가 이미 태인현감으로 가기 전인 지난해 유월부터 양주 묵동(墨洞)에 있는 서제(庶弟. 배다른 아우) 박만호(朴萬戶)의 집에서 평안도 이사성 병사와 호남의 한세홍(韓世弘)과 자주 모여 단단히 준비해온 것으로 알고 있소이다."

이유익이 덧붙여 말했다.

"지난달 초에도 정세윤(鄭世胤) 동지와 안엽(安熀) 동지가 박필현 현감의 서찰을 가지고 평안도병사 이사성 영감을 찾아갔다는 말을 들었소. 정 동지가 녹림당 1백여 명을 준비해놓고 있고, 수백 냥의 은자(銀子)만 있으면 삼사백 명은 더 모을 수 있다고 말했다는 얘기도 들었소이다."

그때 이하가 목소리를 낮추어 말했다.

"이사성 영감이 엄청난 신무기를 개발한 것을 혹시 알고 있소이까?"

이인좌가 침을 꿀꺽 삼키며 물었다.

"신무기를 개발했다니요? 무슨 무기이지요?"

"철차(鐵車)라는 신무기요. 지상을 굴러다니는 거북선과 같다고 하오."

"굴러다니는 거북선?"

"그렇소. 철갑을 두른 커다란 수레인데, 표면에 철침과 칼이 박혀있어 적병이 기어오를 수도 없는 데다가 구멍이 있어서 안에 있는 병사가 조총을 쏠 수 있다고 하오. 이사성 영감 말씀으로는 철차 한 대가 가히 군사 일백 명은 능가할 것이라 하였소."

권서린이 무릎을 치며 말했다.

"그야말로 일당백이로군요. 고무적이올시다."

좌중의 분위기가 후끈 달아오르고 있었다.

이인좌가 이유익에게 물었다.

"도성에서의 내응 없이도 함락이 가능하겠소이까?"

심사숙고에 빠진 듯 눈을 깜빡이던 이유익이 조용히 말을 이었다.

"궁궐은 포도대장이 맡을 것이오."

이인좌가 눈을 동그랗게 떴다.

"남태징 영감이 참여키로 했소이까?"

"그러하오. 한양도성은 밖에서 이사성 평안도관찰사께서, 안에서는 남태징 포도대장께서 도모할 것이오."

포도대장의 대업 동참 소식에 좌중은 잠시 흥분에 젖어 말을 이어가지 못했다. 이인좌 역시 걱정스럽던 한양에 대한 시름이 덜어지는 느낌이어서 체증이 내려가는 듯 시원했다. 권서린이 말했다.

"아무래도 천지신명이 우리를 돕고 있는 모양이구려. 참. 호남에서 잇따라 격서가 나붙었다고 들었소이다만."

이인좌가 대답했다.

"지난 섣달 열이튿날에 전주에 격서가 붙었고, 이틀 뒤 남원에도 격서가 붙었소이다. 전주격서는 박필현 현감과 나만치(羅晩致) 동지가 주도했고 남원격서는 정탁(鄭倬. 정의원鄭宜瑗), 김수종(金守宗) 동지가 감행했다고 들었소."

그때 이하가 물었다.

"이인좌 동지. 먼길 달려오셔서 컬컬하실 텐데 탁주라도 한 잔 돌릴까요?"

이인좌가 정색을 하고 말했다.

"이 몸은 여덟 해 전 선왕께서 즉위하시던 해부터 술을 끊었소."

좌중의 분위기가 한껏 뜨거워졌다. 권서룡이 모처럼 입을 뗐다.

"이인좌 동지의 결기가 참으로 군세구려. 든든하오이다."

이인좌가 이유익을 향해 말했다.

"따로 조용히 여쭙고 싶은 게 있소이다만."

이하가 자리에서 일어나 이인좌와 이유익을 옆으로 난 작은방으로 안내했다. 방문을 닫은 다음 이인좌가 귓속말로 물었다.

"밀풍군 합하의 재가는 어찌 됐소이까?"

이유익이 긴장한 표정으로 잠시 멈칫거리더니 속삭이듯 말했다.

"이하 동지와 함께 밀풍군 합하를 내알현했소. 말씀을 다 올렸으나 묵묵부답이셨소. 합하의 묵묵부답은 재가로 해석하는 것이 옳을 것이오. 그게 아니라면 우리는 벌써 모조리 물고가 났을게요."

이인좌의 가슴에 환희가 가득 차올랐다. 이유익의 손을 움켜잡으며 감격을 토했다.

"그 정도면 충분하다 할 것이오. 합하로부터 명시적으로 허락을 얻는다는 것은 어쩌면 무리 아니겠소? 수고가 많으셨소. 묵묵부답이면 봉기군을 이끄는 데 충분한 명분이 될 것이오."

큰방으로 돌아왔을 때 이하가 말했다.

"지방에서의 잇따른 격서 사건으로 한양의 민심도 흉흉해져 가고 있소. 한양에도 격서가 나붙는다면 아마도 더 흔들릴 것이오. 사람들이 많이 나다니는 곳에 격서 작업을 해야 할 것 같소이다."

권서린이 말했다.

"그러는 게 좋을 듯하오. 가능한 한 많은 백성들이 금상의 패륜을 알아야 하고, 민심이 흔들려야 성공 가능성이 높아질 것이오."

이유익이 빙긋이 웃으면서 말했다.

"그렇지 않아도 준비하고 있소이다. 앞으로 보름 안에 사대문 안에도 격서가 나붙을 것이오."

이인좌는 이유익의 철두철미한 준비성이 미더웠다. 이런 정도라면 한양에서의 일도 문제가 없을 것처럼 여겨졌다. 이인좌가 이하에게 말했다.

"이 몸은 잠시 눈을 붙였다가 새벽녘에 조용히 떠날 터이니 그리 아시오."

이하가 말했다.

"먼길 가시려면 조반은 들고 가시는 게 좋지 않겠소?"

이인좌가 대답했다.

"아니오. 일각도 지체할 여유가 없소. 가능한 한 빠른 시일 내에 삼남을 다 돌아야 하오. 우선 경상도 쪽을 먼저 돌아볼 것이오. 그리고 마지막으로 호남을 살피게 될 것 같소. 거사가 멀지 않았으니 한양의 일을 잘 부탁드리오. 진인사대천명이라 했으니 하늘이 우리의 치성을 알아줄 것이오."

좌중은 모두 고개를 끄덕였다. 굳이 말을 안 해서 그렇지 모두들 이인좌를 듬직해하는 눈빛이었다.

• • •

"형님, 어서 오시오. 먼길 고생 많으셨소."

새들도 넘기 힘들다더니, 문경 새재(조령鳥嶺)를 넘는 일이란 매번 쉬운 일이 아니다. 재를 다 넘어서서 마성(麻城) 주막 앞에 다다르니 약속대로 아우 이능좌가 형이 탈 말까지 몰고 사립짝 앞에서 큰 키를 비쭉 세운 채 기다리고 있었다.

"별일 없었느냐?"

"예, 형님. 상주목(尙州牧) 김홍수(金弘壽) 동지에게 연통을 넣었으니 형님 오시길 기다리고 있을 것입니다."

"애썼구나."

형제는 주막집 봉놋방으로 들었다. 추운 겨울인 데다가 이른 저녁이어서인지 주막에는 다른 나그네들이 있지 않았다. 이능좌가 주모를 불러 국밥 두 그릇을 시켰다. 봇짐을 풀어놓은 이인좌가 아우에게 물었다.

"경상도의 공기는 어떠하냐? 여전히 뜨뜻미지근한 것이냐?"

이능좌가 약간은 머쓱한 표정으로 고개를 주억거리며 말했다.

"예. 안동은 오리무중입니다. 하지만 안음현(安陰縣. 함양) 정희량 동지가 용의주도하게 세력을 규합하고 있으니 괜찮을 것이오."

그때 몸집이 작은 주모가 밥상을 내왔다. 음식 냄새를 맡고 나니 밤낮을 달려온 몸에 새삼스럽게도 시장기가 습격했다. 이인좌는 허겁지겁 국밥 한 그릇을 다 먹었다. 아우도 끼니를 잘 챙겨 먹지 못했던지 순식간에 밥그릇을 비웠다.

이능좌가 밥상을 윗목으로 밀어놓자 이인좌가 노곤한 몸을 누이며 말했다.

"우선 좀 자야겠구나."

아우가 일어나 저만큼 구석에 놓여있던 이부자리를 들고 와서 잠자리를 보아주었다.

"며칠 동안 제대로 못 주무셨을 테니 푹 주무시오. 내일 아침에 떠나도 상주목은 그리 오래 걸리지 않을 터이니 염려 마시옵고."

아우가 깔아준 요 위에 누운 이인좌는 곧바로 코를 골았다.

• • •

"저기 저 매봉산 위에 고려군의 아성이 있었다고 해서 이곳 지명이 고아(高牙)라고 붙여졌답니다."

김홍수는 젊어 보였다. 쾌활한 성격인 듯한 그는 낙동강이 굽어 보이는 집에서 만나자마자 자기가 살고 있는 동네 이름의 유래부터 설명했다.

"아, 그렇군요. 그런데 낙동강이라는 이름의 유래는 어떻게 되는가요? 혹여 옛날 가락국(駕洛國)을 끼고 흐르던 강이라서 생겨난 이름은 아니오니까?"

"그런 설도 없지 않지만, 아무래도 상주의 옛 이름이 낙양(洛陽)이었던 관계로 그 동쪽으로 흐른다고 해서 낙동이라고 한 게 아닌가 싶소이다."

"그렇구려. 아무래도 그 말이 이치에 맞을 듯하오."

이인좌가 상주목 고아마을 김홍수의 집에 도착한 것은 새재를 넘은 다음 날 한낮이었다. 김홍수는 말투로 보아 다소 허풍이 느껴지기는 했지만 제법 사람을 다루는 요령이 있는 인물로 느껴졌다.

오찬 상을 물리고 나서 이인좌가 말했다.

"경상도의 거병에 이번 거사의 성패가 달려 있소. 이건 나 혼자

만의 생각이 아니라, 대사에 참여하고 있는 각지 인사들의 한결같은 공감이오. 영남군이 강력하게 뒷받침을 해주어야 거사는 비로소 성공할 수 있다는 견해에 이견이 없더이다."

김홍수가 담뱃대 대통에 담뱃가루를 채워 엄지로 꼭꼭 다져 넣으면서 말했다.

"그렇지요. 영남군이 강하게 거사를 뒷받침해야 한다는 말은 틀림없을 것이오. 안동 쪽 명문가들이 흔쾌히 움직여주어야 할 텐데, 그게 여의치 못하니 걱정이 아닐 수 없소."

"동원할 수 있는 군사의 수를 얼마로 잡고 계시오?"

"내가 당장 일으킬 수 있는 군사는 일백오십 명 정도로 보면 될 것이오. 그러나 안동의 명문가들이 앞장서면 상황이 완전히 달라질 거라고 믿소. 아마도 일천 명까지도 불가능한 숫자가 아닐 것이오."

"일천 명?"

"그렇소. 일천 명도 낮춰잡은 예측일 거외다."

이인좌는 김홍수의 말을 반신반의했지만 그래도 기분은 좋았다. 일단 봇물이 터지고 나면 분명 형세는 달라질 것이다. 민심에 제대로 불을 지르기만 한다면 영남에서 일만이라도 불가능하달 까닭이 없다는 생각이 들었다.

이인좌가 김홍수를 향해 고개를 끄덕였다.

"김 동지의 능력과 성심을 믿소. 우리 반드시 거사를 성공하여 한양에서 같이 일합시다. 나라를 다시 일으켜 세우는 일에 함께 나섭시다."

김홍수가 한 발 앞으로 나오면서 이인좌의 손을 잡았다.

"내 반드시 소임을 다하여 종묘사직을 바로 세우고 세상을 바꾸는 일에 일조할 것이오. 성심을 다하겠소이다."

"고맙소이다. 김 동지 같은 분이 낙동강에서 이리 스스로 힘을 뭉쳐주시니 든든하구려."

• • •

"안동이 그렇게나 미덥지 못한 것이 사실이냐?"

김홍수와 헤어져 동북쪽으로 길머리를 잡고 나선 이인좌가 말고삐를 늦추며 이능좌를 돌아보았다.

"그렇습니다, 형님. 김홍수 동지의 말은 과장이 없습니다."

"안동이 시들해진 가장 큰 원인이 무엇이라고 보느냐?"

두 사람은 잠시 말들을 멈춰 세우고 마주 섰다. 이능좌가 말했다.

"지난해 칠월 정미환국(丁未換局) 이후에 기류가 상당히 바뀌었습니다. 그전까지만 해도 금상의 패륜에 대해 분기탱천했던 안동의 사림들이 소론이 중용되는 변화를 보고 결기가 느슨해진 것 같습니다."

"역시 그렇구나. 금상이 지난해 이광좌 대감과 오명항(嗚命恒), 조태억(趙泰億) 등 완소(소론 온건파)를 중용함으로써 노론으로 권력의 중심을 옮긴 두 해 전 을사처분을 완전히 뒤집어버렸지. 연잉군(영조)은 보통 여우가 아니다. 우리의 움직임을 다 알진 못하겠지만, 백성들의 울분과 소요까지 아주 모르지는 않을 것이다."

"그렇다면 정미환국은 소론을 분열시키기 위한 전략이었다는 이야기가 될 수도 있겠네요. 참 무서운 계략이라 생각됩니다."

"그렇다. 우리처럼 노론 당파의 패악 척결을 원하는 준소(峻少. 소론 강경파)들을 분리하려는 치밀하고 교활한 전략을 구사하고 있는 셈이야. 안동이 흔들리고 있는 것을 보면 어쨌든 금상의 조처는 성공을 거두는 중이라고 봐야 할 게야."

이능좌가 굳은 얼굴로 형에게 물었다.

"그렇다면 형님, 우리의 대의가 정녕 백성들에게 통할까요? 아니, 사대부들의 공감과 동참을 이끌어낼 수 있을까요?"

이인좌가 아우의 시선을 피한 채 하늘을 바라보고 잠시 침묵했다. 하늘에는 무심한 뭉게구름이 흘러가고 있었다. 이인좌가 천천히 입을 열었다.

"그러니 어쩔 것이냐. 우리가 저 금수보다도 못한 임금을 용서할 수 있다면, 그 흉악무도한 만행을 견딜 수 있다면 왜 이렇게 오랜 세월 산천을 주유하며 풍찬노숙을 자청하겠느냐? 죄라면 이 나라의 명문대가의 후손으로 태어난 죄일지도 모른다. 주려 죽을지언정 아닌 걸 아니라고 하지 않을 수 없는 운명 아니겠느냐. 이 길을 피할 방도는 이제 정녕 없을 것이다. 마음을 굳게 먹어야 한다."

이능좌가 형의 말을 들으며 고개를 끄덕였다.

"하긴 그렇소. 지금까지 해온 일이 있고, 동지들이 규합돼있으니 달리 생각할 여지란 추호도 없을 것이오. 형님의 뜻을 따라 끝까지 갈 것이오."

이인좌가 말없이 이능좌를 바라보며 고개를 끄덕였다. 그러고는
고삐를 움켜쥐어 다시 말머리를 잡고는 달려나가기 시작했다.

• • •

"죽령 남쪽 안동 북쪽 소백산 앞에
　흥망은 끝없으나 풍류롭게 살아온 순흥성
　어느 땐지 취화봉에 왕의 태를 묻었다네.
　위, 중흥을 이룩하는 경긔 엇더하니잇고
　옛날 벼슬아치 한가롭게 사는 정자
　위, 산 좋고 물 맑은 경긔 엇더하니잇고……."

정희량은 낮부터 취해 있었다. 그는 볼 적마다 참 신비로운 인
물이다. 겉으로 보기에는 대단히 여유로워 보이는 그의 삶 이면에
있는 치열함을 아는 이인좌로서는 그 모습이 자못 정겨웠다. 한겨
울이었음에도 그는 소백산이 저만큼 올려다보이는 툇마루에 주안
상을 차려놓고 앉아서 「죽계별곡(竹溪別曲)」 한 자락을 뽑아 올리고
있었다. 대문을 열고 들어서는 이인좌 형제를 보자 정희량은 마당
까지 달려 나와 반색을 했다.

"이제야 오시는구려. 먼길 노고가 많으셨소. 어서 안으로 드시
오."

정희량을 알게 되고 만나온 날이 벌써 여러 해째였다. 그는 이
인좌가 문경으로 옮겨가 살던 시절에 상주에 있던 박필현과 함께

자주 만난 인물이었다.

"정 동지께서는 여전하시구려. 풍류가 아주 농익어 보입니다그려."

이인좌가 인사 삼아 한마디 건넸다. 그러자 정희량이 큰 몸을 흔들면서 호방하게 한바탕 웃어젖혔다. 그의 얼굴에 난 심한 마마 자국마저 화사해 보였다.

"풍진 세상에 뭐 할 일이 있다고 근엄하겠소이까. 그저 탁배기 한 사발에 시름이나 풀어 마시고 흥얼대는 게 상책이지요."

이인좌도 따라서 한바탕 웃었다. 두 사람은 툇마루에 마주 앉았다.

"이인좌 동지께서는 한양을 다녀오신다고 들었습니다만."

빙긋이 웃음을 담은 정희량의 얼굴에 궁금증이 가득했다. 이인좌가 목소리를 낮췄다.

"예. 요인들을 만나고 왔습지요."

정희량도 목청을 한껏 내렸다.

"그래, 한양의 준비는 어찌 돼가고 있습디까?"

"잘 돼가고 있음을 확인했소이다."

"평안도관찰사 이사성 영감의 움직임은 어떻소?"

"차질이 없을 것이오. 보다 좋은 일은 포도대장 남태징 영감이 내응하기로 하였다 하오."

정희량의 눈썹이 치켜 올라갔다.

"남태징 영감이라고 했소?"

"그러하오. 도성 바깥은 이사성 병사가 칠 것이고, 궐 안에서는 남태징 포도대장이 열어젖힐 것이오."

정희량이 무릎을 치며 껄껄대고 웃었다. 얼굴에 환희가 가득 차오르고 있었다. 그가 다시 정색을 하고 목소리를 낮췄다.

"밀풍군 합하의 의중은 확인됐소이까?"

이인좌가 천천히 말했다.

"묵시적 동의까지 갔다 하오."

"묵시적 동의라니 그게 무슨 말이오?"

"거사를 알렸고, 합하께서는 묵묵부답이셨다 하오. 승낙으로 받아들여도 좋다는 것이 모두의 해석이오."

정희량이 다시 무릎을 탁 소리가 나도록 쳤다.

"됐소. 그럼 이제 준비는 다 된 거요."

이인좌가 진지한 목소리로 물었다.

"그런데, 안동이 문제요. 듣자 하니 여기 안동의 사대부들이 여전히 아리송하다 하더이다만."

정희량이 갑자기 식식거리며 흥분하기 시작하더니 큰 목소리로 떠들었다.

"그렇게들 펄펄 뛰던 놈들이 연잉군의 술수에 넘어가서 갑자기 무르춤해졌소. 고작 고관 자리 몇 개에 나라를 말아먹는 소인배들이오. 내 진작에 호락호락하리라고 생각지는 않았으나 참으로 배알 없는 작자들이라오."

그렇게 말한 그는 개다리소반 위에 놓인 호리병을 들어 주둥이를 입에다 대고 술을 벌컥벌컥 마셨다. 그러고는 흥분을 꾹꾹 눌러가며 말했다.

"안동이 없어도 할 수 있소. 내가 비록 몸은 이 순흥에 있지만 오랫동안 안음(경남 함양)에서 해온 거사 준비가 건실하니 아무 문제가 없소."

정희량에 대해서 이인좌는 누구보다도 잘 아는 입장이었다. 동계(桐溪) 정온(鄭蘊) 선생의 후예인 그의 부친 정중원(鄭重元)을 따라 향리 안음에서 노론 수령의 핍박을 피해 순흥으로 이거해 살아야 하는 수난을 당했다. 하지만 여전히 안음에서 살고 있는 그의 일족들을 중심으로 오랫동안 거사를 준비해왔다.

지난해 가을, 정희량은 건장한 말을 타고 종복(從僕. 사내종)과 자장(資裝. 행장)을 성대하게 하고 서울로 올라가서 각양각색의 채단을 매입하기도 했다. 거사 때 사용할 깃발을 만들기 위해서였다. 정희량은 조부 정기수(鄭岐壽)의 안음현 묘를 순흥 부석사(浮石寺) 뒤로 옮긴다는 이유를 대며 거사 자금과 곡식을 마련하고, 또 양민과 가동(家僮)을 모군하는 등 군사력을 확충해왔다.

이인좌가 달래듯 말했다.

"안동이 뜻대로 되지 않는다고 너무 야속해하지 마시오. 때가 되면 다들 힘을 합쳐 올 거요. ……그나 마나 이제 때가 무르익었으니 결행에 나서야 할 것 같소이다. 해동하는 대로 날을 잡아 봉기할 것이오. 문제가 없겠지요?"

"문제없다마다요. 좀 어렵게 돌아가고 있긴 하지만 어떻게 해서든지 안동에서 군사를 일으킬 것이오. 정히 뜻대로 되지 않는다 하면 곧바로 안음현 강동(薑洞. 거창 위천면 강천리)으로 돌아갈 것이오. 합천의 조성좌 등 사림의 유력자들과 친척들에게 실행 계획을 알리고 고현창(古縣倉. 거창군 위천면)에서 기병할 예정이오."

"박필현 현감도 그렇고, 안동도 마찬가지고 삼월 초열흘날을 거사일로 말합디다. 어쨌든 정확한 날짜가 정해지는 대로 기별하겠소."

그사이에 정희량은 흥분을 가라앉히고 있었다. 그가 들뜬 목소리로 말했다.

"이능좌 동지와 함께 영남군을 꾸려갈 것이니 아무 염려 마시오. 일단 청주성을 점령하는 일만 성공한다면 거사는 삽시간에 성공할 것이라 낙관하오."

이인좌는 문득 매제 생각이 났다.

"여기 경상도에 저의 매제가 살고 있는데, 이름은 나숭곤(羅崇坤)이라고 하오. 나이는 비록 스물밖에 되지 않았으나, 유능할 것이니 적임을 주어 쓰시도록 하시지요."

"그러잖아도 일전에 이능좌 동지가 한번 데리고 왔습디다. 아주 영민하고 씩씩한 젊은이라서 함께 선봉에 서기로 했소이다."

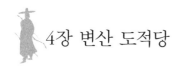

4장 변산 도적당

변산반도 끝자락, 바닷물의 침식이 만들어낸 절벽이 흡사 수만 권의 책을 쌓아 올린 것 같은 모습이다. 백사장, 맑은 물과 어울려 풍치가 더할 나위 없는 절경이다. 당나라 이태백이 배를 타고 술을 마시다가 강물에 뜬 달을 잡으려다 빠져 죽었다는 채석강과 흡사하여 똑같이 채석강이라 부르게 되었다는 이야기가 무리가 아니지 싶다. 말을 세워놓고 바다를 향해 시루떡처럼 켜켜이 뻗어나간 바위를 올라 바다 쪽으로 내려가니 거품을 물고 철썩거리는 파도 소리가 요란스럽다.

　부안은 이인좌에게 낯선 고장이 아니다. 연전에 그는 경기도 과거장에 난입한 죄목으로 이곳에 정배를 당했다가 두어 달 만에 풀려난 적이 있었다. 그때는 이 지역에 이런 절경이 있다는 것을 알지 못했다.

왜 이리로 오라고 한 것일까. 박필현 현감으로부터 괴산 본가로 전갈이 온 것은 한양과 경상도를 연달아 한 바퀴 돌아오느라고 깊어진 여독이 다 풀려가던 정월 말이었다. 전달된 서찰에는 '변산 채석강 이월 초아흐렛날'이라는 글씨만 덩그마니 있었다. 태인(정읍)에서 백 리도 더 떨어진 변산반도까지 굳이 오라는 이유는 무엇인가. 이인좌는 짐작되는 바가 없었고 확인해볼 방도 또한 없었다. 출타 준비를 마친 이인좌는 바람처럼 말을 몰아 달려왔다. 긴 여행을 마치고 돌아온 지 며칠 만에 다시 말을 타고 길을 나서는 낭군을 바라보는 아내 윤자정의 애처로운 눈빛이 오랫동안 잔상으로 남아있었다.

얼마나 시간이 지났을까. 인적이라곤 없는 기암괴석 위에서 한동안 바다를 무연히 바라보고 있을 때 저만큼 모래밭을 따라 달려오는 일단의 무리가 보였다. 조금 더 가까이 다가온 그들은 삼지창을 든 관졸들이었다.

박 현감인가? 그런데 곧 박 현감이라면 굳이 나졸들을 대동하고 나타날 이유가 없으리라는 생각이 들었다. 짐작보다 인원이 많았다. 스무 명은 족히 될 법한 그들 건장한 무리 속에 혹여 박 현감이 있는지를 살폈다. 하지만 없었다. 지나가는 행렬이 아닐까 했는데, 아니었다. 그들은 물가로 빗살무늬를 내며 뻗어 나간 바위 위에 서 있는 이인좌에게로 곧바로 성큼성큼 다가왔다.

앞장서 달려온 잿빛 무늬의 작의(鵲衣. 나장의 옷)를 입은, 산만큼이나 덩치가 크고 인상이 험궂은 자 하나가 나서서 물었다.

"충청도에 사는 이인좌라는 사람 맞소?"

어느새 관졸들은 이인좌를 동그랗게 에워싸고 창을 들이대고 있었다. 자세히 살피니 나졸들치고는 더그레(군복) 복색이 어딘지 좀 어설퍼 보였다. 이인좌가 눈을 크게 뜨고 대답했다.

"그렇소만, 도대체 무슨 일로 그러시오?"

그러자 종전에 수하를 했던 나졸이 벽력같은 소리를 냈다.

"역적 이인좌를 체포한다. 죄인은 순순히 오라를 받으라!"

순간 머릿속이 복잡해졌다. 이 무슨 일인가. 낯선 변산반도 끝자락 바닷가에서 느닷없이 '역적' 소리를 들으며 잡히게 생겼으니 대체 무슨 일이 벌어지고 있는 것인가.

"왜 이러시오? 내가 왜 역적이오?"

무장도 하지 않은 데다가 나졸들의 숫자가 너무 많았다. 그래도 속절없이 잡힐 수는 없는 노릇 아닌가. 이인좌는 가장 가까이에 있는 관졸 하나를 목표로 삼고 날듯이 뛰어올라 태껸 발차기를 넣었다. 돌려찬 발이 목표물의 가슴에 박히면서 상대방이 나동그라지는 모습이 보였다. 옆에 있던 나졸이 삼지창을 겨누고 찔러왔다. 이번에는 창을 피하면서 나졸의 팔을 잡아당겨 엎어지는 그의 뒷목을 주먹으로 쳤다. 피하기는 했지만, 병졸의 공격에서 날카로운 무술이 느껴졌다. 또 다른 병졸이 창을 휘둘러 공격해왔다. 이번에는 창날을 피해 엎드렸다가 뛰어오르며 병졸의 벙거지를 발등으로 찼다. 그런데 그 순간 그만 이인좌는 바닷물에 젖은 바위 위에 내려딛던 한쪽 발이 미끄러지면서 중심을 잃고 나가떨어지고 말았다.

떼로 달려든 병졸들이 순식간에 이인좌를 칭칭 포박했다. 희한

한 일이 벌어지고 있었다. 나졸들이 포승줄에 꽁꽁 묶인 이인좌를 꿇어앉혔다. 예의 그 산만큼이나 덩치가 크고 인상이 험궂은 자가 이인좌에게 물었다.

"네놈이 반란을 주동하고 있는 만고역적이 틀림없으렷다?"

올려다보니 그자의 인상은 매우 험악했다. 길게 죽 찢어진 실눈에다가 튀어나온 주걱턱에 꼬부라진 굵은 수염이 성성했다.

"무슨 소리를 하는 거요? 나는 반란을 주동한 적이 없소."

덩치 큰 나졸이 비시시 웃고 나서는 다시 고함치듯 큰 소리로 물었다.

"그렇다면 네놈은 대체 무슨 일로 여기에 온 것이냐?"

아무래도 박필현 현감을 입줄에 올려서는 안 될 것 같았다.

"지나가던 길에 풍광이 좋다기에 잠시 들렀을 뿐이오."

그러자 나졸이 껄껄껄 웃더니 다른 병졸들에게 소리쳤다.

"아무래도 안 되겠다. 바다에 거꾸로 처넣어라!"

그의 말이 떨어지자 병졸들이 우르르 달려들어 포승줄에 묶인 이인좌를 끌고 바다로 들어갔다. 이제 이렇게 죽는가. 이렇게 허망하게 끝나고 마는가. 오만 생각에 이인좌의 심사가 말이 아니었다. 박 현감이 나를 이리로 오도록 한 이유가 이거란 말인가. 하지만 그는 결코 이렇게 배신할 인물이 아니다. 도대체 이 난감한 상황은 무엇이란 말인가.

바닷물이 허리께까지 차오르는 곳까지 끌고 들어간 병졸들이 이인좌의 양팔을 잡은 채로 몸을 뒤집어 물속으로 머리를 처박고 눌렀다. 얼굴을 할퀴던 시린 바닷물이 이내 입속으로 들어왔다.

얼마가 지났을까. 곧 숨이 멎을 것만 같았다. 병졸들이 이인좌의 머리를 물속에서 꺼내어 숨을 쉬게 해주었다. 거친 숨을 몰아쉬고 있을 때 예의 그 몸피가 큰 나졸이 소리쳤다.

"반란을 주동하고 있는 자가 틀림없으렷다?"

이인좌가 강한 목청으로 되받았다.

"아니다! 나는 아니다!"

"누구를 만나러 이곳에 온 것이냐? 무엇을 모의하러 충청도에서 이곳까지 달려온 것이냐?"

"채석강 풍광이 좋다기에 들렀을 뿐이다."

그러자 양팔을 부여잡고 있던 병졸들이 다시 이인좌의 머리통을 물속으로 처박았다.

몇 번을 반복했는지 모른다. 나졸들은 이인좌의 머리통을 바닷물 속에 처박았다가 꺼내기를 거듭하며 문초를 이어갔다. 하지만 이인좌는 끝내 그들의 윽박지름에 굴복하지 않았다. 죽을힘을 다해 악을 쓰며 아니라고 외쳤다.

지치고 지쳐서 더는 버틸 힘이 없어 온몸에 힘이 다 빠져나갈 즈음 난데없이 펼쳐진 나졸들의 고문은 끝이 났다. 고문이 그치자 이인좌는 기력이라곤 조금도 남아있지 않은 팔다리를 축 늘어뜨렸다. 나졸들이 부축하여 물 밖으로 끌고 나왔다. 눈앞에 아내 윤자정의 모습이 어른거렸다. 아이들의 얼굴도 차례로 떠올랐다. 이게 대체 무슨 일인가. 자꾸만 의식이 흐려져 갔다.

・・・

"이제 정신이 좀 드시오이까? 정말 고생이 많으셨소이다."

병졸들에 의해 어디론가 업혀 온 것 같긴 한데, 어디로 왔는지는 모른다. 바닷물에 젖었던 옷은 누군가에 의해 마른 옷으로 깨끗하게 갈아 입혀진 채 커다란 통나무 방안에 누워있었다. 흐릿한 의식을 비집고 누군가가 말을 걸어왔다. 눈을 뜨고 바라보니 수염도 없이 말쑥한 얼굴을 지닌 푸른 창옷 차림의 중년 사내 하나가 저만큼 앉아서 이인좌를 내려다보고 있었다. 몸을 일으켰다. 어지럼 기운이 남아있기는 했지만 아주 못 견딜 정도는 아니었다. 통나무 창틀 밖으로 하얀 눈으로 뒤덮인 산봉우리가 보였다.

"누구시오니까? 그리고 대체 여긴 어디요?"

중년의 사내가 자세를 고쳐 앉으며 말했다.

"염려 놓으시오. 여긴 변산패 산채요."

변산패 산채? 그러면 내가 변산도적패 산채에 잡혀 와 있단 말인가?

"변산패라니? 그러면 그대가 그 유명한 정팔룡 두령이란 말이오?"

사내는 도적패 두령이라기엔 너무 평범했다. 용력을 지닌 인물로 보이지도 않았고, 오히려 글 읽는 선비처럼 느껴졌다. 그가 손사래를 쳤다.

"아니요. 별유사(別有司)께서는 출타 중이시고, 나는 이 산채의 부유사(副有司)라오."

그때 방문이 열리고 흰 치마저고리를 입은 아낙 네 명이 커다란 교자상을 들고 들어왔다. 제사상만큼이나 큼지막한 상 위에는 산해진미가 가득했다. 부유사라고 신분을 밝힌 사내가 거창한 상차림에 눈이 휘둥그레진 이인좌에게 말했다.

"곤욕을 치르시고 밤새 아무것도 먹지 못하셨으니 시장하실 거외다. 우선 마음껏 드시오."

아닌 게 아니라 배가 많이 고팠다. 이인좌는 김이 무럭무럭 나는 백숙 닭 다리부터 잡아들고 뜯었다. 마주 앉은 부유사는 갈비찜을 집어 들었다.

음식을 먹던 부유사가 상 가장자리에 놓인 호리병을 잡았다.

"약초로 담은 특별한 술이오. 한잔 받으시겠소?"

이인좌가 정색을 했다.

"아니오이다. 이 몸은 오랫동안 금주 중이올시다."

부유사는 자기 앞에 놓인 술잔에 술을 따러 벌컥벌컥 마시고는 젓가락으로 고사리 무침 안주를 집어 먹었다.

허기가 얼추 가실 즈음에 부유사가 목소리를 가다듬어 말했다. 그의 목청은 탁하지 않았다.

"기병을 준비하고 있다는 사실 잘 알고 있소이다."

이인좌의 가슴이 덜컥 내려앉았다. 목소리가 저절로 높아졌다.

"무슨 말씀을 하시는 게요?"

부유사가 손을 내저었다.

"긴장하지 않으셔도 되오. 이미 우리가 채석강에서 선비께서 얼마나 야무진 장수인지는 충분히 확인했소이다."

"아니, 그럼. 어제 그 봉변은 작정한 일이었소이까?"

"용서하시오. 우리와 거래를 하거나 형제가 되기 위해서는 누구라도 거쳐야 할 관문일 따름이오. 어쨌든 용력과 결기가 참으로 남다르시오. 시험 과정을 이기지 못하고 숨지는 사람이 태반이라오."

"그럼 어제의 그 병졸들은 이곳 패거리였소이까?"

"그러하오. 나름 상당한 무사들인데 맨몸으로 셋씩이나 때려 눕히셨다고요."

"평지였다면 그렇게 쉽게 당하지 않았을 거요. ……. 그런데, 왜 내가 선택되었소? 그리고 무얼 하자는 거요. 거래란 또 무엇이오?"

부유사가 다시 술을 한 잔 따라 천천히 마셨다.

"여주에 사는 임서호(任瑞虎)를 아시오?"

"임서호?"

기억을 더듬었다. 언젠가 박필현 현감과 함께 만났던 사람일 것이었다.

"우리 변산패와 연이 있는 사람인데, 그 사람이 박필현 현감을 소개해서 현감에게 물었더니 대뜸 이 선비를 말합디다."

의문이 풀리고 있었다. 박 현감이 서찰을 보내어 변산패들과 접촉을 하게 했다는 경위가 드러나기 시작하고 있었다.

"아까 거래라고 하셨는데, 무얼 뜻하는 것이오?"

부유사가 목소리에 힘을 주었다.

"우리에게 일만 명에서 일천이 모자라는 구천의 용사가 있소이다. 그것도 실전 경험이 많은 백전노장들이 수두룩한 전사들이오. 기병을 꾀하고 있다면 관심이 없을 수 없을 것이오."

구천이라. 이인좌는 침을 꿀꺽 삼켰다.

"조건을 말씀해보시오."

이인좌가 부유사의 눈치를 살피며 되물었다. 부유사의 얼굴에 살짝 조롱 섞인 미소가 떠올랐다.

"우리 변산패에 입당하시오."

"입당이라고 하셨소?"

"그러하오. 입당하기만 하면 우리가 기꺼이 기병에 가담할 것이오."

"입당 절차는 무엇이오?"

부유사가 창옷 안에서 날이 시퍼런 단도를 꺼내 들었다.

"선비께서는 일차 관문을 통과하셨으니 패당들 앞에서 무릎을 꿇어 이렇게 칼을 물고 맹약만 하면 되오이다."

부유사는 손에 있는 칼을 거꾸로 하여 칼끝을 앞니로 물고는 위를 보았다가 아래를 보았다가 하면서 눈알을 굴렸다. 해괴한 모습에 이인좌는 말을 잃고 잠시 생각에 빠졌다.

말이 안 되는 제안이었다. 구백도 아니고 무려 구천이라니, 그만한 대군을 얻는다 하면 못할 일이 없을 것이다. 가랑이 밑을 기라고 한들 못할 일도 아니다. 그러나 도적당 입당이라면 얘기가 간단치 않다. 어쩌면 대의의 기저부터 무너져 내려앉을 패착일 수도 있으리라. 이인좌가 눈을 똑바로 뜨고 부유사를 직시했다.

"가당찮은 제안이오. 내 명예로운 세종 성군의 후손으로서 한

치도 어긋남이 없이 살아온 삶이건만, 어찌 군도(群盜. 떼도둑)패 입당이라는 능욕을 자청하리까. 나아가 거사의 명분마저 일시에 허물어뜨릴 실책일 것이오. 옳지 않소."

일순 험악한 분위기가 형성됐다. 부유사의 얼굴도 심각해졌다.

"도적패라고 불리는 것에 대해서 우리는 한 치도 부끄럼이 없소. 하지만 우리라고 해서 날 때부터 도적이었겠소? 천재지변과 전쟁, 그리고 돌림병에다가 거듭되는 흉년으로 처음엔 풀뿌리와 나무껍질 등을 씹으며 겨우 목숨만 연명했던 착한 백성들이었소. 묘방이 있으면 한번 말씀해보시오. 굶주림 속에 떠돌다가 결국 살길을 찾지 못하는 사람들에게는 도적질 말고 달리 무슨 길이 있소이까?"

부유사의 말은 그르지 않았다. 임진왜란, 병자호란 두 번의 큰 전쟁으로 처참해진 쪽으로 따지면 양반사회보다는 양민, 천민들 쪽이 훨씬 더 심한 게 사실이었다. 극한 상황에 몰린 사람들은 인육까지 먹을 지경이 아니던가.

"백성들의 삶이 곤궁해진 일을 모르는 이가 천지에 어디 있으리까?"

"주려서 죽을 판에 다다른 사람들 앞에서 도적질 산적 노릇이 나쁘다고 욕하는 양반들이 뒤로는 백성들 수탈에 앞장서는 잔악은 또 어떻소?"

이인좌는 가슴이 뜨끔했다. 반상(양반. 상놈)이 나누어진 조선국의 암담한 미래를 통찰했던 소현세자의 예지가 떠올랐다. 소현세자의 단명으로 이 나라가 얼마나 희망의 빛을 잃었는지를 통탄하던

지사들의 무수한 설파가 돌이켜 떠올랐다. 나는 그동안 무엇을 실천하고 살았던가. 용기가 없어서, 가문의 영광을 영영 잃게 될까 봐 두려워서 여태껏 아무것도 혁명하지 못한 삶에 대한 부끄러움이 새삼스럽게 가슴을 에었다.

"그래서 내가 기병을 꾀해 나라의 근본을 다시 고쳐 세우려는 거요."

이번에는 부유사가 다소 놀란 눈으로 이인좌를 쏘아보았다.

"봉기가 목표하는 바가 대체 뭐요? 정미환국이라던가, 금상은 지난해 이미 소론으로 권력 중심을 바꾸지 않았소. 아무리 준소라 해도 같은 소론인데 남인을 아울러 기병하려는 이유를 잘 모르겠소이다."

이인좌가 상 위에 놓인 감주 사발을 들어 천천히 한 모금 마셨다.

"우리의 봉기는 우선, 선왕을 독살하고 왕좌를 차지한 말도 안되는 패륜을 저지른 임금을 갈아치우기 위함이오. 그러나 더 중요한 것은 세상천지를 제대로 만드는 것이오."

부유사가 흥미롭다는 듯이 호기심이 가득한 표정으로 귀를 세웠다.

"세상을 제대로 만들기 위해서 하려는 일이란 게 무엇이오?"

"반상 제도를 타파하는 것이오."

이인좌의 말에 부유사의 입술이 파르르 떨리는 것 같았다.

"반상 제도 타파라고 하셨소이까?"

"그렇소. 지금 이미 이 나라는 외세를 막아낼 동력을 마저 잃고 있소. 누가 과연 외적의 침입을 막고자 흔쾌히 갑주를 입고 전쟁터로 나서겠소. 고관대작과 양반들은 어떻게든 더 움켜쥐고 더 누리려고나 할 따름, 도무지 희생할 각오란 없소. 이런 치자(治者)들로서는 나라의 운명이 멀쩡할 수가 없을 것이오."

"……."

"부유사께서는 양반들의 수탈 폐해를 말씀하셨소이다. 반상의 구분이 아예 없다면 무슨 수탈이 있겠소. 일찍이 소현세자께서는 청나라에서 볼모 생활을 할 적에 더 넓은 세상의 문물을 접하고 조선의 치명적인 모순을 깊이 깨우치셨소이다. 하지만 세자께서는 환국한 이후 뜻을 미처 펴보지도 못하고 절명하셨소."

이야기가 거기에 이르자, 부유사도 뭔가 생각이 난 듯 침을 꿀꺽 삼키며 말을 받았다.

"맞소. 이 몸도 소현세자께서는 병사하신 것이 아니라는 말은 들은 바 있소. 아무래도 그런 뜻으로 들리는데, 무엇을 알고 계시오? 도대체 왜 그랬던 거요?"

"세상이 바뀌는 것을 용납해서는 안 될 우물 안 개구리들의 악독한 흉계에 희생되신 것이지요."

"소현세자 독살 풍문이 참이었단 말이로군요. 증거는 무엇이오니까?"

"공식적으로 검험(檢驗)이 시행되지 않았으니 밝혀진 것은 없소. 하지만 세자마마의 시신을 본 자들의 명징한 증언과 인조 임금의 이상한 처사는 무수히 구전되고 있소."

"그런데 아까 말한 선왕 독살은 또 뭐요?"

변산패 산채까지는 아직 풍문이 다 흘러들지 못한 모양이었다. 이인좌가 목소리를 깔았다.

"연잉군이 세제 시절에 상극의 음식과 탕제를 올려 선왕(경종)을 시해한 사건이오."

처음 듣는 이야기에 부유사가 움찔했다.

"세제가 형인 임금을 시해했다는 이야기라면 믿기 어렵소."

"아마도 그러하실 게요. 하지만, 아는 사람들은 이미 다 아는 이야기요. 지난 섣달 중순, 전주와 남원에 격서가 나붙어 호남 백성들에게 많이 퍼져나가고 있을 거외다."

부유사는 여전히 이인좌의 말이 아주 믿기지는 않는 눈치였다.

"그런 일이 정말로 있었다면 천인공노할 변고이외다. 하지만 권력 가진 사람들의 당파 싸움 이야기란 도통 흥미가 없소. 인생 막장에서 도적질이나 해 먹고 살아야 하는 사람들이 기대할 만한 좋은 세상이란 게 무에 있겠소."

말은 시큰둥했으나 부유사의 표정에 호기심이 여전히 남아있었다. 이인좌가 상대방의 관심을 낚아챘다.

"진실로 세상을 바꿀 수만 있다면, 조선을 지상낙원으로 만들 수도 있다는 것이 우리의 신념이오."

"지름길이 있소? 지금 세상이 하루아침에 이렇게 된 게 아닐 터인데, 무슨 묘책이 있겠소."

"평등한 세상을 만들면 되오."

"평등이라……. 누가 누구와 평등한 세상을 말씀하시는 거요?"

"사람들 모두가 평등한 세상으로 바꾸자는 거요."

부유사가 실소를 터트렸다.

"고려 때 만적(萬積)의 난은 나도 익히 알고 있소. 왕후장상의 씨가 어찌 따로 있을까 보냐며 일어났지만, 무참히 죽어 나갔다지요. 양반과 상놈으로 딱 갈라놓고 나라를 지탱해온 지가 얼마인데, 조선이 그렇게 세상을 바꿀 수 있으리라고 보는 것은 만용일 것이오."

"만적의 봉기는 노비들끼리 일으켰다가 밀고자들 때문에 실패해 주모자 일백여 명이 모두 강물에 던져지면서 실패했지요. 그렇지만 우리의 봉기는 다를 것이오."

"어떻게 다르다는 말이오니까?"

"우리의 거사에는 전국적으로 의인들이 참여하고 있고, 금상의 패륜을 알고 있는 고관대작은 물론 온 백성들이 차차 들고일어날 것이기 때문이오."

"임진왜란 때 임금의 면천 약조를 믿고 국난극복에 참여했다가 뒤늦게 배신을 당해 목이 잘린 어리석은 천민들이 한둘이 아니오."

"그래서 세상을 바꾸자는 것이오. 나부터 거사에 맞춰서 노복들을 모두 방면할 것이오. 노비 문서를 남김없이 불사를 작정이오."

결의에 찬 이인좌의 목소리에 부유사가 다시 진지한 표정으로 되물어왔다.

"진정 노복들을 해방시켜 줄 작심이오니까?"

"그렇소. 노비에게 자유를 주어 모두 양민으로 만들지 않고서는 이 조선은 날이 갈수록 비참하게 되리란 것이 나의 판단이오."

"……."

"그러하니, 정 두령을 비롯한 변산패들이 거사에 함께할 명분은 충분하지 않소이까. 반상이 없어지면 곧바로 두저질도 필요 없는 세상이 올 것이오."

부유사는 한동안 말이 없었다. 그는 이인좌를 응시하며 뭔가를 골똘히 생각하고 있었다. 이인좌가 못을 박듯이 말했다.

"만약 변산 정팔룡 두령이 의거에 동참한다면 내 기꺼이 봉기군 제1대장을 맡기겠소."

이인좌의 결연한 표정과 확신에 찬 음성에 부유사의 눈빛이 흔들리기 시작했다.

• • •

"형님, 짓궂기 짝이 없소. 어찌 이 아우를 그런 곤경에 빠트려 넣으시오?"

태인현청 별실에서 박필현을 만난 이인좌는 짐짓 서운한 표정으로 힐난했다.

변산 도적패 산채에서 눈이 가려진 이인좌가 말안장에 올라 오랜 시간이 걸려 이끌려온 곳은 태인현 경계 안쪽이었다. 채석강에서 자신에게 봉변을 가했던 우락부락한 인상의 사내가 이인좌의 눈가리개를 풀어준 다음 간단히 목례를 하고는 홀연히 말을 몰아 부안 쪽으로 사라져갔다.

박 현감이 너털웃음을 터트리면서 말했다.

"아우님! 참말로 송구하게 됐네. 그들이 그런 방식을 원하니 어쩔 수가 없었다네. 그나 마나 그들과 이야기는 잘 된 건가?"

"그러하오. 확정하지는 않았지만, 그들이 동참을 결정할 것 같소. 부유사의 반응은 대단히 긍정적이었소. 별유사라고 부르던가, 정팔룡 두령의 결심이 남아있는 듯하오."

박 현감이 얼굴에 환희의 빛을 활짝 피워 올리더니 이인좌를 덥석 안았다.

"수고하셨네. 이제 됐네. 우리는 반드시 성공할 걸세."

"정팔룡 두령은 어떤 자이오니까?"

박필현이 이인좌에게 자리를 권하며 대답했다.

"그자는 원래 부안의 큰 부자인 김수형의 종으로 있다가 변산패의 우두머리가 된 사람이라네. 나도 본 적은 없지만, 용력이 대단하고 영리하기도 해서 변산패들로부터 큰 추앙을 받고 있다 들었네."

"아무튼 며칠 안에 결정을 지어서 통보하겠다고 했소."

"알았네. ……. 그건 그렇고, 지난번 한양과 경상도에 다녀온 일은 어찌 됐는가. 다들 차질이 없던가?"

"한양의 일도 약간의 걱정이 있지만 큰 문제는 없는 것 같고, 영남군의 일 역시 안동이 미심쩍기는 해도 정희량 동지의 준비가 워낙 철두철미합디다."

"그러하던가. 참말로 다행이네. 이제 마지막 점검과 택일만 남은 셈인가."

"그렇습니다. 지난번에 형님이 삼월 초열흘날을 말씀하신 듯한

데 틀림없지요?"

"그래, 맞아. 안동 퇴계학파 일부 사대부들이 움직이기로 한 날도 그렇고, 야전을 치르자면 해동이 돼야 해. 좀 빠듯하기는 하지만 그즈음으로 날을 잡는 게 무리가 없을 것이야."

"형님께서 해 오신 호남군 준비는 잘 돼가고 있으신 거지요?"

박필현이 목소리를 죽인 채 말했다.

"그럼, 그럼. 아주 잘 돼가고 있다네. 며칠 전에 담양부사 심유현(沈維賢)이 큰일을 해냈다네. 금성산성 화약고에서 화약 사천 근을 빼돌려 박미귀(朴美龜)를 시켜 극비리에 한양 남태징 포도대장과 평안도관찰사 이유익 영감에게 보냈다네. 그리고 남은 화약 사천이백열세 근, 유황 다섯 근, 화전철정 다섯 개, 철주 두 개, 화약침구 아홉 개, 각종 장비 등을 모두 불태워버렸지."

"그런 일이 있었습니까? 심유현 부사께서 아주 중요한 일을 해냈군요."

"조정에 화재 사건이 난 것으로 보고가 됐으니 아마도 심 부사가 현직을 지키기는 어려울 거야. 하지만 그게 대수일 것인가. 머지않아 곧 세상이 바뀔 터인데."

"그렇지요."

"좋은 소식은 더 있다네. 오랜 공을 들인 끝에 전라도관찰사 정사효(鄭思孝)가 내응하기로 하였네."

"정사효 영감이 합세하기로 했다고요?"

"그렇다네. 꽤나 까다로운 사람이라 설득이 힘들었네만, 결국 대의에 공감하고 함께 하기로 했다네. 내가 태인현 군졸들을 이끌고 전라감영 앞으로 가서 깃발을 흔들면 성문을 열어주기로 했지."

이번에는 이인좌가 벌떡 일어나 박필현을 얼싸안았다.

"형님! 큰 공을 세우셨소이다. 이제 다 된 것 같소. 전라감영까지 합세하기로 했다면 거사는 다 성공한 것이나 다름이 없소."

박필현이 이인좌의 어깨를 다독거리며 말했다.

"무작정 안심할 일은 아니지만, 일은 참으로 잘 돼가고 있는 것 같으이. 이 모든 게 다 천지신명이 우리의 대의를 돕고 있다는 증좌 아니겠는가."

"그렇고말고요. 형님의 공덕이 참으로 크오이다."

"이제 호남군, 영남군, 호서군, 관서군 네 개의 대군이 형성됐으니 계획대로 움직일 일만 남았네. 좀 더 힘을 내세나."

• • •

은석산(銀石山)으로 오르는 계곡 중턱에 자리 잡은 도동서원(道東書院)은 예상보다 크고 넓었다. 뒤쪽 가운데 덩그렇게 보이는 팔작지붕의 사당을 비롯해 재실(齋室), 강당이 보였다. 좀 더 가까이 다가가 보니 서원은 정문, 누각, 강당, 내삼문, 사당 순으로 배치되어 있다. 강당 전면에는 좌우 대칭으로 재실을 두고 있었다. 제기고, 장판고, 교직사 등은 주변에 적절히 흩어져 있었다.

남명(曺植 조식)과 퇴계(李滉 이황) 선생의 제자인 한강(寒岡) 정구(鄭逑) 선생을 제향한 사액서원인 도동서원은 남인 세력의 거점이다.

이인좌는 사림의 중심지인 목천현(木川縣)에 기대를 걸고 공을 들여왔다. 거사를 위해서는 매우 소중한 지역이었다. 호서군이 청주성을 장악하고 나면 곧바로 힘을 합쳐야 할 곳이기도 했다.

말을 내려서 나뭇가지에 고삐를 묶어놓고 강당에서 학생들의 글 읽는 소리를 들으며 서원 주변을 한동안 맴돌고 있을 때, 안쪽에서 누군가가 나오면서 소리치듯 물었다.

"이인좌 선비님 아니시오?"

안후기(安厚基)였다.

"안에 계시는지 어쩐지 살피고 있었소."

"안 그래도 며칠 전부터 기다리고 있었소이다. 이월 중순에 오마고 하신 말씀 잊지 않고 있었소."

"그러셨구려. 호남 지방을 돌아보고 오는 길이라오."

"이쪽으로 오시지요."

안후기가 이인좌를 서원 바깥쪽에 있는 작은 누각으로 안내했다.

신발을 벗고 누각에 올라앉으니 찬바람 한 자락이 불어와 땀이 밴 얼굴을 훑고 지나갔다.

"그래, 동지께서는 그간 무고하셨소이까."

안후기가 고개를 끄덕이며 대답했다.

"예. 저야 별고 없었소이다만, 선비께서도 무탈하신지요."

"예. 무탈하게 지내고 있소이다."

이인좌가 주변을 다시 둘러보며 물었다.

"그런데 양성현(陽城縣. 안성)에 사는 정세윤 선비라고 했던가요?

그분과 함께 보기로 하셨지 않소이까? 그분은 안 오셨소?"

"한양에 급하게 다녀올 일이 있다면서 출타 중이십니다. 나중에 직접 찾아뵙겠다고 했으니 괴산으로 찾아갈 거외다."

"그렇소이까. 빨리 좀 만나야 할 텐데 아쉽구려."

"그건 그렇고, 호남 지역을 돌아보셨다고 했는데, 그쪽은 계획대로 잘 돼가고 있는지요."

이인좌가 자신 있는 어조로 말했다.

"암요. 호남에서 노도(怒濤) 같이 일어날 것이오. 호서군과 근기군만 차질이 없다면 대사는 반드시 성취될 것이오."

안후기의 얼굴에 금세 기쁜 빛이 솟아났다.

"그럴 줄 알았소이다. 태인현 박필현 현감이 반드시 해낼 것으로 믿고 있었소. 이제 우리만 잘 채비하면 걱정이 없을 것 같구려."

"목천현의 기병이 얼마나 중요한지는 더는 말하지 않아도 넉넉히 아실 것이오. 진척 상황이 어떻소이까?"

안후기가 진지한 표정으로 목소리를 깔았다.

"목천과 직산(稷山. 천안天安)의 사족들이 많이 협조할 것이오. 목천현감 윤취은(尹就殷)은 용렬한 인물이라 맞서지도 내응하지도 않을 테고, 유향소(留鄕所) 좌수 한억(韓億)을 비롯한 별감이 화응할 것이오. 목천현 통인(通引. 이속) 정무재(鄭武才) 등이 향소에서 마병과 금위군 중에서 정예한 자를 다수 뽑아 합세하기로 했소이다."

"그렇소이까. 수고가 많으셨소. 한양은 물론 영남과 호남군의 전략이 모두 튼실하니 거사는 무조건 성공할 것이오. 어쨌든 비밀이 새어나가지 않도록 각별히 유의해주길 바라오."

"일체 염려마시오소서. 한 치도 어긋남이 없도록 신중하고 철저히 해나갈 것이오."

"그러면 이제 거사일이 정해지면 통지할 터이니 약속한 장소에 신속히 집결해주시오."

"알겠소이다."

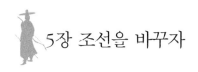
5장 조선을 바꾸자

"변산 노비도적이 한양으로 쳐들어온다는 소문으로 도성 민심이 흉흉해지면서 피난 가는 사람들까지 늘어나고 있다 하네."

재종형 이일좌가 송면 본가에 와 있었다.

이인좌가 태인현을 떠나 목천과 직산을 한 바퀴 돌아 송면(괴산군 청천)으로 돌아온 것은 이월 중순이었다. 태인현을 떠나기 직전, 변산 군도는 사람을 보내어 박필현 현감에게 거사에 동참하겠다는 뜻을 최종적으로 밝혀온 상황이었다.

한양에 노비도적 풍문이 나돈다니, 박 현감이 발 빠르게 뭔가 작업을 하고 있으리라는 짐작이 들었다. 형언키 어려우리만치 고통스러운 난리를 거듭 겪었으므로, 전쟁이나 역란에 대한 백성들의 공포심은 헤아리고도 남음이 있다. 조금만 이상한 풍문이 일어도 피난 보따리부터 싸놓고 눈치를 살피는 일은 백성들 사이에 드문 일이 아닌 세상이 된 것이다. 임진왜란 때 이 나라 임금은 도성과 백성을 버리고 의주까지 도피하여 명나라로 달아날 궁리만 했다. 병자호란 때는 남한산성에 갇혀 있다가 결국 삼전도에서 삼배구고두(三拜九叩頭)의 참담한 국치(國恥)까지 당한 나라가 조선이다. 그러나 참혹한 일을 겪기로야 죄 없는 백성들보다 더 가혹한 쪽이 또 있으랴. 개돼지처럼 끌려가 온갖 능욕을 겪다가 도륙당하는 희생도 모두 백성들의 몫이었고, 그 수는 수십 만에 달했다. 한양에서 변산 노비도적 소문에 피난을 가는 백성들이 늘고 있다는 소식에 이인좌는 만감이 교차했다.

이인좌가 물었다.

"한양격서는 어찌 됐습니까?"

"정월 열이렛날 서소문에 격서가 나붙어 궁궐이 한때 발칵 뒤집혔다는 소문을 들었네. 하지만 조정은 그리 심각하게 받아들이지는 않는 듯하네."

이유익 동지가 계획대로 착착 움직이고 있다는 이야기였다. 모든 게 생각대로, 아니 생각보다도 잘 돼가고 있음이 다행스러웠다. 그럼에도 불구하고 이인좌의 마음이 흔연하지 않은 것은 웬일인지 알 수가 없는 노릇이었다. 뭔가 흡족하지 못한 예감이 뇌리에 께름칙하게 남아있는 게 문제였다.

"형님이 이리 급하게 오신 것을 보니 무슨 다른 일이 있지 싶습니다만."

이인좌가 본론을 물었다. 이일좌가 말했다.

"맞아. 한양 쪽에서 수상한 일이 벌어지고 있다네."

"역시 간재 최규서 대감 쪽입니까?"

"그러하네."

"고변이 됐습니까?"

"그건 아니고, 이유익이 용인 어비곡으로 다시 갔던 모양일세."

"담판을 지으러 간 것입니까?"

"담판까지는 아니고, 깊숙이 떠보았는데 도무지 공감을 안 한다는 거야. 오히려 꾸중과 함께 경거망동하지 말라는 핀잔만 잔뜩 듣고 왔다 하더군."

"거사의 꼬리가 잡힌 것은 아니겠지요."

"그렇지는 않다 하데. 오히려 최 대감의 말씀을 좇아 은인자중하고, 소론 동패들도 단속하여 누가 되는 일이 없도록 하겠다고 맹세하고 왔다는 얘기를 들었네."

안타까운 일이었다. 간재 대감만 대의에 동참해준다면 화룡점정이 분명한 일이었다. 최 대감이 어떤 인물이던가. 선왕 때 소론의 영수이자 우의정이 되어 노론 사대신들이 주동한 세제(영조)의 대리청정을 막아낸 인물 아니던가. 그야말로 소론의 큰 어른이면서, 동시에 금상에 대해서 누구보다 잘 아는 대신이었다. 그런 원로를 대의에 동참시키면 참으로 수월할 판이건만 끝끝내 어렵게 돼가는 추세는 찜찜한 일이 아닐 수 없었다. 문득 최 대감이 금상의 주구 노릇을 불사하려고 한다는 풍문이 있으니 신뢰하지 말라던 장인 윤경제의 말이 떠올랐다. 이인좌가 한숨을 토하면서 말했다.

"참으로 답답한 노릇이구려, 형님."

이일좌가 한숨을 받았다.

"그래서, 이유익은 거사 일자를 미뤄야 한다는 생각이라네."

"어느 날로 바꾸자는 견해입니까?"

"삼월 스무이렛날을 말했네."

"간재 대감 설득이 어렵다면 오히려 앞당기는 게 옳지 않을까요?"

"이유익의 말은, 최 대감 일도 그렇거니와 한양의 준비 상황을 봐서도 조정이 필요하다는 거야. 지난해 정미환국으로 소론과 남인들의 의기가 너무 빠져서 결집이 어렵고, 그나마 뜻을 모은 동지들의 응집력도 아직은 한참 모자란다는 판단이더라고."

"역시 정미환국이 힘을 빼고 있군요. 연잉군(영조)은 참으로 교활하고 영악한 인물이오. 형님의 생각은 어떻소?"

"나 역시 한양의 태세가 아직 부실하다는 생각을 지울 수가 없다네. 거사의 완결은 한양에서 지어져야 하는 건데, 아직 어느 곳도 확신이 서지 않으니 걱정이 아닐 수 없는 일이지."

"막상 기병을 감행하면 백성들의 호응이 달라질 수는 있지요. 어쨌든 이유익도 그렇고 형님도 감이 그러하시다면 거사 날짜를 미루는 수밖에 없지요. 태인현과 영남거사군 정희량에게도 알려야 할 텐데요."

"이유익이 양쪽에 따로 밀서를 띄운다 했네."

"그러합니까. 그럼 저도 그리 알고 일정을 맞추겠습니다. 한양의 일이 중하니 형님께서 면밀하게 살피다가 변고가 있으면 급보해주시오."

"알았네. 긴박하게 움직이겠네."

"형님을 믿습니다."

"아, 참 좋은 소식도 하나 있네. 용인에 사는 장흠(張欽)이라는 인물이 거사에 적극적이네. 재산을 처분해 용사들을 사고 있는데, 벌써 기십 명에 달하는 동참자들을 모은 모양일세."

"반가운 일이군요. 나중에 한번 만나보겠습니다."

이일좌는 다음날 새벽, 말을 몰아 송면을 떠났다.

• • •

'대저 법이란 장인(匠人)의 자[승척繩尺]와 같고, 대장장이[치인治人]의 거푸집[모범模範]과 같다. 자란 단순히 자가 아니고, 거푸집이란 단순히 거푸집이 아니다. 세상에서 솜씨 좋은 기술자만 입에 올릴 뿐, 자와 거푸집을 반드시 쓸 필요는 없다고 말하니 생각이 참으로 짧다. ……'

모처럼 반계(磻溪 유형원柳馨遠) 선생의 글을 다시 읽으며 생각을 가다듬고 있는데 안채 문밖에서 부여댁이 방문객을 고했다.

"바깥 마님. 손님이 오셨습니다요."

이인좌는 책을 덮고 일어나서 방문을 열었다. 마당에 두루마기 차림에 갓을 쓴 한 중년 사내가 와 있었다. 이인좌가 헛기침을 하며 봉당에 내려서자 사내는 깎듯이 선 채로 목례를 했다.

"어찌 오셨는지요?"

"이인좌 선비님이 맞으시지요?"

낭랑하면서도 힘찬 목소리였다. 사내의 용모 노인 기한 대류 풍기고 있었다.

"그렇소만, 안면이 없는데 누구신지요?"

"일전에 도동서원에서 안후기 선비님을 만나셨지요. 한양에서 돌아오니 선비님을 하루빨리 찾아뵈라고 하더이다."

정세윤이로구나. 안후기가 침이 마르도록 칭찬하던 이가 바로 이 사람이었구나.

"그러하십니까? 일단 사랑방으로 드시지요."

이인좌가 반색을 하며 걸어가서 사랑방 문을 열었다. 다시 보아도 사내의 모습은 예사롭지 않았다.

사랑방에 들어서자 사내가 정식으로 인사를 했다.

"양성현에 사는 정행민이라고 하오이다."

"정행민? 함자를 정세윤으로 들었는데, 혹여 다른 분이시오니까?"

"아닙니다. 원래 이름은 정세윤이 맞습니다. 녹림당의 거사에 온 정성을 다 쏟아붓기 위하여 대의에 맞춰서 개명했습니다."

"아, 예. 그러하시군요. 안후기 선비로부터 말씀을 잘 들었소이다. 영의정 정인지(鄭麟趾) 대감의 후손이시라고요. 명문의 후손을 이리 만나 뵙게 돼서 반갑소이다."

정행민은 다시 한번 정중히 고개를 숙였다.

"직접 뵈오니 과연 대장군의 기개가 역력하십니다."

그가 대장군이라는 호칭을 입에 올리는 것을 보니 안후기와 이미 깊은 이야기를 맞춘 게 틀림없었다. 이인좌가 정행민의 손을 잡았다.

"고맙소. 명문대가의 후손이 이렇게 앞장서주시니 감사할 따름이오이다."

두 사람은 마주 앉아 이야기를 시작했다. 정행민이 말했다.

"종묘사직이 위태롭고 백성들의 삶이 나락에 떨어졌으니 이 참담을 바로잡아야 한다는 생각을 오랫동안 다져왔소이다. 기꺼이 대의를 위해 투신하고자 하오."

"잘 오셨소. 귀한 분이 이렇게 기꺼이 합세를 해주시니 천군만마를 얻은 듯하오."

"미력이나마 최선을 다할 것이오니 적역을 맡겨주시오."

"알겠소이다. 안후기 동지에게 들으니 우리 정 동지께서는 공부를 많이 하셔서 모르는 게 없다 하십디다."

"과찬이십니다. 부족한 게 많소이다. 뭐든 시켜주시면 기꺼이 성심을 다하리다."

이인좌가 흡족한 표정을 지으며 구체적으로 말했다.

"호서 지역에서 모병한 병사들을 일차적으로 양성현 소사(素沙. 평택시 소사동)에 집결시킬 예정이오. 핵심 역할을 맡아주시오. 연락망을 촘촘히 짜서 움직여주길 바라오."

"알겠소이다. 그런데 청주성부터 점령하고 영남군과 호남군을 합세하여 한양으로 진격한다고 들었소이다만."

"그렇소. 일단은 청주성을 점령하는 일에 동참하여야 할 것이오. 봉기군 편제를 정비하여 함께 움직일 것이오이다."

"알겠소이다. 거사군을 이끌고 청주성으로 가겠소이다."

이인좌는 잠시 바람을 쐴 양으로 정행민을 화양구곡으로 안내했다. 계곡에는 여전히 차가운 바람이 가시지 않았으나, 여기저기 봄기운이 역력했다. 말없이 앞장서서 구곡의 경치에 젖어 걷던 이인좌가 뒤따라오던 정행민을 향해 돌아섰다.

"제아무리 얼어붙었던 계곡물도 계절은 이길 수 없는 법 아니겠소. 저 물빛 좀 보오이다. 이젠 봄 향기가 그득하지 않소이까."

그러자 정행민도 기다렸다는 듯이 말했다.

"정녕 그러하오이다. 저 소나무 줄기를 타고 솟아오르는 수액도 확연합니다. 머지않아 봄빛을 활짝 피워 올릴 게 틀림없을 것이오. 우주 만물이 다 때가 되면 움직이기 마련이지요."

· · ·

말안장에 올라 발을 굴렀다. 말이 길게 소리치며 달려나가기 시작했다. 들길 산길을 번갈아 달려 이인좌가 청주 인근 낭성(琅城)에 도달했을 때 신천영은 도포 차림으로 본가 대문 밖에서 기다리고 있었다. 문무가 출중한 명문대가의 후손다운 신천영의 헌헌한 모습은 여전했다.

"며칠째 목 빼고 기다렸소."

딱히 날짜를 정하지는 않았지만, 이월 하순께에 찾아오기로 했었다.

"그러하셨소이까. 송구하오. 그러잖아도 좀 더 일찍 오려고 했는데, 일이 좀 많아서 차일피일하다 보니 늦었소."

"여기저기 다녀오신 일은 어찌 되었소? 만사가 여의하오니까?"

"미흡한 부분들이 한 대목씩 있지만, 전체적으로 잘 돼가고 있소이다. 한양에서는 지난 정월 열이렛날 서소문에 격서가 나붙은 이후 민심이 흉흉해지고 있다고 하오."

"격서가 나붙어요?"

"동지들이 한 일이오. 조정이 발칵 뒤집혔었다고 하더이다."

"문제는 성안인데, 방책이 섰소이까?"

"포도대장께서 맡기로 했으니 염려하지 않으셔도 될 것이오. 참, 담양부사 심유현 영감이 금성산성 화약고에서 빼돌린 화약 사천 근을 남태징 포도대장과 평안도관찰사 이유익 영감에게 은밀히 전달했다 합디다."

"심유현 현감이 참으로 대단한 일을 하셨군요."

"조정이 심 현감을 담양으로 내쫓은 일이 전화위복이 된 셈이지요."

"듣고 보니 그렇구려. 그런데 영남은 어찌 돼가고 있소?"

"영남의 정희량 동지의 준비도 착착 진행 중이긴 하오만, 안동이 팔짱을 풀지 않아서 노심초사하고 있다오."

"안동이 매우 중요한데, 난감하구려. 호남은 어떻소?"

"박필현 현감이 차근차근 만들어 가고 있는 중이라오. 기병하면 전라도관찰사가 전주성 문을 열어주기로 했다 하오."

"그것참 다행입니다그려."

"이뿐만이 아니라오. 구천이나 된다는 변산 명화적(明火賊)도 거사군에 동참하기로 해서 고무적이라오."

"구천이라고 하셨소?"

"자기들 말이 그렇소."

"만나셨던 모양이구려."

"그들의 말을 다 믿을 수는 없으나, 다 끌어모으면 기친을 헤아리는 것은 사실인 양 싶더이다."

"거사일은 조율이 되고 있소이까?"

"당초 삼월 초열흘을 검토하다가 무리라고 판단이 되어 스무이렛날로 미루게 되었다오."

"삼월 스무이렛날이라고 하셨소?"

"그러하오이다. 하지만 상황의 변이를 알 수가 없으니 여차하면 거병을 앞당겨야 할지도 모르겠다는 예감이오."

"그야 그렇겠지요. 청주성이 첫 공략 목표라고 들었소."

"그러하오이다. 우선 거사군의 병장기와 군자금이 영남으로 집중되어 지원돼있는 형편이어서 호서군은 청주성부터 쳐서 병장기를 먼저 확보해야 할 까닭이 있소. 그리고 영남군과 호남군이 한양으로 거침없이 치고 올라가기 위해서는 호서지방의 대로를 열어놓아야 할 것이기 때문에 청주성 점령이 최우선 과제일 수밖에 없다는 판단이오이다."

"전략이 치밀한 듯하여 마음이 놓이오."

"신천영 동지께서 청주성 공격에 집중해주셔야 하겠소."

"청주성이야 내가 손바닥 들여다보듯이 잘 알고 있으니 역할을 맡아야겠지요. 성채 함락을 위한 전략은 무엇이오."

"군사를 이끌고 공성전을 벌이는 것은 아무래도 무리라, 위계를 써볼까 하오."

"위계라고 허셨소?"

"그렇소이다. 이 몸이 일단의 별동대를 이끌고 잠입하여 성문을 열 터이니 신 동지께서 상당산 쪽에 거사군을 잠복시켰다가 벽인문(동문)을 열면 일시에 진입해주시오."

"청추문(淸秋門. 서문) 쪽이 성벽이 많이 허물어져 있던데, 그리로 진입하는 게 더 용이하지 않겠소이까?"

"나도 알고 있소. 하지만 청추문 쪽은 앞쪽에 촌락과 거령우작천(去令于鵲川. 무심천)이 가로막혀 있어서 거사군이 은닉할 지형지물이 마땅치 않소. 기백의 군대가 흩어져 숨으려면 어쨌든 상당산 쪽이 좋을 것이오."

"상당산성은 어찌할 것이오?"

"거사 시간에 맞춰 기습하여 빼앗아야지요. 아무래도 그 일부터 신 동지께서 맡아주셔야 하겠소."

"알겠소이다. 내가 모병한 봉기군이 이백은 되니 충분하오. 일단 산성과 봉수대를 점령한 다음 집결한 호서군과 합류하여 벽인문 진입에 대비할 것이오. 내 맡은 바 임무를 기필코 완수하리다."

"신 동지를 믿소."

두 사람은 서로를 부둥켜안고 뜨거운 결의를 다졌다.

• • •

이월 말, 이인좌는 노복 중 말귀를 알아들을 만한 자들을 골라 불렀다. 선왕(경종) 등극 후 집안일이나 농사일을 맡아온 노비들 중에 자립을 원하는 사람들을 꾸준히 고공(雇工. 고용 관계. 머슴 계약)으로 바꿔왔기 때문에 집안에 남은 하인들은 많지 않았다. 안방으로 들어와 앉은 열 명 남짓 노복들을 향해 이인좌가 말했다.

"이제 내가 세상을 바꾸기 위한 거사를 일으키려고 하오. 내가 열고자 하는 새로운 조선은 반상이 따로 없는 평등한 나라요. 여러분 모두가 면천이 되어 사람답게 살 수 있는 세상을 펼쳐줄 생각인 것이오."

바깥 마님이 새삼스럽게 말을 올린 것도 놀라운데, 세상 노비 모두를 면천시키기 위해 봉기를 계획하고 있다는 소리에 모두들 아연실색을 금치 못한 채 숨소리마저 죽이고 있었다. 이인좌의 말이 이어졌다.

"여러분들은 비록 신분이 노비들이라고는 하나 나에게는 가족이나 마찬가지요. 앞으로 하고자 하는 일에 동참하여 나를 돕고자 하는 사람이 있다면 나서주면 고맙겠소. 물론 강요하는 것은 절대 아니라오."

좌중이 한동안 술렁거렸다. 얼마쯤 지나, 용출(用出)이라는 이름의 노복이 입을 열었다. 평소에도 앞장서서 종들을 이끌곤 했던 노복이었다.

"나리마님께서 평소에 저희에게 푸근히 해주시는 은혜만으로도 감사하온데, 평등한 세상을 열기 위한 큰 뜻으로 움직이신다고 하니 어찌 가만히 있을 수 있으오리까. 받아주시면 기꺼이 따르겠사옵니다."

나머지들도 모두 고개를 주억거리며 공감을 표시했다.

"지금부터 내가 하려는 일은 목숨을 내놓아야 하는 위험천만한 전쟁이오. 나 역시 가문의 존멸을 걸고 도모하는 일이니 섣불리 말하지는 말길 바라오."

삼복(三福)이라는 이름의 젊은 노복이 말을 받았다.

"평소에도 저희에게 자유를 주시고 세경(연봉)까지 챙겨주시는 은혜에 감읍하고 있사옵니다. 이곳을 떠나지 못하는 것은 마땅히 살아갈 방도가 없거니와 두 분 마님의 은혜를 저버릴 수가 없어서입지요. 이까짓 풀벌레 같은 목숨이 무슨 대수이오리까. 생사고락을 함께할 터이니 해야 할 일이 무엇인지 하명해주시면 생명을 맡기겠나이다."

이인좌가 말했다.

"여러분들의 뜻이 가상하오. 아까도 말했거니와 강요하지는 않겠소. 형편이 여의치 않거나 마음이 움직이지 않은 사람은 굳이 따라나서지 않아도 좋소. 이제 먼길 나서야 할 날이 머지않았으니 숙고하시기를 바라오."

노복들이 모두 고개를 숙여 대답했다.

"알겠사옵니다."

방 안의 공기가 뜨겁게 달아올라 있었다.

• • •

시커먼 용(龍)이 몸부림을 치며 달아나고 있었다. 저만큼 날아가다가 돌아보는 용의 두 눈은 핏빛이었고, 얼굴은 흉측했다. 구름을 올라타고 용을 쫓아가던 이인좌는 화살을 먹인 대궁(大弓)을 겨눠 시위를 힘차게 당겼다가 정조준하여 놓았다. 화살은 용의 머리통을 향해 정확하게 날아가 이마에 박혔다. 용이 천지를 진동하는 울음소리를 내며 날뛰었다. 돌아보는 용의 이마에 박힌 화살 아래로 시뻘건 피가 폭포처럼 쏟아져 내렸다. 이인좌가 다시 활을 겨눴다. 하지만 이번에는 용이 아가리를 크게 벌리며 달려들었다. 용의 입속으로 속절없이 빨려 들어갔다. 순식간에 앞이 캄캄해졌다.

꿈이었다. 잠에서 깨어보니 얼굴에 식은땀이 흐르고 있었다. 용의 험악하게 일그러진 얼굴이 짙은 잔상으로 뇌리에 남아있었다. 대체 무슨 꿈일까.

• • •

첫째 아우 이능좌가 영남에서 돌아왔다. 영남은 여전히 안동 사대부들의 어정쩡한 반응으로 큰 틀을 만들지 못하고 있다고 했다.

두 사람이 한참 이야기를 나누고 있을 때 잡일을 돕는 여종 종례(終禮)가 사랑채문 밖으로 와서 소리쳤다.

"마님! 손님이 왔습니다요."

이인좌가 방문을 열어보니 몸집이 작은 소창옷(소창의小氅衣) 차림의 청년이 서 있었다.

"어디에서 오셨소?"

청년은 허리를 깊이 굽혀 인사를 한 다음 말했다.

"과천에 사는 신광원(愼光遠)이라고 합니다요. 이일좌 어르신께
서 전해드리라는 서찰이 있습니다요."

"먼길에 수고가 많았소. 어서 방으로 드시오."

사랑방으로 들어와 앉은 청년은 품속에서 서찰을 꺼내어 이인
좌에게 전했다. 이인좌가 이중으로 단단히 봉해진 제종형 이일좌
의 서찰을 뜯었다. 뜻밖의 급보가 들어있었다.

> 한양의 거사 준비가 생각대로 되는 것 같지가 않네. 이유익
> 은 호서군이 먼저 청주성을 점령하고, 영남군도 일어나 영남
> 일대에서 소요를 벌여 조정의 관심을 지방으로 돌린 다음 적
> 당한 기회에 평안도에서 이사성이 밀고 내려오는 동안 한양
> 에서 일시에 일어나 도성을 함락하는 전략을 말했네. 분위기
> 로 보아서 거사 모의의 실체가 드러나는 것은 시간문제인 듯
> 하여 걱정이 이만저만이 아니네. ─이일좌

이인좌가 심호흡을 한 차례 하고는 여종 종례를 불렀다.

"손님에게 쉴 방을 드리고 음식을 마련해 올려라. 타고 온 말도
여물을 넉넉히 주어라."

"예, 마님."

이인좌가 청년을 향해 말했다.

"답찰을 줄 것이니, 저 아이를 따라가 쉬고 있으시오."

여종과 청년이 고개를 숙여 인사를 하고는 물러갔다.

이인좌가 곁에 있던 이능좌에게 말했다.

"아우야. 아무래도 거사를 서둘러야겠다. 더 시간을 끌다가는 한번 일어나 보지도 못하고 사달이 날 우려조차 있어 보이는구나. 지금 곧 정희량에게 달려가 실정을 알리고 기병을 서둘러야 하다는 말을 선하거라. 어느 정도 세력이 뭉쳐지면 영남에서 지체 없이 충청으로 달려와 호서군과 합류해야 한다. 알겠느냐?"

이능좌가 굳은 얼굴로 대답했다.

"알겠소, 형님. 분부대로 시행하리다."

이능좌가 방을 나간 뒤, 이인좌는 연적을 들어 벼루에 물을 붓고 먹을 갈았다.

> 필현 형님. 아무래도 거사 일자를 크게 앞당겨야 되겠습니다. 삼월 열이튿날 청주성을 치겠소. 한양의 정세를 살펴보니 더 지체했다가는 칼도 한번 못 뽑아보고 앉은 채로 당하게 생겼소. 개죽음을 당하느니 한판 붙어보기라도 해야 하지 않겠소이까. 전국의 상황이 다 다르고, 우리 녹림당의 세력이 가당찮으니 일시에 일어나 움직이기에는 아무래도 벅찰 것인즉, 제가 우선 청주성을 점령하고 난 뒤, 정희량의 영남군과 합세하여 한양으로 치고 올라가는 것이 좋겠다는 게 저의 생각이오. 양성현 소사에 집결하기로 하였으니 형님께서 변산패에 기별을 넣어서 정팔룡 대장이 때맞춰 거사군들을 이끌고 오도록 해주시오.

편지를 다 쓴 이인좌가 둘째 아우 기좌를 불렀다. 스물네 살 이

기좌는 한창 혈기가 왕성한 청년인 데다가 무엇보다도 말을 잘 탔다.

"기좌야. 네가 이제 나서야 할 때가 되었구나."

이인좌는 밤새 써놓은 서찰을 내밀었다.

"가능한 한 빠른 속도로 달려서 태인현으로 가야겠다. 거기 현 감을 만나 서찰을 전한 뒤 곧바로 경상도에 있는 네 형 능좌에게 가거라. 능좌가 정희량에게 영남의 기병이 시급해졌음을 알릴 것 이다. 그쪽 동향을 살피고 있다가 영남에서 기병이 일어나면 그때 내게 달려와서 동태를 전해다오."

이기좌가 눈을 반짝거리며 대답했다.

"아무 염려 마시오. 내 바람같이 달려가 큰형님께서 하명하신 일들을 해내겠소."

• • •

삼월 초엿새.

이인좌가 한복을 곱게 차려입은 아내 윤자정과 안방에서 마주 앉았다. 윤자정은 왠지 이제 남편이 집을 떠나면 돌아올 기약이 없지 싶은 마음에 자꾸만 눈물이 났다. 그래도 약한 모습을 보여 주어서는 안 되겠다는 생각에 고개를 돌려 눈물을 감추려고 애를 썼다. 이인좌가 아내의 마음을 알아채고는 부드러운 목소리로 말 했다.

"이보오, 중명 어멈. 너무 심려하지 마시오. 내 반드시 대의를 펼쳐 거사에 성공할 것이니 스스로 마음고생 시키지 말고 아이들이나 잘 건사하고 지내소."

남편의 목소리를 듣자 윤자정은 오히려 눈물 보를 더 터트렸다.

"아니에요, 서방님. 대장군께서 장도에 오르시는데 아녀자가 경망스럽게 눈물을 보여서 송구스럽사옵니다. 그저 서방님께서 전쟁터에서 하실 모진 고생을 생각하니 잠시 가슴이 미어져서 그러하니 양촉하소서. 소첩은 서방님께서 반드시 큰 뜻을 이루시고 무사 무탈하게 귀환하시리라고 굳게 믿으옵니다. 객지에 계신 동안 집안 걱정일랑은 추호도 하지 마시옵소서."

말은 그렇게 했지만, 이인좌도 윤자정도 비장하기는 마찬가지였다. 자정은 남편이 하고 있는 일이 얼마나 위험한지, 무엇을 걸고 하는지를 잘 알고 있었다. 자기들 두 사람의 목숨뿐이 아니라, 어린 자식들마저도 모두 살아남지 못할지도 모른다는 생각에 이를 때면 억장이 막히곤 했다.

이인좌가 아내에게 다가와 살포시 안아주면서 말했다.

"내가 중명 어멈에게 꼭 하고 싶은 말은 그저 미안하다는 말뿐이오. 좋은 세상에 만났더라면 사슴처럼 조용히 행복하게 살 수 있었으련만, 우리가 태어난 이 세상이 그렇지 못하니 어쩌겠소. 날 원망해도 좋소. 어쨌든 내 그대를 만나 참으로 행복했으니 여한은 없소. 당신 참으로 고맙고 귀한 사람이었소."

그러나 어쩔 것인가. 나라를 구해야 한다는 신념이 하늘 같고, 맺힌 원한이 산 같으니 더는 견디고 나아갈 길 또한 없었다. 살아 있다고 다 산 것이 아니고, 죽었다고 다 죽은 것이 아니었다. 너무나 많은 모순과 잘못된 세상의 형편을 보아왔다. 세종 성군의 후손으로서, 명문대가의 후예로서 이 참담을 견디고 불의에 눈감는 것은 차라리 죽는 것보다 못하다는 생각을 달궈온 세월이 길고도 길었다.

윤자정이 낭군 이인좌로부터 몸을 빼며 말했다.

"잠깐만 그렇게 앉아 계시옵소서."

"왜 그러시오?"

"이제 서방님께서 이 집을 나가시면 언제 돌아오시게 될지 모르오니, 제가 무운과 대업의 성취를 비는 마음으로 큰절을 올릴까 하옵니다. 사양치 마시옵소서."

윤자정의 떨리는 음성이 이인좌의 가슴을 파고들었다. 윤자정이 옷매무새를 추스르고 남편 이인좌 앞에 섰다.

"이 몸 윤자정의 지아비이자, 아이들의 아버지로서 반드시 대업을 이루시고 금의환향하시길 빌고 또 비옵나이다. 본가의 일들은 모두 잊으시고 부디 대사에만 진력하소서."

윤자정이 눈물을 머금은 눈으로 남편 이인좌를 한동안 바라보다가 손등을 들어 올려 이마에 대고 천천히 큰절을 했다. 절을 마치고 일어서는 아내에게 이인좌가 다가가 애틋한 손길로 안았다. 윤자정은 남편의 품에서 어깨를 들썩이며 한참 동안 눈물을 깨물었다.

이인좌가 막 일어서려는데 윤자정이 봉투 하나를 내밀면서 말했다.

"양성(안성) 제부(弟夫. 여동생의 남편)한테서 서찰이 왔사옵니다."

이인좌가 봉투를 받아들었다. 겉면에 동서 이호(李昈)의 이름이 보였다. 곧바로 뜯어서 서찰을 꺼내 읽었다.

형님. 운명을 걸고 몰두하시는 일에 큰 역할을 하지 못하여 송구하옵니다. 그동안 모병을 해온 작업에 조만간 성과가 있을 것으로 짐작되옵니다. 채비가 되면 서둘러 합류하겠사오니 그리 아소서. 건투를 비옵나이다.

그날 밤 이인좌가 말을 타고 송면 집을 나섰을 때, 대문 앞에는 그와 함께하겠다고 마음을 굳힌 마흔 명이 넘는 노복이 배웅을 위해 나와 있었다. 이인좌를 수행해 수발을 들기로 한 삼복은 봇짐을 진 채 말을 탈 준비를 하고 대기하고 있었다. 이인좌가 노복들 맨 앞에 선 용출에게 말했다.

"준비가 되면 삼복이를 보내어 기별할 테니 정한 날짜에 청주성 쪽으로 다 함께 오시오."

용출이 허리를 굽혀 대답했다.

"심려하지 마시옵소서. 정해주시는 날에 모두들 어김없이 움직일 것입니다요."

그때 뭔가 생각이 난 듯 이인좌가 용출을 따로 불러 귓속말을 했다.

"내가 떠난 뒤에 초상에 쓸 예물과 의복들을 확보해두었다가 청주성으로 올 때 싣고 오시오."

용출이 눈을 동그랗게 뜨고 이인좌를 바라보았다.

"장례 물품이라고 하셨나이까?"

"그렇소. 비용과 규모는 안방마님에게 미리 다 이야기해두었으니 내어줄 것이오. 넉넉하게 준비해주시오."

잠시 고개를 갸웃거리던 용출이 허리를 굽혔다.

"알겠나이다. 분부대로 하겠나이다."

· · ·

양성현 소사 벌판에는 권서룡, 권서린, 권서봉 삼형제가 함께 기다리고 있었다.

벌판 여기저기에 거사군들이 무리 지어 움직이고 있었다. 얼핏 헤아리니 일백오십여 명은 돼 보였다. 해저물녘 이인좌가 노복 삼복과 함께 말을 타고 나타나자 한양 이하의 집에서 만났던 권서린이 반갑게 맞았다.

"장령님, 어서 오시오. 원로에 수고가 많으셨소이다."

"반갑소이다. 노고가 많으시오."

권서린이 곁에 서 있는 사내들을 소개했다.

"이 분은 제 형님이시고, 또 이 사람은 제 아우이올시다."

이인좌가 반색을 했다. 그러고 나서 권서봉을 향해 말했다.

"금상(영조) 즉위 초에 용감하게 상소문을 올렸다가 귀양을 가셨던 바로 그분이시지요. 이렇게 실제로 만나 뵈니 반갑기 그지없소이다."

"만나 뵙기를 학수고대했소이다."

그리고 보니 세 사람의 외모는 마치 쌍둥이인 듯 똑 닮아 있었다. 권서린이 말했다.

"여기 양성에서 모은 거사군은 거의 모두 아우가 모군을 했소이다."

"아, 그렇소이까. 참으로 장하시오. 세 형제분이 함께 앞장서시니 한결 마음이 뿌듯하오."

"먼길 달려오셔서 곤하실 터이니 저기 초막에 들어서 잠시 노독을 푸시지요."

권서린이 이인좌를 벌판 한쪽 끝에 있는 초가로 안내했다.

미리 군불을 때놓았는지 아랫목이 뜨끈했다. 안온함에 금세 졸음이 밀려왔다. 송면 본가를 떠난 후 쉼 없이 달려온 긴 여정이었다. 이인좌는 앉은 채로 잠시 눈을 붙였다.

• • •

"나리마님!"

잠깐 졸고 있던 이인좌를 청주목 송면에서부터 수행해온 삼복이 깨웠다. 방안에 음식이 담긴 개다리소반이 놓여있었다. 방금 삶아낸 돼지고기 수육에서 구수한 냄새가 풍겼다.

삼복이 방문을 닫고 나간 다음 이인좌는 소반을 끌어당겨 음식을 먹었다. 국그릇에 담긴 뭇국을 마저 마시고 나서 냉수로 입을 가실 즈음에 문이 열리고 권서봉이 들어섰다. 두루마기 위에 푸른 전복(戰服)을 껴입은 형과 달리 붉은 전복을 걸친 옷차림이 다르고, 곰보 자국이 있는 형에 비해 얼굴이 깨끗하다는 것뿐 다시 보아도 그들 두 형제의 모습은 정말 흡사했다. 권서봉이 물었다.

"요기는 잘하셨나이까?"

이인좌가 개다리소반을 밀어놓고 반겨 맞았다.

"시장하던 차에 아주 맛나게 잘 먹었소."

권서봉이 앞에 앉으며 말했다.

"사태가 화급하다 하여 호서군 동지들을 가능한 한 빨리 이곳으로 모이도록 고지했으나 어찌 될지, 몇이나 모일지는 정확히 알수 없나이다."

권서린, 권서봉 형제는 정행민과 함께 호서군 규합의 임무를 맡고 있었다.

"어쨌든 영남 정희량 군이 한시바삐 올라와 주는 것이 관건이요. 청주성 공격 날짜와 집결지를 기별했으니 날짜를 맞춰 주기를 바랄 따름이오."

"옳은 말씀이옵니다. 우리의 거사가 성공하기 위해서는 금상에 대한 반감이 깊은 영남이 결정적인 역할을 해주어야 할 것이오이다."

"잘 될 것이오. 지금까지 험난한 과정을 잘 헤쳐 왔으니 만사여의하리다."

"모쪼록 그래야 하지요."

그때 방문이 열리고 권서린이 들어섰다. 그의 뒤를 장정이 하나 따라 들어왔다. 권서린이 장정을 가리키며 소개했다.

"양성 가천(加川)의 최경우(崔擎宇) 동지이오이다. 일백 명 병사를 끌고 막 도착했소이다."

이인좌가 밝은 표정으로 최경우를 맞았다.

"어서 오시오. 일백의 동지들을 모아오셨다니 장하시구려."

최경우가 이인좌의 앞에 무릎을 꿇었다.

"말씀 듣던 대로 한눈에 보아도 대장군의 기상이시옵니다. 이렇게 모시게 되어서 광영이옵나이다."

"편하게 앉으시오. 듬직한 모습이시오."

삼월 초아흐렛날 밤이 흘러가고 있었다.

· · ·

다음 날 아침 날이 밝자마자 소사벌이 떠들썩했다. 정행민이 일백오십 명의 모병 거사군을 이끌고 도착했다. 평양(平壤) 출신의 유민 쉰 명도 합세했다. 그야말로 드넓은 벌판에 사백여 봉기군 군사들이 진을 쳤다.

야전 막사가 쳐지고 이인좌를 비롯하여 정행민, 권서봉, 권서린, 최경우 등 수뇌들이 모여 앉았다. 이인좌가 말했다.

"이제 변산패 정팔룡 대장이 도착하고, 영남군이 올라온다는 기별만 오면 곧바로 출병할 것이오."

정행민이 나섰다.

"청주성 공격 예정일이 이틀밖에 남지 않았는데, 문제가 없겠나이까?"

"예정대로 되지 않으면 하루이틀 늦을 수는 있으나 대계(大計)에는 차질이 없을 것이오. 우선 기다려봅시다."

이인좌도 걱정이 없는 것은 아니었다. 그럼에도 겉으로는 대수롭지 않은 것처럼 굴었다. 난관을 극복하는 데 있어서 동지들끼리 미리 걱정을 나누는 것은 결코 도움이 될 일이 아니라는 생각이었다.

권서린이 물었다.

"변산패가 구천 대군을 움직인다고 들었소이다만."

"그러하오. 대군을 본 적은 없으나 내가 직접 변산으로 가서 산채의 실체를 확인한 바가 있소. 틀림없이 올 것이오."

'구천 대군'이라는 소리에 최경우의 얼굴에 화색이 돌았다.

"그렇게 큰 군사라면 거사에 결정적인 힘이 될 것으로 사료되나이다."

권서봉이 말을 받았다.

"거사군을 모으는 일이 여간 어려운 일이 아니라는 사실은 모두들 겪어서 아실 것이옵니다. 목숨을 걸어야 하는 일이니 단 열 명을 모으는 일도 벅차기가 이루 말할 수 없더이다."

이인좌가 말했다.

"쉬운 일이었다면 우리가 이렇게 이를 갈고 준비하는 데 여덟 성상 세월이 걸렸겠소이까. 어려운 만큼 반드시 보람이 클 것이오."

좌중이 모두 고개를 끄덕였다.

　　　　・・・

　　하지만 그날도 해가 다 저물도록 영남의 정희량 군으로부터는 기별이 오지 않았다. 변산패 정팔룡 군도 당도하지 않았다.

　　다만, 그날 오후 소사벌을 떠났던 권서린이 늦은 밤에 양성 출신의 두 장수를 데리고 나타났다.

　　"거사군의 선봉에 설 두 장수를 소개하오이다. 이쪽은 이배, 그리고 이쪽은 목함경이라는 이름의 대단한 장수들이시오."

　　흑갈색 낯빛의 두 장정이 나란히 이인좌 앞에 무릎을 꿇었다. 두 장수는 단단한 몸피만으로도 무예가 몸에 밴 듯 보였다.

　　이배가 말했다.

　　"오래전부터 금상의 비리와 선왕의 참혹한 운명에 분개하고 있었사옵니다."

　　목함경도 입을 열었다.

　　"무사로서 녹림당의 거사를 위해 희생하는 일에 아무런 여한이 없나이다."

　　두 사람의 등장은 영남군의 감감무소식으로 속이 탈대로 탄 이인좌에게 그나마 위안이 되었다. 이인좌가 두 장수의 어깨에 손을 얹었다.

　　"잘 와주시었소. 이제 생사고락을 함께 하십시다."

　　소사벌에 모인 녹림당 거사군 군사들에게는 내남없이 모두 잠 못 드는 밤이었다.

· · ·

변산 화적패 두령 정팔룡이 온 것은 다음날, 삼월 열하룻날 한밤중이었다. 산짐승 가죽으로 만든 두툼한 의복에다가 험악한 손도끼, 쇠망치, 부월(斧鉞)을 든 산적 무리가 나타나자 소사 벌판 거사군들의 분위기가 후끈 달아올랐다. 인원은 고작 일백여 명이 채 되지 않았지만, 횃불 속에 드러난 험상궂은 외양에 거사군 일부는 공포심을 느끼는 모습도 보였다. 어디서 났는지 그들은 큰 소를 두 마리나 끌고 와 있었다. 우두머리인 듯한 우락부락한 사내가 철퇴 줄을 목에 걸고 앞으로 거들먹거리며 나왔다.

"정팔룡이외다. 여기 두령이 누구요?"

이인좌가 앞으로 나섰다.

"먼길 오느라고 노고가 많으시오이다."

자칭 정팔룡이라는 자가 이인좌를 아래위로 훑어보면서 말했다.

"아, 선비께서 바로 이인좌라는 이름의 수령이시구려. 반갑소이다."

"환영하오. 어서 이리로 드시오."

이인좌가 정팔룡을 막사로 안내했다.

지휘부 막사 안으로 들어온 정팔룡이 눈알을 굴리며 이곳저곳을 살폈다. 변산 산채에서 만났던 부유사와는 너무나 분위기가 다른 정팔룡에 대해서 살짝 실망이 일었다. 몸피로 보아서는 어쨌든 대단한 용력을 지닌 자임에는 틀림이 없어 보였다. 이인좌가 물었다.

"함께 온 병사들이 몇이나 되오?"

정팔룡이 기다렸다는 듯이 대답했다.

"일백 가까이 될 것이오. 우리 변산패들의 용력이 일당백(一當百)은 못될지라도 일당십(一當十)은 너끈할 터이니, 일천 대군은 되지 않겠소이까?"

너스레를 떨듯 그렇게 말한 정팔룡이 거드름을 피우며 우핫핫핫 하고 큰소리로 웃어젖혔다. 이인좌의 심중이 복잡해졌다. 이 작자가 정말 그 이름도 유명한 변산패 두목이자 스스로를 『정감록(鄭鑑錄)』에 나오는 정 도령이라고 칭한다는 정팔룡이 맞는지 의구심이 들었다. 그럼에도, 진위를 밝힐 방법도 없고 그럴 계제도 아니었다. 정팔룡이 말을 이었다.

"우선 선발대를 데리고 왔고, 후발대가 착착 올 것이오."

"그러하오니까? 어쨌든 잘 오셨소."

정팔룡이 갑자기 뭐가 생각이 났다는 듯이 물었다.

"그러나 마나 출병 일자는 어떻게 되시오? 청주성 공격 날짜가 내일이라고 하던가. 아마도 그렇게 들었던 것 같은데……."

"영남군의 북진 소식을 기다리는 중이오. 아무래도 내일까지 기다려보다가 차질이 생기면 일단 먼저 움직여야 할지도 모르겠소."

"그래요. 그러면 내일모레 출정한다는 이야기네. 우리는 출정 전날 산채에서 거나한 잔치를 벌이는 것이 전통이오. 그렇게 하지 않으면 전투도 안 되고 목숨도 지키기 어렵소. 날이 밝는 대로 준비를 해주시오. 군사들에게 술과 고기를 원 없이 먹이고 한바탕 놀게 하여 사기를 돋워주어야 하오."

난감한 요구였다. 이인좌 스스로 지난 여덟 해 동안 술을 멀리하고 심모원려를 거듭해 온 봉기였다. 그렇지 않아도 조련이 제대로 되지 않은 거사군들이 자칫하면 엉망이 될지도 모를 일이었다. 그러나 한 명의 병사가 아쉬운 판에 실전 경험이 많은 산적패들의 동참을 어그러지게 하는 일 또한 마땅한 결정이 아닐 것이었다. 이인좌가 말했다.

"알겠소. 그렇게 하리다. 밤이 늦었으니 정 대장께서는 일단 준비된 숙소에 들어가 주무시도록 하시오."

막사를 나가던 정팔룡이 몸을 돌려 말했다.

"아, 참! 우리가 오는 길에 암소 두 마리를 끌고 왔소. 날이 밝는 대로 소는 우리가 잡을 테니 술이나 준비해주시오."

그러고는 대답을 들을 생각도 하지 않고 밖으로 나가버렸다.

• • •

지휘부 막사에 모여 앉은 수뇌들의 분위기가 무거웠다. 권서린이 말했다.

"출정이 늦어지면서 거사군 분위기가 많이 가라앉은 것은 사실이오이다. 술과 다른 음식들일랑 내가 장만할 터이니 내일은 거사군들에게 만찬을 베풀면 어떨까 싶소이다."

최경우가 말을 받았다.

"영남군 기병 소식이 아직 없는데, 그리해도 되겠나이까? 자칫 기강이 무너져서 전열이 아주 흐트러질 우려는 없겠사옵니까?"

권서봉이 나섰다.

"어쨌든 우리는 이미 칼을 높이 빼든 형국이오이다. 다시 칼집에 넣을 수 없는 노릇이라면 전쟁은 불가피하옵니다. 변산패들의 행태가 야릇하기는 하나, 못 들어줄 이유가 크게 있을 것 같지도 않사옵니다. 거사군 모두에게 푸짐한 출정 전야제를 치러준다 생각하고 소를 잡고 술을 풀어 사기를 북돋는 일도 그리 나쁘지 않을 것이라고 생각하옵니다."

정행민이 말했다.

"오늘 밤 중으로 청주성 점령을 위한 세밀한 전략을 짜는 것이 옳을 것이옵니다. 물론 내일 안으로 영남군으로부터 기별이 오면 좋겠지만, 그렇지 않더라도 앞으로 진격해나갈 수밖에 없을 것이오. 일단 거병이 된 이상 미적거리거나 군대를 해체하여 돌려보낼 수도 없는 노릇 아니겠나이까."

좌중의 이야기를 잠자코 듣고 있던 이인좌가 천천히 입을 열었다.

"이야기가 이렇게 됐으니, 날이 밝으면 큰 출정 잔치를 벌여 병사들의 사기를 진작시키도록 하십시다. 다만 내게 특별한 계책이 있소. 정행민, 권서룡, 권서봉, 이배, 목함경 동지께서는 선발대 오십 명을 뽑아 나와 함께 명일 저녁에 먼저 청주로 떠납시다."

정행민이 말했다.

"청주성 함락을 위해서는 병력을 한데 모아도 쉽지 않을 터인데, 둘로 나눈다고 하셨나이까? 유리하겠사옵니까?"

"거사군의 형편으로 공성전으로는 가망이 없소. 내가 선발대를 이끌고 먼저 성안에 잠입해서 문을 열 것이오."

권서린이 물었다.

"계략이 있소이까?"

"미리 말해줄 순 없지만 확실한 계책이 있소."

최경우가 물었다.

"그렇다면 공격 날짜는 어찌할 것이옵니까?"

"열닷샛날 자정이오. 물론 나와 선발대는 그날 낮에 미리 성안에 들어가 있을 것이오."

좌중에 긴장으로 인한 한숨이 터져 나왔다. 이인좌가 최경우를 바라보며 말을 이어갔다.

"최경우 동지는 열사흘날에 이곳 거사군을 이끌어 청주 신천영 동지에게 합류하시오. 비록 가진 무기가 별 것 없다고는 하지만 수백 명이 주간에 한꺼번에 움직이는 일이란 지난할 것인 만큼 여러 패로 나누어 각개로 출발했다가 목적지에서 다시 모이는 방식으로 해야 할 것이오."

최경우가 고개를 숙이며 대답했다.

"알겠나이다. 어김없이 임무를 완수하겠사옵니다."

"그리고 권서린 동지는 이곳 양성에 남아서 거사군 모군에 더 힘써주시길 바라겠소. 굳이 청주성으로 집결할 필요는 없소. 청주성을 점령하고 나면 곧바로 한양으로 치고 올라가야 할 터이니 그때 도중에 힘을 보태면 될 것이오."

권서린이 답했나.

"그리하오리다. 심려하지 마시오."

• • •

　　다음 날, 그러니까 삼월 열이튿날 낮, 이인좌를 수행해온 삼복이 말을 달려 괴산 송면으로 떠난 다음 소사 벌판에는 한바탕 잔치가 시작됐다. 변산 산적패들은 안성남천(安城南川) 냇가에서 소를 잡았다. 산짐승들을 많이 처리해봐서 그런지 소를 잡는 솜씨가 가히 능수능란했다.

　　권서린이 조달해온 술과 떡 같은 음식들과 함께 쇠고기를 나눠 먹었다. 변산패들은 난장을 벌이며 실컷 놀았다. 더러 자기들끼리 드잡이를 벌이기도 했다. 거사군 모두가 걸판지게 놀며 좋아하는 것을 보면서 이인좌는 곧 벌어질 목숨을 건 전쟁 생각에 착잡한 마음이 들기도 했다.

　　출정 잔치가 한창 무르익을 무렵, 이인좌는 거사군 수뇌들을 이끌고 선발대와 함께 소사벌을 떠났다.

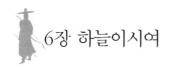

6장 하늘이시여

삼월 열엿샛날.

청주성의 새벽은 쌀쌀했다. 청진당 방문 틈으로 새어든 찬바람이 옷깃을 파고들었다.

이인좌가 머리맡에 개켜져 있던 백의(白衣) 도포를 천천히 차려입었다. 그러고 나서 서안(書案)을 당겨 앉아 연적을 잡았다. 눈을 지그시 감고 한동안 먹을 갈던 이인좌가 호롱불 심지를 돋우고 붓을 들어 먹물을 찍은 다음 종이에 또박또박 써 내려갔다. 작문은 오랫동안 계속됐다. 이마에 땀방울이 흘렀다. 한지 위에 빼곡하게 들어찬 글자들을 찬찬히 톺아보던 이인좌가 종이들을 차례로 접었다.

"장령님, 기침하셨소이까?"

문밖에 인기척이 났다. 정행민의 목소리였다.

"들어오시오."

방문을 열고 들어온 정행민이 들고 온 종이들을 내밀었다.

"하명하신 거사군의 조직 명부입니다. 살펴보시지요."

이인좌가 종이를 펼쳐 들었다.

삼남대원수 이인좌(李麟佐), 부원수 정행민(鄭行旻), 부원수 이계윤(李季胤), 거사군 수석대장 정팔룡(鄭八龍), 차석대장 박필현(朴弼顯), 충청병사 신천영(申天永), 청주목사 권서봉(權瑞鳳), 목천현감 곽장(郭長), 진천현감 이지경(李之慶), 장군 목함경(睦涵敬), 청안현감 정중익(鄭重益), 죽산부사 정계윤(鄭季胤), 음성현감 박제명(朴際明), 방어사 안후기(安厚基), 좌장군 최경환(崔景煥), 우장군 이배(李培), 천총 이수익(李壽益)…….

이인좌가 흡족한 표정으로 종이를 다시 정행민에게 돌려주면서 말했다.

"좋소. 수고가 많으셨구려. 우선 이렇게만 정하고 나중에 영남군과 호남군이 합세하면 다시 재정비하는 것으로 합시다. 거사군 장교들 모두에게 직분을 알리시오."

정행민이 종이를 받아들었다. 이인좌가 옆에 놓여있던 두루마리를 집어 들며 말했다.

"이 격문을 지은 이가 누구라고 했소?"

"원만주(元萬周)라고 하는 선비이옵니다. 삼도수군통제사를 지낸 원균(元均) 대감의 6세 방손이온데 시문이 뛰어난 재사(才士)이옵니다.”

“일자 일획도 고칠 곳이 없을 정도로 잘 썼소. 흡족하오이다.”

이인좌의 칭찬에 정행민이 밝은 표정을 지었다.

“거사군의 사기가 하늘을 찌를 듯하옵니다. 조금이라도 눈을 붙이라고 해도 말을 듣지 않고 경계에 나서고 있사옵니다.”

“좋은 일이요. 청주성 함락이 성사됐으니 이제 반은 성공한 것이나 마찬가지이오이다. 충청의 민심을 확보하는 일이 급선무이니, 거사군 간부들이 금주령(禁酒令)을 잘 지키도록 감독하고 백성들에게 원성을 사는 자가 절대로 나오지 않도록 철저히 단속해야 할 것이오.”

“알겠나이다. 거사군들이 방종하지 않도록 각별히 챙길 것이옵니다.”

“전장에 있는 첩자들의 역할이 매우 중요하오. 정확한 전방의 정보를 신속히 입수하는 것이 우리 같은 비정규군 전투에서는 승패를 결정짓는 핵심요소요. 북로 요지에 첩보 요원들을 추가로 보내어 거사의 명분을 알리고 백성들을 선무하면서 정보를 확보하도록 해야 하오.”

“그러잖아도 요원들을 선발해놓았는데, 곧바로 파견하겠나이다.”

“아무래도 정보관리는 이계윤 부원수에게 일임하는 게 좋겠소. 이 부원수에게 소임을 맡기시오.”

“알겠사옵니다. 곧바로 조치하겠나이다.”

이인좌의 뇌리에 청주성에 기어이 나타나지 않은 변산패 두령 정팔룡 생각이 떠올랐다.

"변산패 정팔룡 두령은 대체 어디로 갔소이까? 내가 양성 집결지에서 별동대를 이끌고 떠난 후에 무슨 일이 있었소이까?"

"장령께서 떠난 이후 약간의 소동이 있었사옵니다."

"소동이라니?"

"정팔룡 두령이 술에 취해 난동을 부린 일이 있었사옵니다."

"난동을 부려요? 왜 그런 것이오?"

"자기가 대원수가 되어 거사군을 총지휘해야 한다고 난리를 치더니, 한양 진격이 불가하다는 해괴한 주장을 펴기까지 했사옵지요."

그런 일이 있었구나. 스스로 변산패 두령이라고 자처하고 나타난 자는 진짜 정팔룡이 아니든지 애초부터 그 위세가 과장됐든지 처음부터 뭔가 미심쩍다는 느낌을 들게 했다. 허풍스러운 말투와 거친 행동이 신뢰감을 떨어뜨렸다.

"정 동지. 지금부터 정팔룡이 사라진 이야기는 일절 삼갑시다. 거사군 중에는 수천의 변산 도적패들이 기병에 동참할 것으로 믿고 찾아온 사람들이 많으니 그 기대를 꺾으면 아니 되오이다."

정행민이 피어오르는 실망을 애써 억누르며 말했다.

"알겠나이다. 일절 언급을 하지 않겠나이다. ……조식 후 진시(辰時. 오전 여덟 시경)에 거사군 장교들을 동헌으로 모이도록 했으니 지휘하시옵소서."

"알겠소."

정행민이 목례를 하고 청진당을 나갔다.

• • •

　동헌 앞뜰에 모인 사십여 명의 거사군 장교들 앞에 별운검(別雲
劍)을 차고 나타난 이인좌가 덩그렇게 높은 마루에 올랐다. 줄 맞
춰 모여 선 거사군 간부들을 둘러보던 이인좌가 느릿느릿 입을
열었다.

　"목숨을 아끼지 않은 제장들의 용맹과 지혜로 마침내 우리 거사
군의 청주성 함락이 성취되었소. 여러분들의 노고를 높이 치하하
는 바이오. 그러나 우리가 거사의 명분을 유지하기 위해서는 반드
시 지켜야 할 원칙들이 있소. 세상만사 모든 일이 어떤 정신을 갖
느냐 하는 것에서 성패가 좌우되는 법. 지금부터 실천 강령을 반
포할 것인즉 제장들은 이를 빠짐없이 잘 숙지하여 거사군 통솔에
착오가 없도록 해주길 바라오."

　장교들이 긴장한 표정으로 이인좌를 바라보았다. 이인좌가 소맷
자락에서 새벽녘에 써두었던 한지를 펼쳐 들었다.

　"첫째, 백성들의 신역을 면제하거나 줄여주어야 한다[除役減役. 제
역감역]. 둘째, 지금부터 우리가 점령하는 고을수령은 절대로 죽이
지 말라[不殺邑倅. 불살읍쉬]. 셋째, 무고한 백성은 한 사람도 죽여서는
안 된다[不殺一民. 불살일민]. 넷째, 백성들의 재물을 빼앗지 말라[不奪
民財. 불탈민재]. 다섯째, 부녀자들을 겁탈하지 말라[勿怯婦人. 물겁부인].
여섯째, 환곡으로 군사들을 위로함에 있어서 인색하지 말라[還穀犒
饋軍兵. 환곡호궤군병]. 이 여섯 가지 강령의 실천 여부에 거사의 성패
가 달려 있다고 해도 과언이 아닐 것이오. 명심하고 또 명심하여

차질이 없도록 하시오. 알겠소이까?"

"예. 명심하겠나이다."

장교들의 우렁찬 목소리가 동헌을 저렁저렁 울렸다.

"회합을 마치겠소. 각자 근무지로 돌아가시기 바라오. 특히 성 외곽 경비에 만전을 기해야 할 것이오."

이인좌의 말이 떨어지기 무섭게 장교들은 일제히 읍하여 인사하고는 동헌을 빠져나갔다.

정행민이 말했다.

"영문 밖에 해월(海月)이라는 기생이 웬 노파와 함께 새벽부터 찾아와 울면서 정인의 시신을 수습하게 해달라고 빌고 있다는 보고를 받았나이다."

"그래, 그 정인이 누구라고 합디까?"

"어젯밤 맨손으로 성벽을 타고 넘어와 자기가 충청병사라고 우기다가 죽은 홍임이라는 이름의 군관이라고 하옵니다."

홍임이라면, 안 그래도 이인좌의 뇌리에 깊이 박힌 인물이었다. 비록 청주성 점령 과정에서 희생됐지만, 기개가 넘치는 특별한 눈빛의 소유자였다.

"시신을 수습하도록 허락하는 게 마땅할 것 같소. 우리가 천륜마저 가로막는다는 인상을 주어서는 아니 될 것이오, 청주성의 민심을 얻는 데도 그게 좋을 듯하오."

"알겠나이다. 즉시 홍임의 시신을 수습하도록 허락하겠사옵니다."

정행민이 영문 쪽으로 나갈 즈음에 신천영이 달려와 동헌 마루로 올랐다.

"격문을 필사하여 요소에 붙이도록 조치했나이다."

얼마나 열심히 뛰어다녔는지 신천영의 두 볼이 발갛게 상기돼 있었다.

"수고하시었소이다. 그건 그렇고, 상당산성과 것대산 봉수대를 장악한 군사들의 사기를 북돋워 주어야 할 터인데……."

"벌써 조치했나이다. 떡과 고기를 넉넉하게 싸서 보냈고, 필요한 것들을 요청하라고 일렀나이다. 제압한 군사들에 대한 철저한 관리도 당부했사옵니다."

"아주 잘하시었소. 청주성의 사정을 가장 잘 아시니, 이제부터 충청병사의 일을 모두 챙겨주시오."

"알겠나이다."

"서원관 선대왕 빈소는 어찌 되었소?"

"늦어도 오늘 해지기 전까지는 준비가 다 될 것이옵니다. 성내 요지에다가 경종대왕 제사를 알리는 벽보를 붙였으므로 백성들도 많이 호응하리라 기대되옵니다."

"알겠소."

그때 동헌 마당으로 짐이 가득 실린 손수레를 앞세워 들어오는 하나가 있었다. 신천영이 동헌 마루에서 내려가 손을 잡고 반갑게 맞이하여 이인좌에게 데리고 왔다.

"최봉익(崔鳳翼)이라는 선비이옵니다. 거사에 동참하기 위해서 왔사옵니다."

이인좌가 자리에서 일어나 최봉익을 목례로 맞았다. 최봉익이 머리를 깊이 숙여 예를 갖췄다. 이인좌가 손수레를 바라보며 물었다.

"저 수레 위의 물건은 무엇이오?"

최봉익이 대답했다.

"깃발을 가지고 왔나이다."

"깃발? 무슨 깃발이오?"

"거사군이 사용할 깃발이옵니다."

신천영이 손수레에 실린 짐을 풀고 있었다. 최봉익이 수레로 다가가 깃발을 하나 꺼냈다. 신천영과 최봉익이 장지(壯紙. 두껍고 질긴 종이)로 만든 커다란 깃발을 맞잡아 펼쳐 보였다. 사방 다섯 자는 족히 돼 보이는 깃발 하얀 바탕에 '복수(復讐)'라는 힘찬 글씨가 선명했다.

"아주 좋구려. 누가 만든 것이오? 최 동지께서 만들었소?"

신천영이 나서서 설명했다.

"제 아우 신일영(申日永)의 장인인 괴산 부호 김덕삼(金德三) 어른으로부터 받아온 것이옵니다. 아우가 장지를 잘랐고, 글씨는 어르신이 직접 쓰셨다 하옵니다."

"김덕삼? 내 일찍이 들어본 이름이오. 그래, 저 '복수'라는 글씨는 군이 말하지 않아도 알겠소."

"흉측한 아우의 손에 시해를 당한 경종대왕 전하의 원수를 갚는다는 뜻이지요."

"그렇소이까? 저 두 글자에 우리 거사의 기개가 다 들어있는 듯하오. 아주 마음에 드오이다. 몇 개나 만들었소이까?"

최봉익이 말했다.

"백 개가 넘을 것이옵니다."

"수고하셨소. 아주 큰 힘이 될 것이오. 최 동지가 거사에 동참하러 오셨다니, 함께하십시다."

이인좌가 최봉익의 손을 잡으며 다시 말했다.

"거사군의 초관을 맡아주시오."

최봉익이 감격에 겨운 표정으로 대답했다.

"열성을 다하겠나이다."

• • •

서원관에 차려진 빈소는 장엄했다. 제단 앞에 세워진 선대왕 경종의 위패 또한 특별했다.

이인좌가 나타났다. 상복으로 성장(盛裝)한 이인좌는 근엄한 표정으로 재단 앞에 서서 좌중을 훑어보았다. 서원관 앞마당 한쪽에는 청주관아 곡창에서 실어온 곡식 가마니들이 산더미처럼 쌓여있었다. 구경거리를 보러 몰려온 백성들은 제사상보다도 쌀가마니에 더 눈길을 보내고 있었다.

이인좌가 제사상 앞으로 다가가 공손한 몸짓으로 향을 피웠다. 향로 속에서 피어오른 연기가 주위에 퍼졌다. 초헌관(初獻官. 제례에서 삼헌을 할 때 처음으로 술잔을 올리는 사람)으로 나선 이인좌가 정성스러운 몸짓으로 잔을 올렸다. 독축관(讀祝官. 축문을 읽는 사람) 권서봉이 큰 목소리로 축문을 읽었다. 그러고 나서 이인좌를 비롯한 수뇌부가 절을 하면서 호곡을 했다. 거사군 장교들이 훌쩍거리며 울었다. 제사가 진행되는 동안 함께 흐느껴 우는 백성들도 적지 않았다.

이인좌가 삼삼오오 모여 선 청주성 백성들 앞에 나서서 두루마리를 펼쳐 들고 격문을 힘차게 낭독했다.

경종 임금의 깊은 복수를 갚지 못한 채 5년이 지났다. 춘추대의(春秋大義)에 누구든 떳떳한 정의 크고 동일한 마음이 없겠는가. 경종 임금이 흉계에 의해 게장을 드시고 급히 서거했음을 통탄한다. 금상(영조)은 숙종 임금의 친아들이 아니다. 백수진인이 있으니 어찌 용을 받들지 않으리오. 왕대비 어씨(魚氏)는 윤통(倫統)이 이미 끊어진 것을 통탄하여 밀지를 내려 대대로 왕을 섬긴 신하[세신世臣]는 흉측한 재앙[흉얼凶孼]을 멸하여 씨를 바꿈[역종易種]이 없도록 하라고 했다. 소현세자의 적파(嫡派)인 '밀풍군 탄(坦)'을 추대하기 위해 풍운의 재사와 용호의 선비는 마땅히 현명한 군주인 '밀풍군 탄'에게 귀의하라. 의기(義旗) 아래 구름처럼 모여 분쇄하자. 피를 흘리고 울음을 삼키는 것을 참지 못하고 크게 소리 내어 외친다.
—3월 15일 복수의 깃발을 세우고 선대왕(경종)의 위패를 봉안하자. 경종대왕 8년, 대원수 이인좌—

군중은 한동안 술렁댔다. 그동안 듣지 못했던 놀라운 내용에 어안이 벙벙해 하는 사람들이 대다수였다. 개중에는 폭로 내용에 대해 질문을 주고받으며 어이가 없는 표정을 짓는 측들도 있었다.

신천영이 군중 앞에 나섰다.

"새 충청병사 신천영이올시다. 우리 녹림당은 정통성을 상실한 채 누란의 위기에 처한 종묘사직을 바로잡고, 도탄에 빠진 백성들을 구하고자 기병하였소. 이미 한양은 물론이고 영남과 호남, 관서지방까지 봉기하였고, 요직에 있는 관료 중에도 동참한 이들이 한둘이 아니오. 임진년의 왜란 때도 적군들에게 빼앗긴 청주성을 기어이 탈환해낸 자랑스러운 우리 청주성 성민들이 이토록 성스러운 일에 투신하지 않는다면 그야말로 수치스러운 일일 것이오. 경종대왕님의 위패 앞에 숙배하고 거사군에 합류하고자 하는 이들은 누구든지 쌍수를 들어 환영할 것이오."

신천영의 연설을 들은 군중은 더욱 술렁댔다. 잠시 후 누군가가 제단 앞으로 걸어 나왔다.

"거사에 기꺼이 동참하겠소."

큰소리로 외친 사내는 제사상 앞에서 두 손을 모으고 엎드려 절을 했다. 신천영의 수하 군사가 사내를 데리고 가서 명부에 이름을 올리고 난 다음 옆에 쌓아놓은 곡식을 나눠주었다. 어느새 제단에 잔을 올리려는 사람들이 줄을 서고 있었다.

정행민이 이인좌에게 달려와 눈이 번쩍 띄는 낭보를 전했다.

"대원수님! 상당산성 우후(虞候. 병마절도사 보좌) 박종원(朴宗元)이 투항해왔나이다."

"그래요? 어디에 있소."

"곧 도착할 것이옵니다."

잠시 뒤 붉은 갑옷을 입은 장수 하나가 삼십 명가량의 군사들을 거느리고 서원관 마당으로 들어왔다. 그들은 모두 무장이 해제된 노습이었다. 앞장서 달려온 장수가 이인좌의 앞에 부복했다.

"용인 출신 박종원이라고 하옵니다. 녹림당의 거사에 기꺼이 동참하겠사옵니다. 그동안 귀를 씻고 싶은 언어도단의 풍문에 울분이 이만저만이 아니었나이다."

이인좌가 달려가 손을 잡았다.

"잘 오시었소. 장수께서 이렇게 혁명에 참여해주시니 우리가 백만 대군을 얻소이다."

"대의를 위해 이 한목숨 바치겠나이다."

이인좌가 곁에 있던 정행민을 불러 물었다

"산성 내에 있는 남악사(南岳寺) 주지 쌍눌(雙訥)이라는 자가 거사에 반기를 들고 있다고 들었소이다만……."

"승병을 만들어 저항하려고 한다는 말이 들려와서 거사군이 몰려갔으나 그사이에 절을 비우고 사라졌다 합니다."

박종원이 나서서 보충설명을 했다.

"대원수께서도 아시겠지만, 남악사는 삼 년 전 금상이 즉위한 이후 절도사 이태망(李台望)과 우후 이일(李鎰)이 포루(鋪樓)를 짓고, 현 주지인 쌍눌이 지은 절이오이다."

이인좌가 알았다는 표정을 지은 뒤 박종원에게 말했다.

"박 동지께서 청주영장(淸州營將)의 직분을 맡아주시오. 나중에 대업이 성취되면 원하는 벼슬을 따로 챙길 터이니 양해하시오."

박종원이 다시 부복하며 말했다.

"분에 넘치는 과업이오나, 성심을 다하겠나이다."

그때 빈소를 관리하던 신천영이 다가왔다. 신천영과 박종원은 서로 아는 사이였는지 서로 부둥켜안았다.

"박 우후 아니시오? 드디어 오셨구려."

"평소에도 신 선비의 말씀이 옳다고 생각하고 있었소이다."

두 사람은 한참 동안 반가운 마음을 나누고 있었다.

• • •

정희량은 오지 않았다. 해시(밤 열 시경)에 청진당으로 돌아온 이인좌는 깊은 시름에 잠겨 들었다. 한양에서는 지금 무슨 일이 벌어지고 있는가. 동지들은 모두 무사한 것일까. 목이 탔다. 서안 위에 놓인 자리끼 사발을 들어 물을 마셨다.

세력이 약한 호남군보다는 영남군이 빨리 힘을 합쳐 주어야 될 일이었다. 청주성 함락 사실이 도성에 알려지는 것은 시간문제일 것이다. 어쩌면 이미 조정이 알고 대응에 나섰을지도 모른다. 아무리 생각해보아도 정희량이 얼마나 신속하게 기병하여 한양으로 치고 올라오느냐에 성패가 달려 있을 것이다.

자정을 저만큼 남겨 놓은 시각에 경상도로 가 있던 셋째 이기좌가 돌아왔다. 기좌는 형 이인좌를 보자마자 눈물부터 터트렸다.

"무슨 일이냐?"

"형님! 아무래도 영남군이 때맞추어 오기는 틀린 것 같소. 능좌 형님과 정희량 동지가 기를 쓰고 있지만 스무날 전에는 기병이 어려우니 이쪽으로 치고 오를 날이란 기약할 수 없다 하오.”

“무슨 일이 있었더냐?”

˝안농 사대부들은 이제 능좌 형님이 만나고자 찾아가도 아예 문전박대할 정도로 분위기가 냉랭하오. 아무래도 어렵겠소.”

이인좌는 깊은 한숨을 토했다.

“그래도 포기해선 안 된다.”

“사대부들을 불러 모아 설득을 했지만 요지부동이오. 능좌 형님이 담판을 지을 요량으로 ‘머지않아 이정소(李廷熽. 안동에 낙향해 살던 노론 주요 인사)의 목을 벨 것이다.’ 하고 엄포까지 놓아봤소. 그런데도 뜻밖으로 입에 담기 힘든 욕만 잔뜩 얻어먹고 쫓겨나다시피 했소. 아무래도 설득을 접어야 할 것 같다는 정희량 동지의 말이 그르지 않은 듯하오.”

불길한 일이다. 이인좌의 마음에 먹구름이 몰려왔다. 이기좌가 말을 이었다.

“영남에서는 오히려 진작 정했던 스무이렛날의 거사 날짜를 앞당긴 형님을 원망하는 말들만 무성하오.”

“그게 어디 까닭 없이 한 일이더냐. 한양이 여의치 않다 하니 어쩔 수가 없었느니라. 그건 그렇고, 태인현 박필현 현감은 어떠하더냐?”

“박 현감 역시 서둘러 기병하기에는 무리인 듯했소. 제가 태인현을 떠나던 날에는 어떻게든지 앞당겨보겠다고 하기는 했으나 미더워 보이는 말씀은 아니었소.”

이인좌가 문을 열고 수발을 들고 있는 삼복을 불렀다. 사랑채에 있던 삼복이 달려왔다.

"지금 비장청(裨將廳. 병사를 보좌하는 비장들이 근무하는 곳)으로 달려가 근무 중인 수뇌부 장수들을 당장 모셔오너라."

"예, 알겠나이다. 나리마님,"

초롱 등불을 들고 청진당을 잰걸음으로 나가는 삼복의 모습을 지켜보던 이인좌가 돌아서며 아우 이기좌에게 말했다.

"너는 이제 이 청주성에 머물면서 신천영 병사를 보좌하거라."

"알겠소, 형님."

• • •

부원수 정행민, 부원수 이계윤, 충청병사 신천영, 청주목사 권서봉, 청주영장 박종원, 장군 목함경, 우장군 이배 등이 졸린 눈을 치켜뜨고 달려왔다. 이인좌는 아우 기좌로 하여금 문 앞을 지켜 아무도 접근하지 못하도록 했다. 장수들은 자리에 앉자마자 누가 먼저랄 것도 없이 이인좌에게 물었다.

"대원수님. 무슨 일이 있으시나이까?"

이인좌가 침착하려고 애쓰면서 말했다.

"영남군의 조기 합류가 어렵다는 전갈이 왔소. 당초 거사일로 잡았던 스무이렛날을 목표로 기병을 준비해온 정희량 동지의 사정이 여의치 않은 모양이오."

정행민이 물었다.

"그렇다면 영남군 기병이 가능한 날짜는 언제가 된다고 하옵니까?"

"아무리 서둘러도 스무날 전에는 어렵다고 전해왔소. 지금부터 여러분들의 의견을 듣고자 하오."

권서봉이 진지한 표정으로 이인좌에게 물었다.

"변산 정팔룡 대군은 어디에서 무엇을 하고 있나이까? 청주성에는 정녕 아니 오는 것이옵나이까?"

이인좌가 대답했다.

"이제 정팔룡 군에 대한 기대는 미뤄둬야 할 것이오. 워낙 대군이다 보니 아마도 우리가 영남군과 함께 한양으로 공격해 오를 즈음에 합류하기 위해서 숨을 고르고 있지 않나 싶소이다."

신천영이 말했다.

"영남군이 스무날 이전에는 기병이 어렵다 했는데, 그들이 우리와 합류하기 위해서는 또 몇 날이 걸릴지 모를 텐데, 우리가 이 청주성에 머물러 수성하기가 용이하겠나이까?"

정행민이 말했다.

"그게 문제이지요. 우리가 청주성을 점령한 일이 조정 알려지는 것은 시간문제일 것인즉, 우리가 이렇게 앉아있을 시간은 결코 길지 않을 것이오이다."

이인좌가 말했다.

"그렇소. 우리는 이제 출성을 해서 한양으로 치고 올라갈 준비를 서둘러 마쳐야 하오. 내일이 될지, 모레가 될지 모르지만 적절한 시각을 선택하여 우리는 즉각 출군하여 가능한 한 빠른 속도로 치고 올라가야 할 것이오. 서둘러 만반의 준비를 마쳐주시오."

일동이 고개를 숙여 명을 받았다. 이인좌가 정행민에게 물었다.

"지금 거사군의 수는 얼마나 되겠소?"

"청주성에서 거병에 동참한 장정이 일천여 명에다가 호서 각지에서 뒤늦게 모여든 병사들이 일천 명, 하여 전체가 삼십초(삼천여 명) 가까이 되는 것으로 집계되옵니다."

"청주성을 지키기 위해 이백은 남겨야 할 터이니, 이천 팔백 명 정도는 출병이 가능하겠구려."

"그렇사옵니다."

"그러면 신천영 병사께서 청주성에 남아 군사들을 지휘하고, 나머지는 모두 함께 출성하는 것으로 하십시다."

박종원이 물었다.

"저도 함께 출성하는 것이옵니까?"

"청주영장이 청주성을 지키는 것이 마땅하나, 신천영 병사께서 이곳 사정을 잘 아는 토호이시니 지켜내실 것이오. 장수가 태부족한 만큼 권서봉 목사와 함께 영장께서도 출병하시는 게 좋을 듯하오."

"알겠나이다."

"오늘 우리가 나눈 말들이 밖으로 나가서는 안 될 것이오. 특히 변산패 정팔룡 대장이 사라진 이야기는 거사군의 사기에 결정적인 영향을 미칠 것이니 절대로 함구해주시오."

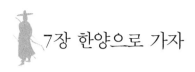

7장 한양으로 가자

삼월 열이렛날.

사시(巳時. 오전 열 시경)에 부원수 정행민이 용모는 파리하고 얼굴에 얽은 자국이 많은 사내를 하나 데리고 왔다. 사내는 먼길을 온 듯 몹시 피로해 보였다.

"전라도 영광(靈光) 사람인데, 나이 열일곱에 벌써 천문과 병법을 두루 깨우친 인재이옵니다."

사내가 허리를 굽혀 인사를 했다. 마흔쯤으로 가늠됐다.

"허담(許淡)이라고 하옵니다."

이인좌가 반가운 음성으로 말했다.

"먼 곳에서 이렇게 찾아와 주시니 큰 힘이 될 것이오. 거사군의 책사로서 요긴한 지혜를 발휘해주시오."

"신명을 다하겠나이다."

이인좌는 노복 용출을 불러 허담이 쉴 곳을 마련해주도록 했다. 정오 무렵 태인현으로부터 기다리던 기별이 왔다.

전국의 봉기 사정이 여의치 못한 상황 속에서 이인좌 아우가 청주성을 점령한 일은 참으로 장하네. 급박한 형편을 헤아리지 못하는 것은 아니나 현재의 이곳 사정대로라면 스무하룻날 즈음이나 기병이 가능할 듯싶으이. 정희량 군의 사정이 어떠한지를 헤아려서 일단 호서군과 영남군이 합세하는 시점을 앞당겨보시게. 전주성을 동원하는 대로 곧바로 짓쳐 올라가 삼남대군을 완성할 것이네. 전라도관찰사 정사효가 내응하기로 한 만큼 큰 차질은 없을 것일세. 그리고 변산패들의 전갈에 의하면 지난번 정팔룡 청룡대장이 청주성으로 못 간 것은 우리 녹림당 거사의 성패 여부를 놓고 내부에서 이견이 깊었기 때문이라고 하네. 지금 다시 월출산 화적패들하고 접촉하면서 대군을 규합 중이고, 정비가 되는 대로 지휘하여 다시 거사군에 합류하겠다고 하였으니 조금만 시간을 달라고 하네. 모쪼록 건투하여 한양 땅에서 승전의 기쁨을 함께 나누세.

박필현이 보낸 서찰을 받아든 이인좌가 한숨을 깊게 쉬었다. 박 현감은 매사에 주도면밀한 사람이었다. 그런 이가 즉각 거병을 못하는 데는 당연히 그만한 사정이 있을 것이었다. 어찌해야 할 것인가. 거사의 성공을 위해서 필요한 시간은 점차 길어지고 남은 시간은 줄어들고 있다. 청주성 거사군들의 사기를 북돋울 또 다른 전기가 필요한 시점이 다가오고 있었다. 말은 안 했지만, 금세 한양을 쓸어버리고 새로운 세상을 열 것 같았던 기세가 주춤거리는 바람에 군사들에게서 조금씩 패기를 잃어가는 모습이 얼비치기 시작했다.

이인좌가 신천영을 불렀다.

"청주성 관아 곳간의 곡식은 얼마나 남아있소이까?"

"성민들에게 나누어주고 남은 곡식은 거사군이 일주일가량 버틸 수 있는 양으로 파악되옵니다."

"그렇소이까. ……오늘 소와 돼지를 잡고 떡을 빚어 거사군들을 배불리 먹이도록 합시다. 이제 마지막 결전에 나설 군사들의 사기를 북돋우는 한편 성민들도 함께 하여 어울릴 수 있도록 성대하게 준비하시오."

"알겠나이다."

• • •

해거름녘, 경종대왕 빈소에서 저녁 제사를 올리고 난 뒤 곧바로 시작된 포식 만찬으로 거사군들 사이에 밝은 기운이 가득했다. 성민들도 다수 참여했다. 그러나 사기충천한 군사들과는 달리 백성들은 여전히 두려움 반 기대 반의 눈빛으로 거사군들의 눈치를 볼 뿐 마음을 흔쾌히 실어주지는 않는 모습이었다. 젊은 권서봉이 그런 성민들의 모습에 적이 신경이 쓰이는 눈치였다. 이인좌가 권서봉에게 말했다.

"'백성은 물이요 임금은 배라, 물은 배를 뜨게 하지만 뒤집을 수도 있다[君者舟也 庶人者水也 水卽載舟]'는 말 알지요?"

권서봉이 답했다.

"『순자(荀子)』 왕제편에 나오는 말씀 아니옵니까."

"그렇지요. 백성들은 저리 물처럼 차고 무덤덤하나 그 속에 뜨거운 불이 들어있어요. 이제 대의가 뼛속까지 울리기 시작하면 목숨을 걸고 앞장설 것이니 믿으시오."

그제야 권서봉의 얼굴이 조금 편안해지는 듯했다. 이인좌의 말을 잠시 음미하는 표정이더니 말했다.

"알겠나이다. 이제 저들의 가슴에 새롭게 알게 된 진실이 깊이 닿기만 하면 달라지리라고 믿겠사옵니다."

이인좌가 정행민을 불러 뭔가 귓속말을 나누었다.

· · ·

"나리마님 소인 용출입니다요."

삼월 열여드렛날 꼭두새벽이었다. 전날 밤이 늦도록 병사들과 어울리고 자정이 넘어서야 선잠이 들었는데 송면 본가에서 달려와 뒷바라지를 하는 노복이 청진당 침소 앞에서 소리를 냈다.

"무슨 일이오?"

"과천에서 손님이 오셨습니다요."

"과천에서?"

이인좌가 자리에서 벌떡 일어나 방문을 열어젖혔다. 종형 이일좌가 어두운 얼굴로 막 봉당에 올라서고 있었다. 불길한 느낌이 솟아올랐다.

방으로 들어선 이일좌의 입에서 단내가 났다. 몸에서는 시큼한 땀 냄새가 풍겼다. 이인좌가 물 사발을 들이밀었다.

"신광원이 아니 오고 이렇게 직접 형님께서 어인 일이시오?"

선 채로 냉수를 벌컥벌컥 들이켠 이일좌가 봇짐을 내려놓고는 자리에 털썩 주저앉으며 말했다.

"기어이 사달이 나고야 말았네."

"사달이라니요?"

"간재(최규서) 대감이 궁중에 들어가 고변을 했다 하네."

"고변을 해요?"

"최규서가 지난 십사일에 금상에게 고변서를 올려 조정이 거사 계획 일체와 주요 가담자들을 모두 파악한 것으로 보이네. 근기 용인 지역을 담당한 장흠이 재산을 풀어 사람을 모으던 중에 최규서 대감 집 이웃에 사는 안박(安鏷)이라는 자에게 꼬리를 잡히고 말았고, 안박은 곧바로 최규서 대감에게 이를 밀고했다네. 최 대감은 안박과 장흠을 염탐한 그의 종 막실과 함께 영의정 이광좌 대감을 찾아가 들은 이야기를 전한 뒤 금상에게 일일이 고한 모양일세."

"간재 대감이 어떻게 그럴 수가 있소? 자기를 영의정까지 올려 준 선대왕 경종 임금님의 은덕을 생각해서라도 그리해서는 안 되는 것 아니오?"

이인좌의 가슴에 쓰라린 기운이 아린 뒷맛을 남기며 지나갔다. 이일좌가 말을 이어갔다.

"이뿐만 아니라, 양성인(陽城人. 안성시 양성면 동항리 사람)으로서 한때 우리의 동지였던 김중만(金重萬)이 각지의 녹림당 취군(聚軍) 동태를 속속 고변한 것으로 알려지고 있네."

"김중만이라고요? 언젠가 들어본 듯한 이름이오. 몹쓸 배신자로구려."

"신광원이 엊그제 집에서 잡혀갔는데, 아무래도 김중만이 지목을 하는 바람에 그리된 듯하네."

신광원은 이일좌의 서찰을 들고 송면 집에 왔다 간 작고 야무진 청년이었다.

"김중만이 신광원을 밀고했다는 말씀이오?"

"김영해(金領海), 목시룡(睦時龍)이 제일 먼저 잡혀가 즉시 참수됐네."

"아니, 아계(김일경. 영조에 의해 참형 당한 소론의 영수) 대감의 아들과 삼급수설(三急手說. 노론의 경종 독살 계획)을 고변했던 목호룡(睦虎龍)의 아우도 참형을 당했다고요?"

"그렇다네. 조정이 발칵 뒤집혀 벌써 토벌군을 꾸리기 시작했는데, 김중기에게 순토사(巡討使)로 출정하라는 명령이 떨어졌으나 타고 갈 말이 없다는 핑계로 미적거리므로, 도순무사(都巡撫使. 난리가 났거나 사변이 발생하였을 때, 임금의 명령을 받고 그 지방에 나가서 순행하며 군무를 살피고 백성들을 무마하는 일을 맡은 임시 벼슬)에 모암(慕菴 오명항) 대감이 임명됐다는 소문이 돌고 있네."

"병조판서 오명항 대감이라고 하시었소?"

"그러하다네."

오명항 대감은 편모슬하에서 어렵게 공부하여 문과에 급제한 뒤, 강원 · 경상 · 평안 전국 각지의 감사를 두루 역임하고 금상(영조) 초에 호조 판서로 특진한 소론계의 중추였다. 용력과 지략이 뛰어난 데다가 배포까지 두텁기로 소문나 있어서 이인좌도 평소에 존경해 마지않는 인물이었다.

"참으로 용의주도한 금상이요. 영락없는 이이제이(以夷制夷) 수법을 구사하고 있는 것이오."

"그리하고도 남을 위인이지. 연잉군 이금(李昑, 영조)은 영악하고 교활하기 짝이 없는 인물 아니던가."

그랬다. 금상은 위기를 넘기는 재주가 뛰어났다. 지난해 칠월, 소론의 원로 이광좌를 영의정으로 발탁한 정미환국은 녹림당의 기병 모의에 치명타였다. 전후좌우를 보아도 금상이 녹림당의 거병 숙의를 알고 있을 근거는 있지 않았다. 뚜렷한 근거가 없는데도 금상은 어떻게 기미를 알아차렸는지 운곡(이광좌) 대감을 기용하는 신묘한 한 수로 소론의 단일대오에 치명타를 입혔던 것이다. 어쩌면 계속되는 벽서 사건 등으로 금상은 여러 가지 경우의 수를 놓고 방책을 생각해놓았을 수도 있겠다 싶었다. 더는 머뭇거릴 수는 없는 노릇이었다. 이인좌는 아우 이기좌를 불렀다.

"기좌야. 이제 호서군은 한양으로 진격하기 위해 출성할 것이다. 너는 이곳에 남아서 신천영 병사의 청주성 사수를 도와야 한다. 목숨을 걸고 지켜내야 한다. 무슨 일이 있어도 청주성을 포기해서는 안 되느니라."

이기좌가 형의 명령을 들으며 입술을 깨물었다.

• • •

삼월 열아흐렛날.

거사군 수뇌부와 서른 명의 초장(哨長. 중대장급)들을 포함한 삼백여 명의 봉기군 간부가 동헌 앞마당에 모여들기 시작했다. 괴산부호 김덕삼이 만들어준 '복수(復讐)'라고 쓰인 깃발들이 펄럭였다.

이인좌가 등장했다. 생포(生布. 상복)로 만든 철릭(帖裏. 무관의 옷)을 입고 마대(麻帶. 삼베 띠)를 두르고 있었다. 시종 삼복이 이인좌의 머리 위에 커다란 홍산(紅傘. 붉은 양산)을 받쳐 들었다. 이인좌가 곁에 선 정행민에게 물었다.

"진천(鎭川)은 어떠하오?"

정행민이 소맷자락에서 문서 하나를 꺼내어 보였다.

"청안(淸安. 괴산 지역 일부), 회인(懷仁. 보은)과 더불어 거사군에 차례로 귀복하고 있사옵니다. 이 서류는 진천현감 임상극(林象極)이 보내온 보장(報狀. 보증) 관문(關文. 공문서)인데, '경종대왕 팔 년'이라고 씌어 있습니다."

이인좌가 살펴보니 과연 그렇게 돼있었다. 이인좌가 말했다.

"임상극은 거사 동패가 확실하구려."

정행민이 맞장구를 쳤다.

"그러하옵니다. 무혈입성이 분명하옵니다."

마침내 군관들의 도열이 정비되자 이인좌가 큰소리로 외쳤다.

"경종대왕님의 원수를 갚지 못한 채 와신상담(臥薪嘗膽. 섶에서 자고 쓸개를 씹음)하며 이를 갈아온 통분의 나날이 다 지나가고 드디어 훌 정의 날이 밝아왔다. 현왕은 왕의 씨도 아닌 것이 법통을 이은 양 왕세제가 되더니 급기야 온갖 간악한 수법으로 선왕을 시해하고 왕위를 찬탈했다. 저 무뢰한 자를 처단하고 나라를 바로잡기 위 해서 한양 궁성을 칠 것이다. 우리가 새롭게 열어젖힐 세상은 반 상(양반. 상놈)이 따로 없고, 빈부귀천으로 인한 원한이 일절 생겨나 지 않는 평등한 나라다. 우리는 일찍이 소현세자께서 미처 이루지 못한 새로운 세상을 활짝 열어젖혀 조선의 번영된 앞날을 용감하 게 개척하고자 한다. 이제 장도에 나서기만 하면 그동안 은인자중 하고 있던 삼천리강산의 의인들이 떨쳐 일어날 것이요, 백성들이 참았던 분노를 발현하여 구름처럼 몰려들 것이다. 하늘의 뜻을 받 드는 녹림당 거사군 용사들은 한 치의 두려움이나 주저함도 없이 나를 따르라!"

백의를 입은 삼백여 간부들이 병장기를 치켜들고 일시에 와아 하고 고함을 쳤다. 함성이 얼마나 컸던지 앞쪽 건물이 웅웅 울렸 다.

정행민이 이백의 기병들을 앞세운 열초(일천여 명) 병사들을 이끌 고 선봉장이 되어 앞장서 현무문(玄武門. 청주성 북문)을 빠져나갔다. 그 뒤에 백마를 탄 이인좌가 섰고, 그 뒤를 박종원이 이끄는 포병 이 충청병영에서 노획한 네 문의 포(砲)를 끌고 따랐다. 이어서 조 총을 든 일백여 군사를 포함해 이천오백여 거사군들과 군량미를 실은 마차들이 따라갔다.

· · ·

진천에서는 과연 전투가 없었다. 현감 임상극은 군량미를 넉넉하게 쌓아놓고 봉기군을 기다리고 있었다. 자기들을 환대하는 현감의 모습에 호서군의 사기는 하늘을 찔렀다.

진천현에서 임상극이 내어준 음식을 먹은 다음 호서군 수뇌부가 모여 앉았다. 이인좌가 부원수 이계윤을 바라보며 말했다.

"전방에 나가 있는 첩자들의 보고를 종합해서 들어봅시다."

이계윤이 정보를 정리한 종이를 펼쳐 들고 설명을 시작했다.

"지금 오명항이 이끄는 관군지휘부는 이틀 전 삼월 열이렛날 한양에서 출병하여 서서히 남하 중이라고 하옵니다. 예상컨대 지금쯤이면 용인 언저리를 지나지 않았을까 판단됩니다. 병력은 아직은 이십초(이천여 명) 정도로 추산되는데, 지방의 관군들을 모으면서 내려오고 있어서 계속 늘어날 것으로 예측됩니다."

정행민이 말했다.

"적의 진로는 우리의 공격 방향에 맞춰질 것이옵니다. 호서군을 두 패로 나누어 한패는 안성을 치고, 다른 한패는 그 오른쪽 죽산을 쳐서 적을 헷갈리게 하는 것도 한 방안일 것입니다."

그러자 권서봉이 나섰다.

"관군은 정예군이고, 우리는 민병이라 전투력에 차이가 있을 것인즉, 거사군을 나누는 것은 힘이 분산돼 위험할 수 있지 않을까

저어되옵니다. 유리한 지형을 먼저 점령하여 관군의 공격에 대응하는 것이 옳지 않겠나이까."

박종원이 말을 받았다.

"소장은 정 부원수의 의견에 동의하옵니다. 두 패로 나누어 공격하다 보면 오명항의 관군이 우왕좌왕하는 시점이 나올 것이니 그 상황에서 협공하는 게 효과적일 수도 있을 것이라고 생각되옵니다."

좌장군 최경환이 힘을 보탰다.

"병력을 나눌 때와 합칠 때를 잘 판단하는 것은 병술의 핵심인 바 지금은 저들이 아직 약하니 아무래도 나누어 치는 것이 상책일 수 있지 않을까 싶사옵니다."

모두 고개를 끄덕이며 이인좌를 바라보았다. 좌중의 논의를 잠자코 듣고 있던 이인좌가 책사 허담을 바라보며 말했다.

"책사께서 이야기를 다 들어서 상황을 다 아실 것이니, 비결을 찾아주시지요."

말없이 이야기를 듣고 있던 허담이 말했다.

"오명항의 토벌군은 아직 전열을 미처 정비하지 못했으나 삽시간에 전투체계를 갖출 것이옵니다. 유리한 고지를 선점하는 작전이 반드시 필요하다는 측면에서 보면, 지금 일단 분리해서 요지를 점령한 이후에 협공의 기회를 찾는 것이 좋을 듯하옵니다."

드디어 이인좌가 결심을 굳혔다.

"좋소. 그러면 정행민 부원수께서 최경환 영장, 정계윤 죽산부사, 안후기 방어사 등과 함께 일백여 기병, 두 문의 대포를 포함하여 열초(일천 명)의 거사군을 이끌고 죽산을 급습해서 치시오. 아마도 죽산은 우리의 기습공격을 예측하지 못하고 있을 것이니 그리까다롭지 않을 것으로 보오. 그리고 다른 군사들은 나와 함께 청룡산(靑龍山. 서운산)으로 가서 안성을 점령할 계책을 마련할 것이오. 죽산 공격은 속도가 중요하니 정 부원수는 즉시 출병해야 할 것이오."

호서군 장교들이 모두 고개를 숙여 복종의 예를 표했다.

• • •

삼월 스무하룻날.

날이 밝을 무렵 호서군 본진이 청룡산에 도착해 막사를 막 꾸렸을 때 뜻밖으로 이인좌를 찾아온 사람이 있었다. 양성에서 미리와 있던 동서 이호였다.

"장도에 고생이 얼마나 자심하십니까, 형님."

짙은 작의(鵲衣. 검은 바탕에 흰 실로 바둑판 모양의 줄을 놓은 덧옷) 차림에긴 칼을 찬 이호가 머리를 숙였다.

"자네 왔는가. 반가우이."

"예. 동참이 늦었사옵니다. 모병한 군사들을 이끌고 왔습니다."

"그런가. 몇이나 되는가."

"이초(이백여 명)가량 될 것이옵니다."

"수고가 많았네."

"더 많이 모군하지 못해서 송구하옵니다."

"아닐세. 큰 힘이 될 것이네."

이인좌는 부원수 이계윤을 불렀다.

"여기 양성에서 이백여 군사를 모군해서 달려온 이호 장수를 우 장군으로 삼아 전투에 임하도록 하시오."

"알겠사옵니다."

이계윤이 고개를 숙여 명을 받들고는 다시 말을 이었다.

"척후의 보고에 따르면 오명항 군은 지금 진위현(振威縣. 평택) 남 쪽 벌판에 주둔하고 있다고 하옵니다."

관군이 안성 쪽으로 들어오지 않고 소사(평택시 소사동)에 진을 쳤 다는 소식은 다소 뜻밖이었다.

"적군의 내부는 어떻다고 하던가요?"

"예. 아직 정돈이 안 돼서 어수선한 데다가, 각지에서 온 군사들 에게 식량 지원이 제때 되지 않아 불만이 많다고 하옵고, 특히나 도순무중군(都巡撫中軍. 도순무사의 다음가는 장관)으로 온 박찬신(朴纘新) 에 대한 수하 장졸들의 악평이 퍼져 있다고 하옵니다."

"그렇소이까."

"또 한 가지는 토벌군이 완성되지 않아 모두들 심란한데도 오 명항이 막사에서 드렁드렁 코를 골고 자고 있어 장졸들이 기막혀 한다는 정보도 있습니다."

이인좌가 아는 한 오명항은 그렇게 허술한 장수가 아니었다. 천 하에 없는 위기가 닥쳐도 좀처럼 흔들리지 않는 배포에다가 지략 또한 출중한 백전노장이었다.

"어쨌든 오명항을 만만히 보아서는 아니 되오. 그는 매우 비범

한 인물이오."

이계윤이 이호를 데리고 나간 다음 이인좌가 잠시 골똘한 생각에 빠져있을 때 장군 이배가 낯선 사내 하나와 함께 찾아왔다.

"이 사람은 호서군의 파총(把摠. 군영의 종사품 무관)을 맡은 김성옥(金聲玉)이라고 하옵는데, 지모와 용력이 뛰어난 무사이옵니다. 대원수님께 꼭 하고 싶은 말이 있다고 하여 함께 왔사옵니다."

이배가 예의 씩씩한 목소리로 데리고 온 자를 소개했다. 평소에 의견을 잘 내놓지 않는 편인 그가 찾아온 것을 보면 뭔가 긴한 이야기가 있을 것이라는 짐작이 가는 일이었다.

"아, 그런가요."

김성옥이 말없이 고개를 숙여 예를 갖추고는 입을 열었다.

"호서군의 사기가 아무리 높다 해도, 정규군인 토벌군을 정면으로 대적하기는 쉽지 않을 것이고 날이 갈수록 더욱 그러할 것이옵니다."

맞는 말이었다. 각 군영의 중앙군, 지방의 관군 등을 합쳐놓았기 때문에 토벌군은 아직 허점이 많긴 할 것이었다. 그러나 날이 갈수록 짜임새가 갖춰질 것이고, 그렇다면 훈련도 제대로 하지 못한 채 의기 하나로 뭉친 거사군으로서는 감당하기가 쉽지 않으리라는 말은 틀린 분석이 아니었다.

"일리가 있소. 그래, 무슨 특별한 비책이라도 있소이까?"

"적장 오명항을 단숨에 잡아야지요."

귀가 번쩍 띄었다.

"도순무사를 단숨에 잡는다고?"

이배가 나섰다.

"일급 무사 오십을 소장에게 내어주시지요. 김성옥 동지와 함께 적진 한복판에 잠입하여 적장을 벨 것이오."

"설사 성공한다고 해도 살아남지 못할 것이오. 무모한 모험일 게요."

김성옥이 목소리에 힘을 넣으며 말했다.

"살자고 시작한 일이 이미 아니옵니다. 이 한목숨 바쳐서 대업이 성취된다면 무부로서 무한한 영광이옵지요."

"이배 장군이나, 김성옥 동지를 그렇게 잃을 수는 없소."

그러자 누가 먼저랄 것도 없이 두 사람이 무릎을 꿇었다. 김성옥이 말했다.

"대원수님. 우리가 지금 무슨 일을 하고 있는지, 어떤 처지에 놓여있는지 잘 아옵니다. 지금 우리가 저들의 진지에 파고 들어가 적장을 타격할 수만 있다면 그보다도 좋은 공격은 없을 것이옵니다. 비록 저희가 희생된다 할지라도, 또 실패할 가능성이 있다고 할지라도 시도조차 해보지 않는 것은 한이 되어 남을 것이옵니다."

이배가 말을 이었다.

"그렇사옵니다. 계획대로 해낼 것이옵니다. 결심해주시옵소서."

이인좌는 잠시 고민에 빠졌다. 이들이 말하는 대로 되기만 한다면 거사군은 그야말로 파죽지세의 탄력을 받을 것이다. 어쩌면 북로를 뚫어낼 결정적인 계기가 만들어질 수 있을지도 모른다. 이인좌가 두 사람을 일으켜 세웠다.

"일어나시오. 대체 어떻게 무슨 수로 토벌군 한복판으로 들어가 도순무사를 해치운다는 말이오?"

김성옥이 말했다.

"우선 토벌군 안에서 활약하고 있는 첩자를 이용해 가도사(假都事. 임시로 지방에 파견한 중앙관료)가 죄인 압송을 위해 진영을 방문한다는 소식을 전해놓고, 저와 이배 장군이 변복을 하고 찾아가 특공을 펼 것이옵니다. 일급 무사들이 적진을 흐트러뜨리면서 혼란을 만들면 그사이에 오명항의 목을 벨 기회가 반드시 생길 것이옵니다."

그 말대로만 된다면 더 좋을 수 없는 제안이었다. 한참을 고민하던 이인좌가 드디어 결론을 내렸다.

"좋소. 그러면 이 장군이 일급 무사 쉰 명을 결사대로 선발하여 김 파총과 함께 작전에 돌입하도록 하시오. 다만 두 사람은 꼭 살아서 돌아와야 하오. 이건 거사군 대원수로서의 명령이오."

이인좌가 두 사람의 손을 잡았다. 이배와 김성옥은 합창하듯 말했다.

"반드시 임무를 완수하고 살아서 돌아오겠나이다."

• • •

저녁밥을 먹은 뒤 청룡산 진지의 호서군 간부들이 지휘부 막사에 모여들었다. 이계윤으로부터 오명항 군이 여전히 진위현 벌판에 머물고 있고 병사들이 수가 늘어나고 있다는 첩보를 들었다.

안성에서는 특이한 동향이 있지 않다는 소식도 들어왔다.

이계윤은 적진에 잠입해 있는 첩자가 뜯어서 보내온 금상의 방문(榜文)을 꺼내 보여주었다. 용의주도한 연잉군의 면모가 어른거리는 방이었다.

    —적도(敵徒)를 한 명이라도 숨겨준 백성은 역적으로 처벌해
      그 부모, 처자까지 사형한다.
    —백성으로서 적을 사로잡아 바친 자는 곧바로 2품으로 올
      려주고 후한 상을 내린다.
    —백성으로서 다른 백성이 적을 숨겨준 자를 고발한 자 역시
      2품으로 올려주고 후한 상을 준다.
    —죄 없는 자를 무고한 자는 그만큼 죄를 묻는다.

이인좌가 다 읽은 방문을 내려놓으며 권서봉에게 물었다.

"죽산으로 간 정행민 부원수에게서는 아직 아무런 기별이 없소?"

며칠 사이에 권서봉의 얼굴이 많이 수척해 있었다.

"곧 연락이 올 것이옵니다. 특별한 일이 있지 않고서야 죽산 함락이 그리 어렵기야 하겠나이까."

"하기야 진천에서 죽산이 워낙 먼 거리라 행군부터 버거웠을 것이오. 그나 마나 권 목사의 안색이 많이 어둡소이다."

"예. 아무래도 청주성이 걱정이옵니다. 조정의 적극적인 대처가 시작되면서 공을 세우고자 녹림당의 봉기에 반대하는 작자들이

사병(私兵)을 일으키면 감당해낼까 염려되나이다."

이인좌가 권서봉의 어깨를 두드리며 말했다.

"청주성 거사군의 안위는 우리에게 달려 있소. 우리가 이기면 청주성도 괜찮을 것이고, 우리가 패배하면 청주성이란 의미가 없는 것이오. 우리는 이미 전부 아니면 전무를 선택한 셈이라오. 관군을 쳐부수는 일에만 집중해야 하오."

권서봉이 얼굴을 펴며 말했다.

"알겠나이다. 괜한 걱정을 드려서 송구하옵니다."

이인좌가 빙그레 미소를 지었다.

"아니요. 권 목사의 노파심이 오히려 아름답소."

그때 장군 목함경이 조금 늦게 지휘부 막사에 들었다. 목함경이 진지한 표정으로 물었다.

"이배 장군께서 지난 밤사이에 군영에서 사라졌사옵니다. 무슨 일이 있나이까?"

이인좌가 걱정하지 말라는 표정으로 설명했다.

"내가 특별한 비밀임무를 주어서 보냈소. 염려하지도 마시고, 궁금해하지도 마시오. 나중에 다 알게 되리다."

목함경이 그제야 마음이 놓인다는 듯이 고개를 끄덕였다.

초관 최봉익이 말했다.

"호서군 진중에 관군의 첩자가 잠입했다는 말이 돌고 있나이다."

"아마도 그럴 것이오. 우리가 적의 군영에 첩자를 심어놓듯, 그쪽도 그리할 가능성은 없지 않을 것이오. 경계하고 색출해야 하나, 과민하지는 말아야 하오."

"안성 공격은 어떻게 되는지 여쭈어봐도 되겠나이까?"

"더는 미룰 수 없을 것이오. 곧 시점을 잡아야 하오. 막 그 이야기를 하려던 참이오."

이인좌가 잠시 뜸을 들였다. 일동이 대원수의 입을 쳐다보고 있었다.

"일단, 오늘 낮에 거사군을 청룡산 골짜기 더 깊은 곳으로 은닉시킬 것이오."

이계윤이 물었다.

"출병이 아니라 은닉이나이까?"

"그렇소. 그러면서 적진에 가 있는 우리 첩자들로 하여금 우리가 진격로를 직산(천안) 쪽으로 옮겨가고 있다는 허위정보를 퍼트리도록 하시오."

"무슨 말씀이신지 알겠나이다. 토벌군의 안성 진입을 막고자 함이로군요."

"바로 그것이오. 오명항 군이 안성으로 들어가면 우리의 공성전이 난관에 부딪치고 말 것이기 때문에 어떻게 해서든 다른 곳으로 유도해 분리시켜야 승산이 있소. 부원수께서는 지금 당장 연락망을 가동하여 우리 첩자들로 하여금 우리 호서군이 진로를 바꿔 직산으로 가고 있다는 가짜정보를 일제히 퍼트리도록 하시오."

"알겠나이다. 곧 시행하겠나이다."

이인좌가 나머지 장수들 모두에게 다시 일러 말했다.

"오늘 중으로 진지를 이동해 청룡산 골짜기로 깊이 들어가도록 움직여주시오. 병사들에게는 아무 말도 하지 말고 움직이도록 하시오."

· · ·

삼월 스무이튿날 꼭두새벽.

하늘에 별이 초롱초롱했다. 잠이 오지 않았다. 오명항은 과연 어떻게 움직일 것인가. 첩자들의 말을 믿고 직산으로 움직여줄 것인가. 죽산으로 간 정행민은 어찌하고 있는가. 결사대는 임무를 완수했는가. 갑갑한 마음에 막사를 나서서 청룡산 깊은 골짜기로 옮겨 앉은 군영을 한 바퀴 돌았다.

날이 희부옇게 밝아올 무렵, 호서군 진영으로 달려 들어오는 피투성이의 군사가 있었다. 이배였다. 이배는 비칠거리며 지휘부 막사로 들어와 쓰러졌다.

"이 장군 아니시오!"

이인좌가 놀라서 거구의 이배를 일으켜 세웠다.

"어찌 되었소?"

"대원수님! 기습작전은 실패하고 말았나이다."

이인좌가 내민 물 한 사발을 허겁지겁 받아들고 단숨에 다 들이켠 이배가 숨을 고르며 자초지종을 말했다.

"적진에 다가가는 데는 성공했으나 가도사로 신분을 위장한 김성옥 파총이 뛰어드는 순간 저들이 눈치를 채고 말았나이다. 때맞춰서 결사대 무사들이 적진 후방으로 기습 침투하여 적진을 혼란에 빠트렸지만, 역부족이라 결국 모두 전사하거나 생포됐나이다."

이배의 큰 두 눈에 눈물이 슴벅거렸다.

"김성옥 동지는 희생됐소이까?"

"그러하옵니다. 저희 두 사람 모두 체포됐다가 악착같이 포박을 푸는 데는 성공했으나 김 파총은 기어이 적장을 치겠다며 달려들다가 그만 전사했고 소장 혼자만 이렇게 달아나 살아왔나이다."

"오명항을 보았소?"

"예. 몸피가 크고 얼굴이 검었으며, 의젓해 보였사옵니다. 조금도 흔들리지 않고 중앙막사 앞에서 군사들을 지휘하였나이다. 작전에 실패하고 거사군에 큰 손실을 입혔으니 죽을죄를 지었사옵니다."

가슴속에 낙망이 퍼지면서 한숨을 만들었다. 이인좌는 실망의 빛을 애써 누르고 이배를 달랬다.

"김 파총과 여러 일급 무사들을 잃었으니 애통한 일이오. 하지만 기습공격으로 적진을 흔들었다니 되었소. 적들이 적잖이 혼란스러울 것이오. 어쨌든 이렇게 이 장군이 살아 돌아왔으니 심기일전합시다."

"참으로 원통하고 송구하옵니다."

이배가 어깨를 들썩이며 흑흑 흐느껴 울기 시작했다. 김성옥이 비장한 낯빛으로 하던 목소리가 떠올랐다. 살자고 시작한 일이 이미 아니옵니다. 이 한목숨 바쳐서 대업이 성취된다면 무부로서 무한한 영광이옵지요……

· · ·

　정행민과 함께 죽산으로 갔던 좌장군 최경환이 왔다. 결사대 기습공격에 실패한 이배가 구사일생으로 살아 돌아온 일로 기운이 쏙 빠져있던 한낮이었다. 검은 말을 타고 달려온 최경환이 지휘부 막사로 달려 들어와 이인좌 앞에 읍했다.

　"대원수님! 죽산을 점령한 기쁜 일로 보고 드리나이다."

　귀가 번쩍 뜨이는 낭보였다.

　"죽산을 점령했다고? 정행민 부원수와 최 장군이 드디어 해냈구려."

　이인좌가 최경환과 마주 앉았다.

　"그래, 전투는 어땠소?"

　최경환이 기분 좋은 얼굴로 말했다.

　"전투는 없었나이다."

　"전투가 없었다고? 그럼 죽산도 무혈입성이오?"

　"예. 그러하옵니다. 마을에 잠입한 거사군 첩자들이 붙인 격문을 보고 각 서리와 관속들이 놀라서 모두 도망쳤고, 죽산부사 최필번(崔必蕃)도 관복을 벗어 던지고 흰옷으로 갈아입은 다음 달아났사옵니다."

　이인좌가 무릎을 쳤다.

　"옳거니! 과연 정행민 동지의 지략이 먹혔구려."

　최경환이 갑자기 목소리를 낮췄다.

　"정 부원수님께서 적을 무너뜨릴 또 다른 놀라운 계책을 준비하고 있사옵니다."

"놀라운 계책이라니? 그게 무엇이오?"

"비변사(備邊司. 군국 기무를 관장한 문무합의기구)의 공문을 위조하여 익산(益山), 여산(礪山), 고부(高阜. 정읍 일부), 부안 현으로 보낼 계획이옵니다."

"공문을 위조한다고?"

"예. 네 고을의 관군을 총동원하여 변산 도적패를 소탕하라는 공문이옵니다."

네 고을의 관군으로 변산 화적패들을 친다? 이인좌의 뇌리에 쾌재가 일었다. 정행민의 지혜가 새삼 감탄스러웠다. 네 고을을 무방비상태로 만드는 한편, 거사에 참여하겠다고 했다가 끝내 배신을 하고만 도적패들에 대한 앙갚음도 할 수 있으니 기막힌 위계였다. 기병에 애를 먹고 있는 태인현 박필현 현감에게 장애물을 걷어주는 효과도 함께 있을 것이니 그야말로 일석이조의 지략이 될 것이었다.

"그야말로 신묘한 계책이구려. 정 부원수의 지모에 경탄할 따름이오."

• • •

날이 밝아오면서 하늘이 살짝 흐려지고 공기 속에 습기가 느껴졌다. 이인좌는 호서군 군관들에게 명령만 내리면 즉시 출동할 수 있도록 안성 공격 채비를 완벽하게 마치도록 일렀다. 안성전투에서반 승리한디면 거사군의 진로는 탄탄대로일 것이다. 더욱이 정행민 부원수의 허위 공문서 계략까지 먹혀들기만 한다면, 박필현의 호남군이 합세하는 날짜는 생각보다 훨씬 더 앞당겨질 수 있을 것이다. 이런저런 생각에 골똘해 있을 즈음 권서봉이 찾아왔다. 그는 어두운 표정을 짓고 있었다.

"한양으로부터 어렵게 기별이 당도했나이다."

이인좌가 눈을 동그랗게 뜨고 물었다.

"그래, 한양은 지금 어떠하다 하오?"

"며칠 전 삼월 열여드렛날 포도대장 남태징과 민관효(閔觀孝) 등 네 명이 체포돼 곧바로 다음날에 군기시(軍器寺. 병기제조 등을 관장한 관청) 앞에서 효시됐다고 하옵니다. 평안감사 이사성 대감도 체포돼 한양으로 압송됐다는 소식입니다."

"한양과 관서군이 궤멸됐다는 뜻 아니오?"

"말씀 올리기 민망하오나, 그러하옵니다."

"이사성 대감은 헌걸찬 장수인데 어찌 그리 쉽게 잡히셨다 하오니까?"

"평소 감사와 친분이 있는 선전관 구간(具侃)이 이사성을 잡아들이라는 밀지를 받고 안주(安州. 평안북도 소재) 병영으로 찾아가 칼을 빌려달라고 속여 빼앗고 포박하여 함여에 가두어 압송하였다 하옵니다."

현기증이 밀려왔다. 이인좌는 잠시 할 말을 잊었다.

"영남과 호남에서는 다른 기별이 없소이까?"

"예. 안타깝게도 아직 아무런 소식도 듣지 못하고 있사옵니다."

이인좌가 참지 못하고 기어이 끄응 하는 신음을 냈다. 이제 어찌해야 하는 것인가. 이인좌는 눈을 감고 난관을 헤쳐 나갈 방도를 고민했다. 정면승부를 해야 할 시점이 다가오고 있는 깃인가. 하늘이 무심치 않다면 결코 이렇게 끝나도록 놓아두지는 않으리라 스스로 위무했다.

"기뻐하소서. 오명항이 토벌군을 양성현 소사로 옮겼다고 하옵니다."

언제 지휘부 막사로 들어왔는지 이계윤이 소리치듯 말했다. 얼마나 급하게 달려왔는지 밭은 숨마저 쉬었다.

"직산으로 가는 게 확실하오?"

이인좌가 몸을 번쩍 일으키며 물었다.

"예. 직산으로 진군 방향을 잡은 것이 명백하옵니다. 적진에 들어가 있는 첩자 중 여럿이 전해온 내용이니 틀림없사옵니다. 첩자 중에는 오명항이 '직산으로 진군하라!'는 명령을 내리는 것을 직접 들은 자가 둘이나 되오니 이려측해(以蠡測海. 소견이 천박함)가 없을 것이옵니다. 아마도 관군은 직산으로 정신없이 달려가고 있을 것이옵니다."

됐다. 희열이 끓어올랐다. 이인좌는 곧바로 지휘부 회의를 소집했다. 대기하고 있는 간부들이 쏜살같이 달려왔다. 이인좌가 책사 허담에게 물었다.

"총공격의 시점이 온 것 같소이다. 어떻게 보시오니까? 공격에 무리가 없겠소?"

"적군이 직산으로 정말 가고 있는지 좀 더 확인할 필요가 있습니다. 게다가 기상도 걱정이 되옵니다. 폭우라도 내리고 강풍이 불어올 조짐이라 작전이 용이할 것인지 살펴서 대비책이 마련돼야 할 것 같사옵니다."

이인좌는 고개를 가로저었다. 그러다가 이계윤에게 다시 물었다.

"이 부원수! 오명항 군이 직산으로 향하는 것이 확실하오니까?"

이계윤이 확신에 찬 얼굴로 대답했다.

"예. 대여섯 명의 첩자들이 똑같은 첩보를 보내왔습니다. 이런 경우에는 정보가 틀릴 확률이 거의 없나이다. 또 다른 첩보에 의하면 저들은 군량 지원체계가 잡히지 않아서 끼니가 제때에 보급되지 않으므로 병사들의 불만이 매우 높다고 하옵니다."

이인좌가 자리에서 벌떡 일어났다.

"안성에는 군수 민제장(閔濟章)이 이끄는 관군만 지키고 있을 것이오. 먼저 포를 쏘고 일시에 쳐들어가면 그렇게 어렵지 않게 점령할 것인즉, 지금 즉시 전투대열을 갖추고 지체 없이 총진군합시다."

일동은 모두 큰 소리로 복명하고 각자의 임무 수행을 위해 흩어졌다. 우선 군사들을 깨워 대오를 갖추게 했다. 노획하거나 모집된 양곡과 부식물자의 양이 실로 엄청나 수레가 수십 대나 됐다.

잠시 후 흰색 군복을 입은 호서군은 청룡산 골짜기를 나와 안성 쪽으로 향했다. 오후에 흐려졌던 하늘이 해시(밤 열 시경)를 넘기면서 가느다란 실비를 흩뿌리기 시작하더니 밤늦도록 그치지 않았다.

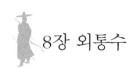

8장 외통수

호서군이 전투대열을 갖추고 안성군 관아 남쪽 산골짝 내리막길에 다다른 시각은 신시(申時. 오후 네 시경)였다. 이계윤이 이인좌에게 다가왔다. 빗줄기가 갑자기 거칠어지면서 바람이 불었다.

"길도 험하고 하니 횃불을 크게 밝혀 징을 치고 북을 울려 위협을 가하면서 공격하는 게 어떻겠사옵니까?"

"척후로부터 적의 동정이 보고됐소?"

"예. 적은 별 움직임이 없다 합니다. 민제장 군수의 관군만이 관아를 지키고 있음이 틀림없는 듯하옵니다."

이인좌는 잠시 고민에 빠졌다. 관아에 있는 관군이라야 그리 많은 수는 아닐 것이다. 그러나 안성군수가 바보가 아닌 바에야 가용한 군사를 총동원해 대비하고 있을 터이니 가벼이 여길 일 또한 아니리라. 이인좌가 박종원을 불렀다.

"찾아계시오니까, 대원수님!"

"그렇소. 지금 우리가 갖고 있는 총통이 현자총통(玄字銃筒)이 맞소이까?"

"예. 그러하옵니다."

"최대 사정거리가 팔백 보(약 일천오백 미터)는 된다고 들었소만."

"그렇사옵니다. 조건만 괜찮으면 팔백여 보까지도 날아가옵니다."

"안성군 관아가 사정거리 안에 들면 적진을 향해 대포를 먼저 쏘아보시오. 저들의 반응을 한번 보겠소."

"알겠나이다."

드문드문 횃불을 밝힌 호서군이 막 산골짜기를 내려와 평지 밭고랑에 도달했을 때, 박종원 영장이 두 문의 포를 대열 앞쪽으로 옮겨와 방열하도록 했다. 빗줄기가 줄곧 그치지 않으므로 군사들이 사격준비를 하는 데 애를 먹었다. 젖지 않도록 겹겹이 싸 가지고 온 장약(裝藥. 총포에 재는 화약)을 가까스로 총통에 먹이고 포탄을 장착한 다음 심지에 불을 붙였다. 두 대의 대포 중 한 개는 불이 픽 하고 꺼졌다. 다른 하나는 심지가 다 타들어 가자 엄청난 굉음을 내며 포탄이 날아가 적의 진중에 떨어져 폭발했다.

반응이 없었다. 적진은 쥐죽은 듯 고요했다. 한참을 기다렸다. 마찬가지였다. 박 영장의 지시로 두 번째 발사가 시행됐다. 이번에는 두 문의 포가 동시에 발사됐다. 두 발의 포탄이 관아에 떨어졌으나 마찬가지였다. 적진은 이상스러울 만큼 동요나 응사가 없었다. 안성군에 극소수의 관군만 있는 게 틀림없었다.

이인좌가 총공격 명령을 내렸다.

"녹림당의 용사들이여, 횃불을 있는 대로 밝히고 대군이 동시에 안성 관아로 진격한다! 전군 출격하라!"

총석명령이 떨어지자 호서군은 와아 하는 함성과 동시에 창칼을 앞세워 일제히 앞으로 내달았다. 북과 꽹과리, 징 소리가 안성 벌판을 요란하게 울렸다. 이천여 군사 중 백의를 입은 오백 명 이상의 군사들 모습이 특이했다. 금방이라도 안성 관아를 휩쓸고 나아가 장악할 것 같은 기세였다.

호서군의 맨 앞에서 거칠게 달려가던 일백여 기병들이 관아 담장을 저만큼 남겨 놓았을 때 갑자기 적진지 안에서 커다란 화살들이 산발적으로 날아올랐다. 호서군쪽으로 날아온 화살은 공격 대열의 맨 앞에 선 기병대의 머리 위나 발치에서 폭발했다.

"아앗! 신기전(神機箭)이다!"

누군가가 소리쳤다. 군사들 한가운데에서 백마를 타고 달려가던 이인좌를 향해서 날아오던 불꽃 달린 화살 하나가 말발굽 근처에 떨어져 폭발했다. 순간 백마가 놀라 넘어지는 바람에 이인좌가 땅바닥에 나뒹굴었다. 정신을 차리고 보니 말은 다리가 부러졌는지 버둥대기만 할 뿐 다시 일어서지 못했다. 저들이 신기전까지 배치해놓고 전투를 준비하고 있었다니, 도무지 믿어지지 않았다. 호서군은 일시에 혼란에 빠져서 우왕좌왕하고 있었다.

그때 적진 안에서 엄청난 함성이 들려왔다. 그러고는 수백의 마병들이 긴 창과 칼을 들고 달려 나왔다. 호서군 기병 수의 갑절은 돼 보이는 많은 수의 토벌군 마병들은 모두 갑주(甲胄. 갑옷과 투구)로 무장하고 있었다. 변변한 갑옷을 갖추지 못한 호서군 기병들은 순식간에 초토화됐다. 관아에 변변한 병력이 없는 것으로만 알고 용감하게 달려나간 군사들은 되돌아설 겨를도 없이 마병들이 휘두른 창칼에 베이고 말발굽에 짓밟혔다. 순식간에 일어난 반전이었다. 뒤이어 안성 관아에서 쏟아져 나온 엄청난 수의 관군들이 호서군을 향해 노도같이 달려들었다.

호서군은 아비규환 속에 풍비박산이 되고 있었다. 아무리 보아도 적병들은 안성 관아의 지방군이 아니라 중앙 정예군이었다. 적은 직산으로 가는 척하고 안성으로 잠입해 거사군을 기다리고 있었음이 틀림없었다. 오명항에게 되치기를 당한 것인가. 이인좌는 쓰린 가슴을 훑어내리며 소리쳤다.

"조총부대는 앞으로 나가 적 마병들을 사격하라."

박종원이 이인좌의 명령을 복창하며 조총부대를 지휘했다. 조총을 든 군사들이 무릎을 꿇고 마병들을 겨냥했다. 하지만 점점 더 거칠어지는 비바람이 문제였다. 비에 젖은 조총은 제대로 발사되지 않았다. 물 먹은 활시위도 늘어지면서 화살조차 제대로 날아가지 않았다. 어쩌다가 발사된 총알이나 화살도 적병들을 비껴갔다.

박종원이 이인좌에게 말했다.

"대원수님! 아무래도 퇴각을 하셔야 할 것 같사옵니다. 소장이 퇴로를 열 터이니 우선 전장을 피하소서."

그렇게 말한 뒤 박종원은 일단의 군사들을 이끌고 뒤쪽으로 길을 뚫기 시작했다. 이인좌는 박종원의 분전을 틈타 전장을 벗어나기 위해 달려나갔다. 여러 군사들이 이인좌의 뒤를 따랐다.

．．．

시간이 얼마나 지났을까. 안성전투에서 패한 호서군 잔병들은 청룡산 가지곡(加之谷) 대촌(大村)으로 모여들었다. 숫자는 대략 칠백여 명으로 헤아려졌다. 아마도 전투 중에 흩어져 아예 달아난 자들이 많을 것이었다. 살아서 도망친 기병은 아무도 보이지 않았다. 거사군으로 정식 편성돼 흰 군복을 입은 자는 삼백여 명이었고, 나머지는 가지각색 남루한 복색을 갖춘 자들이었다. 그들은 진군해오는 도중에 현지에서 자원한 사람이거나 동원된 인원이었다.

마치 소가 누운 형상인 청룡산 긴 계곡에 위치한 대촌은 오십여 호의 민가가 있었지만, 난리 통에 모두 도망치고 움직이지 못하는 노인들만 예닐곱 명이 마을을 지키고 있었다.

삼월 스무사흗날이 막 밝아오고 있었다.

군사들을 막 정비하고 있는 찰나에 어젯밤 도망쳐온 안성 방향에서 북소리가 요란스레 나고 깃발을 높이 치켜든 마병들이 달려오는 모습이 보였다. 어떻게 알았는지 오명항의 토벌군이 호서군의 은신처를 알아내고 소탕전에 나선 게 틀림없었다. 이인좌는 청룡산 꼭대기로 철수하도록 명했다.

병참을 책임진 권서봉이 난감한 표정으로 말했다.

"마을 뒷산 꼭대기쯤에 방어를 하기에 유리한 지형이 보이긴 하옵니다. 하지만 저곳으로 오르자 하면 산이 매우 가팔라서 많은 물자들을 포기해야 하옵니다. 어찌해야 옳겠나이까?"

이인좌가 끙 신음을 냈다. 잠시 생각한 끝에 말했다.

"지금은 어쩔 수 없소. 군사들에게 가능한 한 많이 나누어 짊어지고 오르게 하되 남은 물자에는 미련을 버리도록 하시오. 나중에 되찾으면 될 것이오."

"알겠나이다."

그때 박종원 영장이 나섰다.

"대원수님! 소장이 수하들을 데리고 이곳 마을에 남아 추격대를 저지하겠나이다. 시간을 지체하는 동안 본대를 이끌고 신속히 이동하시옵소서."

"박 동지의 안위가 걱정되오. 무사하시겠소이까?"

"적진 한복판에 들어갔다가 도망쳐 나온 이배 장군처럼 저 역시 임무를 완수한 다음 뒤따라 달려갈 것이오니 심려치 말고 어서 퇴각하여 기회를 찾으소서."

선택의 여지가 없었다. 이인좌가 다짐하듯 말했다.

"반드시 살아서 돌아오시오."

이인좌 앞에 읍하여 예를 갖춘 박종원이 말에 올랐다. 그러고 나서 조총을 든 이십여 보병들을 이끌고 마을 아래로 내달렸다.

이인좌가 호서군 진영을 향해 소리쳤다.

"전군! 즉시 청룡산 꼭대기로 이동한다!"

• • •

이인좌는 청룡산 칠부 능선 즈음에 있는 큰 바위 위로 앞장서 달려 올라갔다. 아래쪽 대곡마을을 훤히 내려다볼 수 있는 장소였다. 마을 아래쪽 입구에 매복한 박종원과 군사들이 안성 쪽 진입로를 향해 조총을 집중적으로 발사하고 있었다. 그 영향인지 기세 좋게 달려오던 토벌군들은 달려오던 발걸음을 멈춰 세웠다. 매복 인원이 얼마인지 가늠이 되지 않은 상태에서 신중을 기하는 것으로 보였다.

바위 위쪽의 지형을 살피니 요새로서 손색이 없었다. 이인좌는 진지구축을 명했다. 호서군은 빠른 움직임으로 진지 작업에 들어갔다. 얼마가 지났을까.

"박 영장께서 철수하고 계시옵니다."

바위 위에서 망을 보던 군관 하나가 소리쳤다. 이인좌가 바위에 올라가 내려다보니 조총을 쏘던 군사들이 마을로 달려 올라오고 있었다. 군사들이 퇴각하는 것을 지켜보던 박종원도 이윽고 말을 타고 마을로 올라왔다. 그런데 무슨 눈치를 챘는지 관군 쪽에서 오십여 필은 돼 보이는 일단의 말들이 본대를 이탈해 앞으로 맹렬히 달려오고 있었다. 조총을 쏘던 호서군 군사들은 총을 버리고 뿔뿔이 흩어져 인근 산등성이로 달아났다. 박종원이 말을 버리고 민가로 뛰어드는 모습이 보였다. 머지않아 관군 추격대가 박종원이 숨어든 민가를 포위했다. 민가 안쪽에 숨어있던 박종원이 칼을 뽑아 들고 번개같이 달려 나와 휘둘렀다. 그러나 관병 뒤쪽에서 누군가가 활시위를 당기는 모습이 보였고, 잠시 후 박종원은 목을 감싸 안고 뒹굴었다.

"아!"

그 모습을 지켜보던 호서군 병사들이 안타까운 탄성을 질렀다. 하지만 어느 누구도 달려 내려가 박종원을 구해야 한다는 말을 하지는 않았다. 대촌마을 입구까지 와 있는 관군의 규모만 보아도 구출이란 가당치 않은 일이었다. 이인좌는 주먹으로 바위를 치며 괴로워했다.

잇따라 마을로 몰려 들어온 관군이 얼마 전까지만 해도 호서군의 몫이었던 군량미를 비롯한 물자들을 실은 마차들을 남김없이 챙겨서 아래로 내려보냈다. 마을로 들어오는 관군들은 점점 늘어났다. 마을에서 올라오는 길이 워낙 가파르고 험해서 쉽게 치고 오를 수 있는 공격로가 아니었다. 관군들이 부대를 전투대형으로 정렬하는 듯했다.

호서군 지휘부를 소집해보니 대다수의 얼굴이 보였다. 부원수 이계윤, 청주목사 권서봉, 장군 목함경, 우장군 이배, 좌장군 최경환, 책사 허담…… . 청주영장 박종원의 빈자리가 컸다. 하지만 아무도 그 얘기를 하지 않았다. 박종원이라는 이름을 입줄에 올리는 순간 어쩌면 와르르 무너질 것 같은 기분이 드는 건 이인좌도 마찬가지였다.

"결코 져서는 안 될 안성전투에서 패했으니 천추의 한이오."

부원수 이계윤이 무릎을 꿇고 눈물을 흘렸다.

"적의 동태를 제대로 간파하지 못한 소장의 무능과 죄가 크옵니다."

이인좌가 손사래를 쳤다.

"아니오. 적정을 더 살펴야 한다는 책사의 의견에도 불구하고 공격명령을 내린 것은 나요. 부원수는 최선을 다했으니 자책하지 마시오."

이계윤이 저만큼 엉거주춤 서 있던 군사 하나를 불러서 가끼이 오게 했다. 몸집이 작고 얼굴이 까맣게 탄 청년이 이인좌 앞에 넙죽 엎드려 절을 했다.

"적진에 있다가 도망쳐 나온 우리 측 첩보원입니다. 호서군 내에 침투해있던 관군의 첩자 방득규(方得規)가 아군 정보를 저들에게 낱낱이 제보했다고 하옵니다. 까맣게 몰랐사옵니다."

이인좌가 청년에게 물었다.

"방득규가 대체 누구요?"

"적진에 있을 때 들은 바에 의하면 방득규는 일개 군졸이었으나 도순무사(오명항)에게 발탁되어 첩보전에 투입된 자라고 하옵니다. 변신과 무술에 능한 데다가 매우 영특한 자라고 들었사옵니다. 그의 활약으로 저희 호서군 첩보원들 중 절반이 넘는 동료들이 발각되어 참수됐나이다."

청년은 절박했던 순간이 떠오른 듯 눈물을 훔쳤다. 이인좌가 다시 이계윤에게 물었다.

"그놈 방득규는 지금 어디에 있소?"

"확인해보니 안성전투 직전에 사라졌다 하옵니다."

이인좌가 크게 한숨을 쉬며 말했다.

"이번에는 하늘이 우리를 돕지 않았구려. 저 청년 군사에게 음식을 넉넉히 주고 잠시라도 편히 쉬도록 하시오."

이계윤이 청년을 임시 막사 밖으로 내보내고 돌아와 앉았다. 이인좌가 말했다.

"오명항이 우리 측 첩보원들을 다 파악해놓은 상태에서 일부러 '직산으로 간다'고 소리치는 등 역정보를 흘린 모양입니다. 그러고는 직산 방향인 소사벌로 진을 옮긴 다음 우리 첩보원들을 모두 체포해 처형했답니다. 그 직후에 안성으로 달려와 매복하고 있었던 것으로 파악되오이다. 듣던 바대로 오명항은 참으로 영리한 장수인 듯하오."

권서봉이 말했다.

"적이 곧 죽산을 치려고 움직일 게 뻔할 터이니, 어떻게든 죽산을 장악하고 있는 정행민 부원수와 군사를 합쳐야 할 것이오."

이인좌가 책사 허담에게 물었다.

"책사께서는 어찌 생각하시오? 이 난국을 타개하기 위해서 무엇을 어떻게 해야 마땅하겠소이까?"

허담이 며칠 사이에 초췌해진 얼굴을 숙이고 잠시 눈을 껌벅였다. 그러고 나서 지도를 앞에 펼쳐 놓고는 한 곳을 손가락으로 짚었다.

"안성과 죽산 사이에 있는 이곳 장항령(獐項嶺. 일명 노루목)을 차지하는 일이 시급합니다. 즉시 기병을 보내어 점령해야 하나이다."

"하지만 우리에게 기병이 이제 없지 않소."

"죽산으로 파발을 띄워 명을 내리소서. 거기에는 일백여 기병이 있으니 잘하면 토벌군보다 먼저 장항령을 장악할 수 있을 것이옵니다. 그런 다음 장항령 동쪽 벌판에 거사군을 총집결토록 해 전면전에 대비해야 합니다."

그러자 좌장군 최경환이 나섰다.

"소장이 죽산을 잘 아니 즉시 달려가겠나이다. 정행민 부원수께 기병을 보내어 장항령을 곧바로 점령해야 하다는 작전을 알리겠 사옵니다."

"대촌마을에 토벌군이 진을 치고 있는데 뚫고 나갈 방도가 있겠 소?"

"산 정상을 넘어서 다른 쪽으로 내려가면 충분히 빠져나갈 길이 있을 것이옵니다. 심려치 마옵소서."

깊게 생각할 겨를이 없었다. 이인좌가 말했다.

"알았소. 최 장군이 쏜살같이 달려가 임무를 전하시오."

· · ·

청룡산 아래에서 위쪽으로 바람이 불었다. 계곡을 휘젓고 올라 오는 바람은 거셌다. 최경환이 산을 넘기 위해 산정으로 올라간 지 반 식경쯤 되었을 때 가지곡에 모여든 오명항의 토벌군들이 창칼을 겨눈 채 여러 줄의 횡대를 만들어 그물을 조이듯 개미 떼 처럼 공격해오기 시작했다. 그 뒤에서 요란한 북소리와 함성이 들 려왔다. 그 규모가 실로 엄청났다. 어림잡아 삼천 명은 돼 보였다. 호서군은 동요하고 있었다. 바위 위에 올라선 이인좌가 소리쳤다.

"전군 전투대형을 갖추라. 붉은 일산과 대기(大旗)를 가져오너 라!"

병사들이 접어서 갖고 온 붉은 일산과 흰 깃발을 들고 올라왔디. 이인좌가 흰 깃발을 펼쳤다. 깃발에는 '복수(復讐)'라는 두 글자가 선명했다. 그 뒤에서 젊은 노복 삼복이 붉은 일산을 펼쳐 들어 사방에서 잘 보이게 했다. 이인좌가 깃발을 몇 차례 흔들고는 큰 소리로 말했다.

"녹림당 용사들이여! 두려워하지 말라! 적들은 결코 이 청룡산 진지를 함락시키지 못할 것이다! 아래로 돌을 던지고 활을 쏴라! 저들에게 절대로 허점을 보이지 말라! 싸우라! 끝까지 싸워서 이겨야 한다!"

말을 마친 이인좌는 계속해서 힘차게 깃발을 흔들었다. 그러나 아래쪽에서 불어오는 바람이 사람까지 날려버릴 듯 너무나 강해 몸이 휘청거렸다. 몇 번이나 몸을 비틀거려야만 했다.

토벌군은 끄떡하지 않았다. 호서군이 던지는 돌에 더러 맞아 고꾸라지는 병사들도 보였고, 굴려 내리는 돌에 깔리는 병사들이 보이기도 했지만, 끊임없이 올라오고 있었다. 그런데 그 대열 앞쪽에 한 병사가 장대에 무언가 매달고 오는 모습이 보였다. 장대 끝에 매달린 게 무엇인지를 살피던 이인좌가 기절을 할 듯 뒤로 나자빠졌다. 청주영장 박종원의 수급(首級. 참수한 머리통)이었다. 그 아래쪽에서 들려오는 북소리와 함성은 조금도 줄어들지 않았다. 야차같이 악착을 다하여 올라붙는 토벌군은 멈출 기미가 없었다. 바람도 계속 거세게 불어왔다.

군사들이 내려다보며 쏘는 화살은 바람의 저항으로 멀리 날아가지 못했다. 호서군은 점점 더 공포 속으로 빠져들었다. 일부 지역에서는 벌써 갑주를 입은 관병들의 긴 창이 거사군을 찌르고 있었다. 이인좌는 칼을 뽑아 들었다.

"저들을 기필코 물리쳐야 한다! 무너져서는 안 된다."

이인좌가 올라오는 관병의 목을 향해 칼을 찔러 넣었다가 뺐나. 칼에 찔린 목에서 새빨간 피가 솟구쳐오르면서 관병이 뒤로 넘어져 산 아래로 굴렀다. 다음 관병의 가슴을 향해 또다시 칼을 세차게 휘둘렀다. 그러자 가까운 곳에 있던 관병들이 이인좌를 향해 몰려오며 소리쳤다.

"저기에 적장이 있다! 저자를 쳐라!"

이인좌가 맨 앞에 달려오는 관병의 가슴을 향해 칼을 찔렀다. 누군가가 이인좌에게 달려드는 병사들을 향해 돌진하더니 순식간에 그들을 넷이나 베었다.

"대원수님! 피하셔야 합니다!"

이배였다. 어느새 삼복이 다가와 이인좌의 팔을 붙잡았다.

"주인마님! 여기를 벗어나야 합니다요. 위험하옵니다요!"

이배가 거듭 달려드는 관병들을 상대하여 칼춤을 추며 다시 외쳤다.

"대원수님 제발 빨리 산꼭대기 쪽으로 달아나소서! 추격하지 못하도록 이놈들은 소장이 막을 것이옵니다."

돌아보니 전세는 이미 완전히 기울어져 있었다. 호서군은 병장기를 버리고 돌아서서 산 정상으로 일제히 달아나는 중이었다. 개중의 절반은 뒤따라오는 관병의 칼이나 창에 도륙당하고 있었다. 삼복이 이인좌의 팔을 잡아끌며 앞장서서 위로 달리기 시작했다. 이인좌는 그제야 칼자루를 거머쥐고 위쪽으로 뛰었다. 날랜 관병

하나가 막아섰지만 이인좌가 펄쩍 뛰어오르며 팔을 잘랐다. 고구라지는 그를 뒤로 하고 무조건 뛰었다. 삼복은 빠른 발로 앞장서 뛰며 도주로를 찾아내고 있었다.

얼마나 뛰었는지 알 수 없었다. 정상을 넘고 산등성이를 따라서 달리다 보니 전장에서 벗어난 육십여 명의 호서군들이 이인좌 주변에 모여들었다. 청주목사 권서봉과 젊은 장군 목함경이 보였다.

"대원수님! 무사하시니 다행이옵나이다."

"권 동지! 살아남은 자가 몇이나 되오?"

"달아난 자는 어림잡아 이백여 명은 될 것이오나, 어디로 갔는지는 알 길이 없사옵니다."

모여든 패잔병들이 모두 이인좌의 얼굴을 쳐다보고 있었다. 이인좌가 한동안 산 아래쪽을 살폈다. 그곳이 어디쯤인지를 곰곰이 가늠한 뒤 말했다.

"지금부터 병장기를 모두 숨기고 복색에서 거사군의 표시를 가능한 한 없애야 하오. 곧 날이 어두워질 것이니 산등성이가 아닌 골짜기를 통해 내가 이끄는 방향으로 내려가야 하오. 야음을 틈타 신속하게 이동하여 장항령 동쪽 평원으로 가야 할 것이오."

• • •

삼월 스무나흗날 새벽.

이인좌가 호서군 잔병들을 이끌고 천신만고 끝에 장항령 동변에 이르렀을 때 정행민과 그의 군대는 막 진영을 구축하고 있었다. 호서군 진영에 남루한 모습을 한 이인좌가 나타나자 정행민이 놀라서 달려 나왔다.

"대원수님! 구사일생으로 살아오셨으니 참으로 다행이옵니다."

"정 부원수. 내가 미련하여 안성전투에서 대패했으니 면목이 없소."

"아니옵니다. 불가항력이었다고 사료하옵니다."

그때 막사 안으로 들어오는 한 사람이 있었다. 먼저 와 있던 이계윤이었다. 이인좌가 깜짝 놀라 물었다.

"어찌 된 영문이오?"

"전장에서 정신없이 도망쳤는데 용케 살아났사옵니다. 대여섯 명 군사들과 함께 바로 이곳으로 왔사옵니다."

"다른 장수들은 보지 못했소?"

"예. 다른 동지들은 만나지 못하였나이다. 아무래도 대략 전사하거나 사로잡히지 않았나 싶습니다."

권서봉과 목함경이 이계윤 부원수에게 해후의 인사를 했다. 이계윤이 두 사람의 어깨를 감싸며 기뻐했다.

정행민이 말했다.

"이계윤 부원수로부터 안성전투 이야기는 상세히 들었나이다."

"대군을 잃었으니 내 불찰이 크오."

"다시 시작하면 되옵니다. 아직 다 끝나지 않았사옵니다. 너무 상심하지 마시옵소서."

최경환 장군을 통해 시킨 일이 생각났다.

"장항령은 어찌 되었소?"

정행민의 표정이 굳어졌다.

"최 장군으로부터 전언을 받자마자 기병 일백과 함께 바람같이 달려갔으나 그만 한발 늦었사옵니다."

"적들이 먼저 차지했더란 말이오?"

"그러하옵니다. 적의 마병 수백이 앞서 노루목을 장악해 진지를 구축하고 있었사옵니다. 공격해서 빼앗기에는 역부족인 상황이었나이다."

이인좌의 가슴에 싸늘한 바람이 일었다. 과연 오명항은 빈틈이 없는 위인이로구나.

"최경환 장군에게서 들었소만, 비변사의 공문을 위조하여 보내기로 한 일은 또 어찌 되었소?"

정행민이 더욱 난감한 표정을 지었다.

"익산, 여산, 고부, 부안 등 네 현의 관군을 동원해 변산 도적들을 소탕할 계책이었지요. 그런데 진중의 부장 정조윤(鄭祚胤)이 어렵게 만들어낸 공문서가 들어있는 가방을 가지고 그만 탈영을 해버리는 바람에 무산되고 말았나이다."

이인좌가 깊은 탄식을 내놓으며 말했다.

"정 부원수의 지략이 큰 전환점을 만들어줄 것으로 기대했는데, 참으로 낙망이구려. 어찌하여 이토록 한 매듭도 풀리지 않는단 말이요?"

이번에는 정행민이 이인좌에게 물었다.

"소장이 안성전투 전에 보낸 화공전 계책은 받아보지 못하셨나이까?"

"금시초문이오. 그런 게 있었소이까?"

"최경환 장군을 보낸 직후 바람의 변동을 읽고는 안성을 화공으로 잡을 수 있는 날을 살펴 잡았사옵니다. 믿을 만한 병사를 시켜 대원수님께 내용이 적힌 서찰을 보냈는데, 서찰이 그예 대원수님 손에 들어가지 못한 모양이옵니다. 그 병사가 끝내 돌아오지 않았으니 아무래도 도중에 적에게 잡혔을 가능성이 높사옵니다. 탈영할 아이가 결코 아니니 더욱 그러하옵니다."

그때 최경환이 막사로 들어와 이인좌에게 무릎을 꿇었다.

"대원수님! 이렇게 살아서 오셨으니 천만다행입니다."

"아니오. 대패한 내가 너무 부끄럽소."

정행민이 최경환에게 물었다.

"군사들은 어떤가?"

"굶주리고 지친 데다 청룡산 패전 소식까지 전해 들어 지금 병사들의 사기가 말이 아니옵니다."

이인좌가 정행민에게 물었다.

"이곳 거사군은 지금 몇이나 되오?"

"한동안 이천여 명을 유지했는데 일부가 달아나는 바람에 백의 군복을 입은 자가 일천삼백, 입지 못한 자가 사백 하여 모두 일천 칠백여 명 되옵니다."

"적의 동태는 어떠하오? 장항령을 점령한 관군이 당장이라도 기습해오지는 않겠소?"

"시간으로 볼 때 저들도 청룡산에서 이곳까지 달려오자면 병사들이 많이 지쳤을 것이옵니다. 제아무리 강군이라고 해도 그렇게 곧바로 치고 들어오지는 못할 것이옵니다."

"어쨌든 군사들의 사기가 많이 떨어졌다 하니 대책이 필요할 터인데."

"그러잖아도 끌고 온 소가 여러 마리 있사옵니다. 우선 소를 잡아 군사들을 먹이고 기운을 북돋운 다음 전투준비를 해야 할 것 같사옵니다."

이인좌가 고개를 끄덕거렸다. 부원수 이계윤이 말했다.

"첩자들에게 들으니 오명항이 거사군을 죽이지 말고 생포하라는 명령을 내렸다 하옵니다."

"생포하라는 명령?"

"사로잡아오면 공을 인정하겠지만, 목을 베어오면 인정하지 않겠다는 명을 내렸다는 것이옵니다."

"왜 그런 명령을 내린 것이오?"

"토벌군들이 아무 관련도 없는 애꿎은 백성의 목을 베어 바치면서 허위로 전공을 주장하는 일이 많아졌기 때문인 듯하옵니다."

오명항의 지혜는 허점이 없구나 싶었다. 소론 중에 그의 명성은 대단했다. 이인좌는 존경해 마지않던 오명항과 이렇게 창을 겨누게 된 처지가 참담했다. 온갖 핍박을 받으면서 살아온 같은 소론이면서 어쩌다가 운명이 달라 이렇게 죽고 살기로 맞서야 하는 것인가……. 가슴이 쓰렸다.

정행민이 말했다.

"제가 들은 바로는 오명항은 부하 장졸들에 대해 웬만해서는 체벌을 가하지 않는다 하옵니다."

"체벌을 안 해요? 그러면서도 군율을 세운다는 말이지요?"

"지난 백 년 동안 전쟁으로 온갖 수모를 다 겪은 군사들을 지나치게 엄하게 다루는 것은 가혹하다는 것이 그의 말인데, 관군들 사이에 감격이 자자하다고 하옵니다."

"어쨌든 그런 인품을 지닌 이가 연잉군(영조)의 수하 토벌군 수장이라니 참으로 씁쓸한 일이오이다."

• • •

아침나절부터 소를 잡는 일이 시작된 진중이 정오까지 시끌벅적했다. 병영은 모처럼 화색이 돌았다. 군사들의 웃음소리가 끊이지 않았고, 이런저런 우스갯소리들도 많이 날아다녔다. 가마솥이 걸리고 고깃국 냄새가 공기 중에 떠다니며 후각을 자극할 무렵에는 마치 잔칫집인 것 같은 분위기가 달아오르기 시작했다.

잠시 잠을 청하고자 침상에 누운 이인좌의 뇌리에 만감이 흘러갔다. 안성전투에서 희생당한 동지들의 모습이 망막에 자꾸만 아른거렸다. 결사대를 자처하고 토벌군 진영으로 자객으로 뛰어들었다가 전사한 김성옥이 먼저 떠올랐다. 가지곡 대촌마을에서 호서군의 퇴각을 돕다가 주살된 박종원의 얼굴도 어른거렸다. 청룡산 능선에서 달려드는 관군을 막아서며 퇴로를 열어준 이배는 죽었는가, 살았는가. ……

잠을 통 못 잔 피곤으로 눈시울이 뜨거워지는 동안 이런저런 생각에 젖어 있는데, 갑자기 어디선가 징소리가 요란스럽게 징징징징 들려왔다. 기습이었다. 이인좌가 벌떡 일어나 막사 밖으로 나가니 정행민, 이계윤, 최경환, 권서봉 등 지휘부가 이리 뛰고 저리 뛰었다.

"기습이다! 전군 전투준비! 적이 기습하고 있다! 전군 병장기를 들고 전투준비에 돌입하라!"

정행민의 당황한 목소리가 들리고, 이를 복창하는 군관들의 목소리도 잇따라 들려왔다. 이인좌가 칼을 찾아 들고 진지 서편에 있는 장항령 쪽을 바라보았다. 수백의 마병을 앞세운 오명항의 토벌군이 새카맣게 몰려오고 있었다. 마병 부대의 말들이 일으키는 노란 먼지 뒤로 적병들은 마치 바퀴가 달린 것처럼 노루목 언덕을 거침없이 달려 내려오고 있었다. 곧바로 쳐들어오지 않으리라 했던 예측은 여지없이 빗나갔다.

이인좌가 다급하게 소리쳤다.

"전군 전투준비하라!"

그런데 이게 웬일인가, 또다시 마파람이었다. 서풍이 거세게 불어와 콧잔등을 때렸다. 안성전투에서는 비바람이 치고, 청룡산에서 마파람이 일어 전투를 어렵게 하더니, 또 서풍 마파람이 불어오고 있었다. 바람 속에 실려 오는 죽음의 냄새……. 하늘이 기어이 나를 버리는가. 이인좌는 참담한 마음으로 돌진해오는 적들을 바라보며 칼자루를 쥔 손에 힘을 주고 있었다.

"콰쾅!"

호서군 진영에서 발사된 포탄이 달려오는 적의 머리 위까지 날아가 터졌다. 하지만 적의 공격대열은 조금도 흐트러지지 않았다.

적의 돌격대에서 나는 북소리, 징소리, 꽹과리 소리가 점점 더 커지고 있었다. 호서군이 쏜 화살은 마파람을 맞아 얼마 날아가지 못하고 픽픽 떨어졌다. 토벌군은 등 뒤에서 밀어주는 바람을 타고 더욱 세차게 달려들었다.

예기치 못한 기습에 사기가 꺾여버린 호서군은 제대로 대응이라고 해볼 겨를도 없이 무너졌다. 정행민이 갈색 말 한 마리를 끌고 와서 말했다.

"대원수님! 어서 이 말을 타고 몸을 피하소서!"

"내가 어디로 간다는 말이오? 나는 이곳에서 싸우다 죽겠소."

"아니옵니다. 아직 영남군과 호남군이 있사옵니다. 대원수께서 살아계셔야 반전의 기회가 있사옵니다. 이렇게 허망하게 전사해서는 아니 되옵니다."

"싫소! 그 많은 동지들을 다 잃은 내가 무슨 염치로 살아남는단 말이오? 나는 이곳에서 끝까지 싸우겠소!"

정행민이 이인좌 앞에 무릎을 꿇었다.

"대원수님을 만나 거병을 성사시킨 일만 갖고도 영광이었나이다. 부디 몸을 피하여 후일을 도모하소서!"

그리고는 벌떡 일어나 망설이는 이인좌에게 말고삐를 넘겨주었다. 이인좌는 할 말을 잊었다. 미련을 뚝뚝 떨어트리며 안장에 오르자 정행민이 주먹으로 말 엉덩이를 후려쳤다. 놀란 말이 히히힝 하고 길게 울면서 앞으로 내달았다. 이인좌의 머릿속이 하얘지고 있었다.

얼마나 달렸을까. 이인좌의 말은 죽산 읍내에 들어와 있었다. 백성들이 모두 도망친 마을에는 인적이 없었다. 이인좌는 말과 칼을 버리고 흰 군복도 벗어 던졌다. 인근 산 쪽에 제법 큰 암자가 보였다. 마당으로 들어섰다. 별채에서 자그마한 체구의 중년 남자가 나타났다. 머리를 깎지는 않았으나 잿빛 승복 차림이었다. 그는 경계하는 눈빛으로 이인좌의 몸을 위에서 아래로 여러 차례 훑었다. 그러고는 합장을 하여 고개를 숙이면서 예를 표한 뒤 물었다.

"어디에서 오신 분이시옵니까?"

이인좌도 합장하여 예를 갖추며 대답했다.

"마을 근처에서 전쟁이 벌어져 근근이 도망쳐 나온 피난민이라오."

"그러시오니까? 이쪽으로 오시오."

남자가 이인좌를 안내하여 별채로 데리고 갔다. 별채 안에는 뜻밖으로 사람이 많았다. 대부분 여인과 아이들인 그들은 행색으로 보아 모두 피난을 온 사람들임이 분명했다. 이인좌를 한쪽 구석으로 데리고 가서 앉힌 사내가 통성명을 해왔다.

"나는 죽산에 사는 신길만(申吉萬)이라고 하오. 함자가 어떻게 되시오?"

여덟 해 전 개명하면서 쓰지 않던 본명이 머릿속에 떠올랐다.

"예. 소인은 안성에 사는 이현좌라고 하오이다."

신길만이라고 이름을 밝힌 남자가 잠시 눈을 껌뻑거리더니 실눈 끝을 꼬부려 웃음을 지으며 말했다.

"먼길 오느라고 얼마나 고단하시겠소. 잠시 쉬시오. 요깃거리를 좀 장만해서 다시 오겠소이다."

사내가 나간 뒤 방 안에 있던 아녀자들은 비로소 낯설어하는 눈빛을 거두었다. 쇳덩이만큼이나 무거운 피로가 몰려왔다. 이인좌는 앉은 채로 벽에 기대어 눈을 감았다. 잠도 아니고 꿈도 아니게 흉측스러운 장면들이 자꾸만 떠올랐다. 거사를 준비해온 동지들이 하나씩 목이 잘려나가는 모습이 차례로 나타났다. 이인좌는 도리질을 쳤다. 아니다. 이건 아니다. 이건 꿈이어야 한다.

여러 개의 거친 손들이 느닷없이 이인좌의 양팔과 다리를 잡았다. 이건 또 뭔가. 누구의 손인가, 꿈인가 아닌가. 눈을 뜨려고 애를 썼지만 마음대로 되지 않았다. 가까스로 눈을 뜨고 정신을 차렸을 때는 이미 온몸이 포박을 당해 있었다. 자신의 이름을 신길만이라고 밝힌 중년 남자와 머리를 깎은 대여섯 명의 중들이 둘러싸고 있었다.

"왜 내게 이러는 거요? 나를 포박한 이유가 무엇이오?"

하지만 아무도 입을 열지 않았다. 그들은 오히려 기다란 헝겊을 가져와 이인좌의 입을 틀어막아 뒷머리에다가 묶었다. 방 안에 있던 피난민들은 어디론가 사라지고 아무도 없었다. 신길만과 중들 모두가 달려들어 이인좌를 들어서 캄캄한 광 안으로 옮겼다. 이렇게 허무하게 끝나는 것인가. 정말 마지막인가……. 또다시 졸음이 쏟아졌다.

• • •

꽁꽁 묶인 채 소달구지에 실려 죽산에 진군한 토벌군 진영으로 끌려온 이인좌가 족쇄가 채워진 채 도순무사 오명항 앞으로 끌려갔다. 그 자리에는 먼저 끌려온 거사군 포로가 하나 있었다. 토벌군 병사들이 손이 뒤로 묶이고 족쇄를 찬 그 포로를 끌고 와 오명항 앞에 꿇어앉혔다. 머리를 풀어헤쳐 누군지 알아보기가 어려웠다. 군관이 의자에 앉은 오명항에게 다가가 귓속말을 했다. 오명항이 포로를 향해 큰 소리로 물었다.

"죄인은 고개를 들라. 네놈이 녹림당 반란군의 부원수 정세윤이 맞느냐?"

정세윤이라는 소리에 이인좌가 눈을 번쩍 뜨고 그쪽을 바라보았다. 정행민이 살아서 잡혔구나. 지켜보는 토벌군들 사이에서 '저놈을 당장 참수하라!'는 외침이 터져 나왔다.

"그렇다. 내가 바로 거사군의 부원수 정행민이다. 정세윤은 내가 진작 버린 이름이다."

"너는 대학자이신 정인지 대감의 후손이건만 어찌하여 무도한 반역에 주도적으로 참여하였느냐? 조상들에게 부끄럽지도 않은 것이냐?"

정행민이 얼굴을 빳빳이 치켜들었다. 분기가 철철 넘치는 그의 목소리가 카랑카랑 울려 나왔다.

"오명항은 충절의 미풍을 지키는 이 나라의 장수라는 이름이 부끄럽지 않느냐? 어찌하여 형을 죽인 아우를 도와 나라를 바로잡으려는 의사(義士)들을 잡아 죽이고 있는 것이냐?"

오명항이 흥분을 가라앉히려고 애를 쓰면서 타이르듯 말했다.

"적장에게 잡혀 온 반역의 주역이 어찌하여 입에 극악무도한 흥언을 함부로 담는 것이냐?"

정행민이 악을 쓰면서 대거리를 했다.

"부끄러움을 진정 알지 못하는 자는 그대 오명항이다. 지금의 왕이 정말 왕의 씨를 타고 났느냐? 그자가 이(李)가가 아니라, 김(金)가의 씨라는 진실을 아직도 모르느냐? 성리학의 나라 조선에서는 절대로 나타나지 말아야 할 천인공노할 일이 구중궁궐에서 일어났다. 엄연한 사실을 하늘이 시퍼렇게 알고 있거늘, 어찌하여 한 뼘 손바닥으로 그 하늘을 가리려고 하는 것이냐?"

살기를 바라는 일이 가당키나 하랴마는, 정행민은 이미 저승 가는 벼랑길에 올라선 사람처럼 단말마의 비명을 다 쓰고 있었다. 좌중의 소란은 이미 걷잡을 수가 없는 지경에 이르렀다. 군관 하나가 오명항 앞에 엎드렸다.

"소장 종사관 조현명(趙顯命), 더는 분을 참지 못하여 아뢰나이다. 차라리 귀를 자를지언정 저자의 참혹한 말을 들을 수가 없나이다. 당장 저 흉악한 자의 혀를 베어 씹어 먹도록 허락해주소서!"

그러자 주변의 군관들이 합창하듯 '저자의 혀를 자르소서!'하고 외쳤다. 오명항이 한동안 생각을 하더니 짧게 말했다.

"죄인의 혀를 자르고 능지처사(陵遲處死)하라!"

정행민이 다시 목청을 돋우어 소리를 질렀다.

"지금은 너희들이 나를 죄인이라 하나, 역사는 너희들을 기어이 죄인으로 기록할 것이다!"

그러나 거기까지였다. 여러 명의 병사들이 달려들어 정행민의 입을 벌리고 혀를 끄집어내어 단도로 순식간에 잘라버렸다. 그의 입에서 붉은 피가 폭포처럼 흘러내렸다. 이윽고 병사들이 그를 세워놓고 팔과 다리를 일부러 천천히 차례로 하나씩 잘랐다. 그럴 적마다 혀가 없는 그의 입에서 짐승의 울부짖음 같은 비명이 찢어질 듯 크게 들려왔다. 신음조차 낼 수 없는 지경에 이르자 병사들은 비로소 그의 몸통을 통나무처럼 세워놓고 목에 칼을 겨눠 휘둘렀다.

이인좌는 창자를 에는 고통 속에 눈을 감았다. 마음속으로 되뇌었다. 정 동지. 그대의 기개가 참으로 자랑스럽소. 어쩌다가 나 같은 어리석은 지도자를 만나 이렇게 허망하게 갔으니 너무나 면목이 없구려. 우리 저승에서 만날 때는 정말로 아름다이 어우러집시다. ……

이인좌의 차례였다.

"네가 진정 무신반란의 수괴 이인좌가 맞느냐?"

의자에 앉은 오명항이 저렁저렁한 목소리로 심문을 하기 시작했다. 온몸을 묶이고 족쇄까지 찬 이인좌가 그의 얼굴을 올려다보며 말했다.

"그렇소! 내가 바로 녹림당 거사군의 대원수 이인좌요!"

이인좌의 목청 또한 만만치 않았다. 당당한 모습으로 오명항을 똑바로 쳐다보고 있었다. 풍채가 좋은 오명항의 얼굴은 길고 검었다. 마마를 앓은 듯 얼굴에 곰보 자국이 많았으나, 큼직큼직한 이목구비에서 워낙 기가 번뜩거려 위엄이 철철 넘쳐흘렀다. 마마 자국이 오히려 비범한 기운을 보태고 있었다.

"이제 너희들의 가당찮은 반역은 모두 끝났느니라. 어찌하여 반란을 꾀하였는지, 누구누구와 모의하였는지 실토할 용의는 없느냐?"

이인좌가 얼굴에 피식 웃음을 띠었다. 그러고 나서 큰 소리로 말했다.

"내가 대업을 채비해온 지난 팔 년 동안 술을 끊었지만, 오늘은 문득 한잔하고 싶구려. 시원한 막걸리나 한 사발 주시오."

오명항이 손짓으로 이인좌의 청을 들어주라고 지시했다. 군관 하나가 곁에 있던 호리병을 기울여 사발 가득 술을 따라서 이인좌의 입에 갖다 댔다. 이인좌는 한 방울도 남기지 않고 쭉쭉 소리를 내며 막걸리를 마셨다. 그러고는 말했다.

"나는 산골에서 글이나 읽던 사람이오. 사람들 하는 말이 바르고 옳아서 거사에 나섰다가 일이 틀어져 이렇게 죽게 됐소. 나만 죽으면 그만인데 가담자들을 모두 고해바치면 누가 나를 의사(義士)라고 하겠소이까. 어서 죽여주기를 바라오."

말을 마친 이인좌가 눈을 감고 입을 굳게 다물었다. 주변에 도열해 있던 토벌군 군관들이 누가 먼저랄 것도 없이 "저놈을 당장 참수해야 한다.", "능지처사해야 마땅하다." 하고 외치기 시작했다. 개 중에 한 군관이 이인좌를 향해 돌을 던졌다. 날아온 돌이 이인좌의 산발한 머리에 꽂히면서 피가 튀었다. 오명항이 자리에서 벌떡 일어나 소리쳤다.

"멈추어라! 나라의 녹을 먹는 무관으로서 주상전하의 죄인을 사사로이 형벌하는 것은 역적질이나 매한가지다. 녹림당의 수괴는 토벌군이 가벼이 다루어도 되는 하찮은 죄수가 아니다. 절차에 따를 것이니 군관들은 모두 자중하라!"

오명항이 종사관 조현명을 불러서 귓속말을 주고받는 모습이 보였다. 그러고는 의자에서 일어나 소리쳤다.

"죄인을 임시 옥사로 옮겨라!"

조현명이 병사들을 데리고 와서 이인좌를 함거(檻車. 우리 수레)에 싣고는 거칠게 끌고 갔다. 피를 본 상어 떼처럼 군관들이 다시 외치기 시작했다.

"이인좌를 능지처사하옵소서! 저자를 죽이옵소서!"

야전 임시 옥사라는 곳에 도착하니 묶여있는 포로들이 한둘이 아니었다. 굴비처럼 엮인 포로들로부터 멀찌감치 떨어진 곳에 이인좌의 함거를 끌어다 놓은 조현명과 군사들은 일반 포로 중에서 누군가 하나를 따로 풀어서 거칠게 끌고 갔다.

시간이 한참 흐른 뒤였다. 눈을 감고 회한에 빠져있는데, 병영 쪽에서 '와아!' 하는 함성이 들렸다. 어렵사리 눈을 뜨고 바라보니 거기 누군가의 수급이 장대 끝에 매달려 있고, 그 밑에 커다란 이름표가 붙어 있었다. 날이 어둡고 거리가 멀어서 글씨를 제대로 읽을 수는 없었다. 누군가가 큰소리로 외쳤다.

"역적수괴 이인좌가 죽었다!"

그리고 또다시 '와아' 하는 함성이 들려왔다.

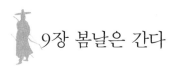

9장 봄날은 간다

관복 차림의 사내 하나가 군관 박경봉(朴慶奉)과 함께 우마차 함거 앞으로 왔다. 확실하지는 않았으나 수원 어디쯤으로 어림 되는 지역이었다. 한밤중에 장항령(죽산 일대)을 벗어나 한양을 향해 숨 가쁘게 달려가던 길이었다. 호송대가 지친 말과 군사들을 잠시 쉬게 하면서 허기를 메우고 눈을 붙이도록 하기 위해 멈추어 있었다. 박경봉을 뒤따라온 군사 하나가 들고 온 개다리소반을 내려놓고 물 사발과 주먹밥을 함거 창살 사이로 들이밀었다.

"다들 삼십 보 밖으로 물러서서 경계하라!"

박경봉이 함거 경비 군사들에게 명령했다. 함거를 에워싸고 있던 경비병들이 고개를 한 차례 숙이고는 자리를 옮겨갔다. 경비병들이 모두 물러간 것을 확인한 박경봉은 주변을 다시 한번 훑어본 후 자리를 비켰다.

관복의 사내는 이인좌의 얼굴을 자세히 들여다보며 잠시 멍한 모습이었다. 상투를 풀어헤쳐 흘러내린 봉두난발 속에 드러난 이인좌의 얼굴 안에서 태양보다 더 강렬한 눈빛이 이글거렸다. 비록 양 발목에 쇠뭉치 족쇄가 채워지고 목에 칼을 쓰긴 했지만 이인좌는 큰 몸집으로 허리를 꼿꼿이 세운 채 호랑이 같은 기운을 불끈불끈 발산했다.

이인좌가 관복 차림의 사내를 향해 찢어진 눈을 치떴다. 숯덩이처럼 검고 굵은 눈썹이 실룩거렸다.

"뉘신지 모르지만, 토설을 기대하고 왔다면 헛고생일 것이오. 무슨 짓을 해도 소용없을 터."

사내가 오히려 당황하고 있음이 분명했다. 이인좌의 전신에서 뿜어 나오는 세찬 기개가 그의 몸을 사정없이 강타했다. 사내가 함거에 한 발짝 더 다가서며 말했다.

"초면이라 당연히 모르실 것이오. 나 기은(耆隱)이라는 사람이오만."

사내의 음성에 여린 진동이 섞여들었다. 기은? 이인좌의 뇌리에 스치는 이름이 있었다. 눈을 크게 열고 동년배쯤으로 보이는 사내를 찬찬히 살피던 그가 목소리를 한층 누그러뜨렸다.

"정녕 별견어사란 말이시오?"

"그렇소. 나 기은 박문수(朴文秀) 맞소이다."

이인좌는 눈을 크게 뜨고 자신을 기은이라고 밝히는 자의 얼굴을 살폈다. 경상도에서 들은 말들이 떠올랐다. 경상도에서 박문수는 영웅이었다. 거기 사람들은 영남 별견어사 박문수라는 이름을 하늘이 내린 은인으로 기억하고 있었다. 신분을 은닉한 채 곳곳에서 신출귀몰하는 활약으로 백성들을 수탈하는 탐관오리들을 찾아내어 추상같이 징치한 그의 전설 같은 일화들은 경상도 백성들의 큰 화젯거리가 되어 나돌았다.

"박 어사를 한번이라도 상면할 날이 있기를 고대해왔는데, 어쩌다가 나의 운이 다해가는 날에 이런 낭패스러운 모습으로 조우하게 됩니다그려. 민망하기 짝이 없소."

"내 사사로이 그대를 알지는 못하나, 오늘 이렇게 만나 보니 과연 범상한 인물이 아니구려. 내가 지금 이 함거 안에서 타오르는 시뻘건 불덩어리 하나를 보고 있소."

"병조판서 모암(오명항) 대감이 의금부판사 겸 도순무사로 나섰다는 말은 들었지만, 박 어사께서 함께 왔다는 소문은 미처 듣지 못했소. 오명항 대감과 마찬가지로 우리는 소론 한 뿌리 아니시오? 그런데 어떻게 봉기군을 막아서는 진압군에 이같이 동패들이 모두 앞장선 것이오니까?"

박문수가 곧바로 답변했다.

"전하께서 모암 대감이나 이 몸을 토벌군 지휘부로 발탁하신 뜻이 따로 있지 않겠소이까? 그대들이 품고 있는 오해를 빨리 풀어주어 안정시키라는 뜻이 아닌가 헤아리고 있소."

이인좌가 입가에 쓸쓸한 웃음을 흘렸다.

"오해라 하셨소이까? 어디까지가 오해고 어디까지가 참인지 박 어사께서는 정녕 다 알고 계시오니까?"

박문수가 긴장을 다소 낮춘 목소리로 말했다.

"뉘라서 난마처럼 얽힌 정치 세계의 진상을 속속들이 다 알겠소이까? 하지만 적어도 대의를 세우려면 증거가 뚜렷한 사실만을 근거로 삼는 것이 선비로서 옳은 자세가 아니오리까?"

이인좌가 미간을 찌푸리며 얼굴을 일그러뜨렸다.

"그건 비겁하게 포장한 변명에 불과한 것이오. 금상이 선왕을 시해했다는 폭로는 한낱 풍설에 머물러 있지 않은 명명백백한 진실 아니오니까? 그 애통한 비극에 대한 신빙성 있는 증언과 증좌들은 이미 허다하지 않소?"

박문수가 바짝 긴장한 표정을 지었다. 이인좌의 서릿발 같은 눈빛에 찔려 한참 동안이나 말을 잇지 못했다. '시해'라는 단어가 그의 신경을 날카롭게 자극하고 있음이 분명했다.

"아시다시피 당쟁의 와중에 일어나는 풍문이 모두 다 참이더이까? 대중의 어리석음을 파고드는 유언비어는 부지기수이지요. 떠도는 말들을 다 믿자 하면 어디 제정신 가누고 살아가기나 하겠소이까?"

"그렇다면 경종대왕 즉위년에 일어난 시해 음모 사건은 어떻소이까. 박 어사께서는 목호룡(노론의 경종독살 사건을 폭로한 지관)의 고변을 그예 믿지 않소이까?"

박문수가 더욱 긴장한 표정을 지었다.

"믿기 어려운 일 아니겠소. 그건 이미 무고로 드러나 시비곡직이 가려진 일 아니오?"

"경종대왕을 시해하기 위해 궁녀들에게 독을 먹여 시험까지 했다는 사실이 드러났는데도 덮어버린 진실을 아주 모르지는 않을

터. 이 땅의 선비로서 그런 비리를 모른 척하는 것이 어찌 바른길이겠소. 어사께서는 무소불위의 권력이 만들어낸 이야기들이라면 빠짐없이 다 믿소이까?"

"역사는 승자의 것이오."

"그런 말 역시 승자의 비열한 논리일 따름이오이다. 역사는 진실을 알고 진실을 말하는 자의 것이어야 하오."

박문수가 말을 끊고 떠오른 말을 할까 말까 망설이는 표정을 잠시 지었다. 그러던 끝에 이인좌에게 물었다.

"선왕(경종)께서는 왜 자신을 독살하려고 했다는 이복동생(영조)의 혐의를 끝까지 밝히지 않았을지 한번 생각해보았소?"

"그거야말로 난해한 수수께끼요. 궁녀들을 조사하기만 하면 흉측한 음모의 진상이 백일하에 드러날 시점에 선왕께서 차일피일 미루다가 덮어버린 일은 지금도 그 심중을 다 헤아리기가 어렵소."

박문수가 조심스러운 목소리로 말했다.

"내 생각이긴 하오만, 그게 바로 왕가(王家)의 대승적인 용단이 아닐까 하오. 결국은 종묘사직을 염려한 결론일 것이오. 옥체가 워낙 미령하시니 수명에 대해서도 느끼는 바가 없지 않은 형편에서, 세제(영조)의 임금 시해 음모를 기어이 밝혀내면 종묘사직이 위태로워진다고 판단하셨을 것이오. 이미 권력 기반이 튼튼한 세제 말고 대안이 없다고 생각하셨을 수도 있는 것 아니겠소?"

"아무리 그렇다고 해도 왕의 씨도 아닌 종자에게 왕통을 잇도록 놓아둔다는 게 말이 되오이까?"

박문수가 너무 놀란 나머지 말을 곧바로 받지 못했다.

"벽서에서 본 흉언과 똑같은 발칙한 말이구려. 차마 듣고 있기가 민망하오이다."

"과하게 들렸다면 송구하오. 평소에 존경해온 분 앞이거늘, 죽기를 기다리는 처지라 흉중의 말을 삼키기가 어렵구려."

박문수는 함거 안으로 손을 뻗어 좀 전에 군사가 넣어놓고 간 물그릇을 들어 올려 이인좌의 입에 갖다 대고 기울였다. 그의 손이 떨리고 있었다.

"입술이 하얗게 탔구려. 갈증이나 좀 끄시오."

박문수의 의중을 살피던 이인좌가 살짝 목례를 한 후 물그릇 가장자리를 빨기 시작해 한 사발을 다 비웠다.

이인좌가 말했다.

"미안하지만, 내 눈에는 다 보이오. 영의정 이광좌 대감과 오명항 대감을 비롯한 토벌군에 나선 우리 소론 사람들 모두 토사구팽(兎死狗烹)의 길을 갈 것이오."

"사냥이 끝나면 끓는 솥에 던져질 것이란 말이요?"

"그렇소. 제아무리 나무가 그러하지 않으려고 한들 바람이 끝내 가만두지 않을 것이오. 두고 보시오. 반드시 그리될 것이니."

이인좌의 장담에 박문수가 듣기 거북해하는 낯빛으로 잠시 눈을 껌벅거렸다. 그러고는 화제를 바꿨다.

"녹림당이 주장하는 바를 아주 모르는 바는 아니나, 이렇게 함부로 난을 일으킬 일은 아니지 않겠소이까?"

이인좌가 혀로 입술을 한 차례 핥은 뒤 말했다.

"지난 백여 년 동안 어디 이 나라가 온전했소? 그 끔찍한 왜란과 호란을 당해 수십만 백성들의 피를 바치고도 왕실과 위정자들이 제정신으로 나라를 이끌어왔소? 조선은 예나 지금이나 무고한 백성늘에게는 생지옥이오."

"나 역시 그 말에 공감하는 바가 없진 않소. 하지만 때로는 나라의 보전을 위해서는 견뎌야 할 모순도 있지 않소이까. 세상의 이치가 어디 숫자처럼 더하고 빼서 맞춘 듯 모두 딱딱 떨어집디까? 질러가는 길도 있지만, 돌아가는 일이 더 지혜로운 경우도 있는 법 아니겠소."

이인좌가 갑자기 목소리를 높였다.

"주려 죽고 맞아 죽고 억울해 죽는 백성들이 삼천리강산에 널렸는데, 언제까지 그렇게 하고한 날 핑계나 대며 미루자는 것이오?"

그러나 박문수는 오히려 침착하게 목소리를 낮추었다.

"그래서 녹림당이 기어이 만들고자 하는 세상은 어떤 세상이오니까? 가내 노비들을 방면했다 들었소."

"노비들에게 자유를 주고 원하는 자에게는 고공(고용 관계)의 율을 적용하기로 한 것이오. 나는 조선을 지옥으로 만드는 것은 바로 노비세습제도라고 생각하오. 호구지책의 이유로 현상 유지를 원하는 노비들에게 나는 솔거나 외거의 선택권을 주었소."

"신분제를 타파하겠다는 생각이신 모양이구려."

"그러하오이다. 노비세습제는 물론 반상(班常) 구분 자체가 폐지돼야 하오."

"과격하오이다. 그렇게 해서야 이 나라가 어찌 부지하겠소?"

"'일천즉천(一賤則賤. 부모 중 한쪽이 천하면 그 자식도 천민이 되는 것)의 원리'도 '천자수모(賤者隨母. 어미가 천하면 자식도 천민이 되는 것)'의 원칙도 다 틀렸소. 양반들이 여비(女婢. 여종)들을 취해 자식을 낳게 하는 것은 노동력을 확보해 재산을 늘리기 위한 악덕에 지나지 않소. 힘을 가진 자들이 염치없게도 권력은 한없이 늘려가려고 하면서 나라에 대한 의무는 줄여왔소. 병역문제에서부터 사달이 나고 있지 않소이까. 이 나라는 계급 때문에 무너지게 돼있소. 머지않아 천노들이 구할(九割)이 넘게 될 것이고, 나라의 불안정성은 극에 달할 것이오. 불행은 충분히 예측되는 일 아니오니까?"

"일리가 있는 말씀이긴 하오만, 하루아침에 다 바꾸기는 어렵지 않겠소? 혼란이 극에 달할 것인데 조정과 관료들은 물론 백성들 모두 감당키 어려울 것이오."

"혁신은 결코 서서히 이룰 수 있는 일이 아니오. 개 꼬리를 자를 일이 있다면 한꺼번에 잘라야지 설 잘랐다가는 개에게 물리기가 십상인 법이지요. 점진적으로 하자면 관료들과 사대부가 기득권을 지키기 위해 온갖 몹쓸 짓을 다 할 것이오. 뜻과 이익에 맞지 않으면 다른 사상을 가진 유자(儒者. 유학자)들을 악착같이 역모로 몰아 숱하게 죽여온 나라가 이 나라 아니오? 나의 처조부 되시는 백호(윤휴) 어른이 마지막으로 남긴 말씀처럼 유자의 이론을 쓰지 않으면 그만일 터인데, 피비린내 나는 당쟁의 관성에 빠져 죽이고 죽는 나라가 바로 이 나라 아니오니까?"

"사상이 다르면 전쟁이 일어나기 때문 아니겠소이까. 역사가 이를 여실히 증명하고 있지 않소."

"사상은 미래에 대한 상상 설계도 같은 것이오. 권력의 도구로 사용할 때 전쟁이 일어나지만, 학문의 영역에서 철저히 보호하면 오히려 나라의 보물이 될 수도 있소. 그래, 백호 어른을 죽여서 이 나라가 얻은 게 뭐요?"

"정치 권력의 충돌에서 피를 보는 일은 설명이 불가한 일 아니겠소이까. 그 근원을 어디서부터 어떻게 따지리까?"

"우암(송시열)의 '풀을 제거하려면 반드시 뿌리를 제거해야 한다'는 살기가 백호를 죽게 만들었는데, 천지의 근간인 풀을 하찮게 여기는 철학이야말로 천박한 학문이라고 생각하오. 풀은 결코 제거되지도 않지만, 제거하려고 해서도 안 되는 대자연의 근본이요."

박문수가 잠시 말을 멈춰 생각을 가다듬고는 물었다.

"아까 신분제 타파를 말하다가 병역문제에서부터 사달이 나고 있다고 했는데 군역의 문제를 말하는 것이오?"

"그러하오. 지금처럼 천민이 계속 늘어나 군역이 무너지면 국방은 속절없이 무너지게 돼있지 않소. 군역을 맡을 자원이 없는데, 조정에서 간신들이 궤변만 늘어놓으면 국경이 저절로 지켜지리까?"

"대안은 무엇이오?"

"신분제 타파와 동시에 토지제도를 함께 바꿔야 하오. 토지를 지급받는 자는 반드시 병역의 의무를 지게 하고 또 병역의 의무를 지는 자는 반드시 토지를 지급받게 되어야 하오."

"병농합치(兵農合致)를 말하는구려. 혹여 반계(실학 사상가 유형원의 호)

를 읽었소?"

"그렇소이다. 반계 선생의 개혁 사상 실천에서 나는 지름길을 보고 있소."

"나 역시 나라를 경영함에 있어서 반계의 실학은 매우 소중한 지침의 하나라고는 생각하오."

"그렇다면 하루라도 빨리 실현하자고 주장하는 것이 나라에 대한 충성 아니겠소이까?"

"정책은 현실적이어야 하오. 하루아침에 그런 과격한 시책으로 나랏일을 바꾸자고 하는 것은 만용이오."

"기득권자들의 교졸한 논리에 불과하오. 교활한 변명이라는 말이오. 피폐한 백성들을 진정으로 긍휼히 여기지 않는 탐욕한 자들의 핑계일 따름이오. 백성들은 날마다 무더기로 죽어가고 있는데, 위정자들은 권력을 공유하고 누리기 위한 잔꾀들만 연구하고 있지 않소이까?"

그때 토막잠에 빠진 호송 군사들을 깨우는 뿔 호각 소리가 들렸다. 군관 박경봉이 다가왔다.

"종사관 나리! 곧 출발할 것이오니 채비하소서."

"알겠네."

군관이 돌아서자 박문수가 이인좌에게 말했다.

"더 들을 기회는 없겠으나 생각해볼 말들이 많았소."

그의 눈빛에 안타까움이 그득했다.

• • •

　여기는 어디인가. 피투성이 모습으로 목에 칼을 찬 이인좌가 눈을 떴다. 사방을 둘러보니 다리통만 한 소나무 둥치 창살이 사방을 에워싸고 있다. 내금위 옥사로구나. 인두로 지져댄 허벅다리와 가슴이 또다시 바늘로 찌르는 듯이 아려왔다.

　한양에 도착하자마자 형리들은 다짜고짜 형신을 가했다. 아무것도 묻지 않았다. 형틀에 묶어놓고 다짜고짜 붉은 몽둥이로 두들겨 패는 주장당문(朱杖撞問)부터 시작했다. 금위대장(禁衛大將. 조선군 금위영의 종2품 무관직)이 찾아와 형리들에게 으름장을 놓았다.

　"쉬지 말고 형신을 가하라. 하지만 절대로 숨이 끊어지면 안 된다. 만약 잘못하여 죄인의 숨이 떨어지는 날엔 너희들도 모두 목숨을 부지하기 어려울 것이다."

　다음에는 가위주리를 틀었다. 고통은 신음을 참지 못하게 했다. 이어서 시뻘건 화로 위에는 세 개의 인두를 번갈아 가며 낙형(烙刑)을 가했다. 이인좌는 고통을 견디지 못해 신음을 토했지만, 결코 천박한 비명을 놓치지는 않았다. 압슬형(壓膝刑)으로 넘어갔다. 사금파리 파편 위에 무릎을 꿇려놓고는 그 위에 판자를 대고 옥리들이 차례로 올라타고 굴렀다. 통증을 삼키느라고 깨문 입술에서 피가 흘렀다. 이윽고 입안에서 깨무는 힘을 못 견딘 어금니가 부서지고 흔들렸다. 나는 혁명에 앞장선 대원수다. 이렇게 끝이 날지라도 품위를 잃어서는 안 된다. 뼈마디가 뒤틀리는 아픔 속에서도 이인좌는 의기를 잃지 않기 위해 눈을 부릅뜨고 고신에 나선 형리들을 노려보았다.

. . .

　시각을 가늠할 수 없는 오밤중에 갑옷 차림의 금위대장이 칼집 부딪치는 소리를 내며 옥사로 왔다. 모진 낙형으로 인해 상한 넓적다리와 가슴에서 쥐어짜듯 쿡쿡 쑤셔오던 통증이 조금 잦아들면서 막 졸음이 덮치기 시작할 즈음이었다.

　"죄인의 팔을 뒤로 묶고 목에서 칼을 풀어라!"

　옥문을 열고 들어선 내금위장이 곁에 있는 옥리들에게 명했다. 옥리 두 명이 무릎을 굽히고 다가앉아 이인좌의 양손을 뒤로 돌려 밧줄로 단단히 묶었다. 그러고 나서 목 뒤쪽 칼 머리에 꽂혀있는 비녀장을 뽑았다. 이인좌가 고개를 흔들어 졸음을 털고는 눈을 들어 내금위장을 올려다보았다. 어디로 끌고 가려는 것일까. 잠시 의문을 품고 있는 사이에 내금위장은 마치 쇠를 갈아내는 것 같은 차가운 목소리로 다시 명령했다.

　"죄인을 엎어라!"

　그러자 옥리들이 이인좌의 몸을 거칠게 앞으로 밀어 엎어뜨리고는 그 위에 올라탔다. 도대체 이 자들이 무슨 짓을 하려는 것일까. 이인좌는 눈동자를 굴리며 살피고 있었다. 금위대장이 옆구리에서 단도를 뽑아 들고 이인좌의 발 쪽으로 허리를 굽히는 것 같았다. 낫칼[겸검鎌劍]이었다. 다음 순간 이인좌의 오른쪽 발목 뒤꿈치 쪽 종골건(踵骨腱. 아킬레스건)에서 선뜩한 칼침 기운이 느껴졌다.

그러고는 잇달아 왼쪽 발목에서도 같은 느낌이 왔다. 시차를 두고 예리한 통증이 양 발목에서 시작돼 종아리를 타고 벼락같은 속도로 솟아올랐다. 이인좌가 고통을 참지 못하고 끄응 하고 신음을 냈다.

"피가 흐르지 않도록 발목을 단단히 묶어 매라."

금위대장이 몸을 일으키며 소리치듯 말했다. 그의 손에 들린 낫칼에 핏빛이 선연했다. 함께 온 병사들이 들고 온 보자기를 풀어 물건들을 꺼냈다. 그들은 피가 철철 흐르는 이인좌의 발목에 무슨 가루를 잔뜩 뿌리고는 헝겊으로 꽁꽁 싸맸다. 담배 냄새가 났다. 양쪽 발목이 아주 끊어진 듯 통증은 줄어들 줄을 몰랐다. 이인좌가 아직 신음을 뱉고 있을 동안 병사들은 좌우에 두 명씩 붙어 서서 양팔을 껴안아 일으켜 세웠다. 발목에 힘을 주어 발을 디뎌보려고 했으나 기능을 상실한 두 발은 힘없이 덜렁거리기만 했다.

"자, 가자!"

금위대장이 소리치며 앞장서서 옥문을 나섰다. 도대체 이 자들이 무슨 짓을 하려고 이러는 것일까. 이인좌는 발목으로부터 번져 오르는 세찬 통증을 어금니로 누르며 가쁜 숨을 몰아쉬었다.

• • •

궁중 별실로 끌려 나온 이인좌의 몰골은 말이 아니었다. 팔은 뒤로 묶여있고 종골건이 싹둑 끊겨 발은 쓸모를 잃었다. 병사들이 거의 떠메다시피 하고 별실 문턱을 넘은 이인좌가 어디쯤에선가 내동댕이치듯 꿇어앉혀졌다.

　열 발자국쯤 떨어진 앞쪽 높은 의자에 붉은 도포 차림의 누군가가 앉아있었다. 이인좌의 바로 옆에 선 금위대장은 경계하는 눈빛으로 칼자루를 쥔 손에 힘을 주었다. 임금(영조)이었다. 이인좌의 흐린 눈에, 한 번도 제대로 본 적이 없는 왕의 모습이 들어왔다. 순간 숨이 턱 막혀왔다. 저자가 임금이란 말인가. 저자가 정녕 내가 기필코 끌어내려 처단하려고 나선 가짜왕자 연잉군이란 말인가. 호흡이 곧 멎을 듯 가빠졌다. 눈을 치켜뜨고 왕을 쳐다봤다.

　"죄인은 고개를 숙이지 못할까!"

　금위대장이 불호령을 치며 칼 손잡이로 꿇어앉은 이인좌의 목을 거칠게 내리눌렀다. 전에 없이 우렁찬 목소리였다. 고개를 쳐드는 이인좌에게 호통을 친 그는 임금의 눈치를 살폈다. 이인좌가 입을 실룩거리며 비식 하니 실웃음을 흘렸다.

　"고개를 들게 놔둬라. 어찌 생긴 놈인지 나도 좀 봐야겠다. 저놈 얼굴에 불을 비춰라"

　임금의 말에 저만큼 서 있던 시녀 하나가 등롱을 들고 다가와 이인좌의 얼굴에 들이댔다. 한참 동안 이인좌의 얼굴을 내려다보던 왕의 입에서 어험 하는 헛기침 소리가 흘러나왔다.

　이인좌가 갑자기 목을 캑캑거렸다. 물 한 모금 제대로 먹지 못한 채 국문을 당하느라 말라비틀어져 가는 식도가 긴장으로 옥죄어들었다.

　"마실 물을 갖다 주어라. 들을 말이 많다."

　임금이 말하자 저만큼 서 있던 다른 시녀 하나가 호리병을 기울여 사발에 물을 따라 들고 와서는 금위대장에게 넘겨주었다. 금위대장이 한 손으로 이인좌의 산발한 머리끝을 잡고 다른 손에 들린 물 사발 가장자리를 입에 대고 기울였다 이인좌는 걸신들린 것처럼 쭉쭉 소리를 내며 물을 마셨다. 그 모습을 무표정하게 내려다보고 있던 왕이 노기 서린 목소리로 물었다.

"반란 괴수 이인좌가 맞느냐?"

이인좌가 안간힘을 다해 감기는 눈을 부릅떴다.

"나는 반란을 일으킨 적이 없소. 전대미문의 패륜 군주를 처단하고 국운을 바로잡기 위해 봉기한 녹림당의 대원수일 따름이오."

금위대장의 칼자루가 다시 한번 이인좌의 목을 세차게 눌렀다.

"이놈이 무슨 말을 지껄이는 것이냐? 정녕 혓바닥이 잘리고 싶은 게냐? 상감마마께 예를 갖추어 답하지 못할까?"

왕이 차분한 어조로 꾸짖듯 말했다.

"금위대장은 죄인으로부터 한 발짝 비켜서라."

금위대장은 즉각 이인좌로부터 한 발 옆으로 떨어져서 임금에게 몸을 조아렸다. 왕이 다시 문초를 이어갔다.

"너는 어찌하여 무모한 반란을 일으켜 온 나라를 어지럽히는 것이냐? 네가 정녕 역적 괴수가 아니란 말이냐?"

이인좌가 비로소 제 목청을 찾아 우렁찬 목소리를 냈다.

"나는 만백성의 뜻을 대신해 나라를 구하고자 나선 거사의 대원수일 따름, 반란의 괴수라니 터무니없소."

듣고 있던 금위대장이 나서서 더는 못 참겠다는 듯 왕에게 말했다.

"전하! 이 흉악무도한 작자에게 친국이라니 가당치 않사옵니다. 당장 물리치심이 가한 줄 아뢰옵니다."

임금은 금위대장의 말을 들은 둥 만 둥 하면서 또다시 이인좌에게 질문을 던졌다.

"다시 묻겠다. 네가 정녕 반란의 우두머리가 아니란 말이냐? 그럼 도대체 누가 주모자란 말이냐?"

발목 뒤쪽의 상처에서 시작된 세찬 통증이 꿇어앉은 다리에 경련을 일으키며 온몸으로 솟구쳐 올랐다. 이인좌는 눈을 질끈 감고 어금니를 으스러지도록 강하게 깨물었다. 그러고는 한참 만에야 입을 열었다.

"굳이 이번 거사에 수령이 있다면 그분은 바로…… 아계 김일경 대감일 것이외다!"

왕은 '아계'라는 발음을 듣자마자 자리에서 벌떡 일어났다. 일순 궁중 별실 안으로 뜨거운 기운이 폭발하는 듯했다. 이만큼 떨어진 곳에 있는 이인좌의 눈에도 말문이 막힌 임금의 손이 부들부들 떨리는 것이 보였다. 이인좌의 뇌리에 왕 앞에서 추국을 받는 동안 끝까지 당당했던 아계 대감의 장엄한 최후에 대한 전언들이 주마등처럼 흘렀다.

금상이 즉위하던 해 섣달 초순이었을 것이다. 왕의 모진 문초 앞에서도 아계 대감은 한 번도 '저[의신矣身]'라고 하지 않고 떳떳한 얼굴로 '나[오吾]'라고 했다고 전해 들었다. 대감은 공초 때마다 "나는 선왕(경종)의 충신"이라면서 조금도 주눅이 들지 않은 채 "나를 시원하게 죽이라."고 외쳤다는 말도 들었다. 선왕을 악랄한 수법으로 독살하고 용상에 오른 금상에게 끝내 부대시참(不待時斬, 법으로 정한 시기를 기다리지 않고 참형을 집행하는 일)을 당하고, 자손들까지 절멸해버린 아계 대감의 한을 생각하니 이인좌는 불현듯 치솟아 오르는 섦으로 치가 떨렸다.

한동안 뜨거운 침묵이 이어졌다. 금위대장이 왕의 눈치를 보며 하명만 있으면 금세라도 칼을 뽑을 기세로 이인좌를 노려보았다. 흥분을 미처 삭이지 못한 그는 식식거리다가 기어이 어금닛소리를 내어 윽박질렀다.

"천하에 무도한 놈! 기어이 아가리를 찢어야 예를 갖출 것이냐?"

이인좌가 금위대장을 향해 산발 속에 반쯤 가려진 눈을 날카롭게 치떴다. 충혈이 가득한 흰자위를 뚫고 눈동자에서 송곳 같은 광채가 직선으로 뻗어 나오고 있었다.

분노를 웬만큼 가라앉혔는지 임금이 다시 의자에 앉았다. 그러고는 앞에 놓인 탁자 위에 있던 두루마리를 펼쳤다. 그러고 나서 주변에 있던 나인들에게 말했다.

"금위대장만 남고 별실에서 모두 물러가라."

별실 안에 서 있던 예닐곱 명의 나인들이 모두 뒷걸음질 쳐서 방을 나갔다. 왕이 목소리를 조금 낮춰서 이인좌에게 물었다.

"밀풍군 이탄(소현세자의 증손)을 새 임금으로 옹립하기로 모의했다고 들었다. 사실이냐?"

"거사 동지들 중 그런 말을 한 자가 있긴 하나, 밀풍군 합하와 대면하여 상의한 바는 일절 없소."

"왜 하필이면 이탄이냐?"

"조선을 진정 사람의 나라로 만들고자 했던 통한의 왕세자 소현세자님의 혈통을 찾자는 뜻에서 모의 중에 그런 주장이 나왔을 따름이오."

"그 말이 나온 것만으로도 효종대왕 이래의 왕통을 부정하는 대역죄다."

"나는 소현세자께서도 경종대왕과 매한가지로 독살되셨다는 것을 믿어 의심치 않소이다. 소현세자께서는 청나라에서 부국강병의 길을 다 찾아 들고 오셨소. 그런데 나라의 번영은 뒷전이고 오직 일신의 영달을 위해 혈안이 된 역적 대신들이 인조대왕을 현혹해 소현세자를 죽였다는 참혹한 진실을 믿고 있소이다. 감히 누가 충신을 칭하고, 누가 역적을 논하겠소?"

왕이 앞에 놓인 두루마리를 살피며 다시 물었다.

"또 묻겠다. 지난 정월 서소문에 걸린 괘서에 대해서 아는가."

임금의 본격적인 문초에 이인좌가 헛웃음을 흘렸다. 그의 목소리는 더욱 단단해져 있었다.

"사통(私通)으로 태어난 사생아가 왕자가 되고, 나아가 세제에 올라 이복형인 임금을 사악한 방법으로 독살하고 옥좌에 오른 천인공노할 비사를 백성들 앞에 낱낱이 밝힌 그 괘서 말이오?"

금위대장이 더는 못 참겠다는 듯이 달려들어 주먹으로 이인좌의 머리통을 한 차례 거칠게 내리치고는 임금에게 말했다.

"참으로 보고 듣기 민망하옵니다. 더는 이 흉악무도한 괴수의 말을 귀에 담자 하지 마옵소서."

왕이 다시 금위대장의 말을 막았다.

"금위대장은 문초에 끼어들지 말고 잠자코 있으라. 역도의 수괴이니 그 생각과 반란의 전말을 들어야겠다."

금위대장이 허리를 굽혔다.

"명을 받잡겠나이다."

금위대장이 두 발짝 뒤로 물러서자 임금이 다시 물었다.

"괘서에 적힌 흉측한 내용을 꿰는 것을 보니 관계하였다는 뜻이로구나."

"그러하오. 괘서 일은 모두 내가 한 일이오."

"도대체 그런 해괴망측한 말들은 누가 지어낸 것이냐?"

어느새 왕의 목소리가 한층 더 높아져 있었다. 이인좌는 다시 한번 입가에 싸늘한 웃음을 머금었다.

"천지신지자지아지(天知神知子知我知. 하늘이 알고 귀신이 알고 또 그대도 나도 다 아는 일)이건만. 연잉군께서 그렇게 말하니 참으로 가소롭소. 괘서의 내용은 이미 그 죄상이 다 드러난 어김없는 사실들이니 일부러 지어낸 말이 따로 있을 까닭이란 추호도 있지 않소."

임금이 다시 자리에서 벌떡 일어났다. 인내의 한계에 다다랐는지 어깨를 부들부들 떨다가 끝내 끄응 하는 신음까지 냈다. 이인좌가 어금니를 물고 발악하듯 쉰 목소리로 외쳤다. 그의 말은 이미 산 사람의 발음이 아니었다.

"내가 무슨 말을 하든지 그대들이 쓰고 싶은 대로 다 쓸 터이니 묻는 말도 따지는 말도 다 부질없지 않소이까. 비록 나는 불민하여 이렇게 사로잡혀 죽게 됐지만, 전국으로 퍼진 혁명의 불길은 멈추지 않을 것이오. 그러니 백성들 앞에 석고대죄하고 당장 왕좌를 비워 죄를 씻으시오!"

· · ·

아계 대감의 마지막도 정녕 이랬을까. 궁중 별실로 끌려가 왕 앞에서 할 말을 다 쏟아낸 이인좌는 조금은 후련해진 느낌으로 내금위 옥사로 다시 끌려왔다. 계획대로 그를 용상에서 끌어내려 만백성 앞에서 단죄하고자 했던 대의는 무너졌고 처참한 종말이 기다리고 있었다. 낫칼에 싹둑 잘린 발목 뒤 종골건에서 불끈불끈 파동을 일으키는 통증이 고통을 점점 키워갔다. 그럼에도 임금 앞에서 할 말을 다 쏟아낸 뒤의 기분이란 참으로 묘한 것이었다. 심야에 돌아온 내금위 옥사에서 목에 다시 칼이 채워져 내동댕이쳐진 이인좌는 전신을 감싸 안는 터무니없는 안온함에 스스로가 생경스러웠다. 눈을 감고 있으려니 졸음이 눈시울을 천근만근 내리눌렀다. 잠 속으로 쉬이 들어갈 수는 없었다. 졸음과 잠은 다른 것이었던가 싶도록 비몽사몽의 야릇한 환각이 길었다.

옥창으로 스며들던 별빛이 흐려진 것으로 보아서, 그새 새벽이 온 모양이었다. 설핏 잠이 들었다가 이내 깨어났다. 어디에서부터 무엇이 잘못된 것인지 이제 모르지는 않는다. 연잉군의 영악한 술수에 완벽하게 말려든 것이다. 연잉군이 용상에 오른 이후에 완소(소론 온건파)를를 중용히면서 끼한 이이제이 전술은 주효했다. 노론만을 기용함으로써 소론 계파 모두를 필두로 한 민심이 분기탱천의 와류에 휘말릴 것이라고 상정한 소론의 전망은 여지없이 빗나갔다. 깃발만 들면 소론 모두가 일어나고, 거짓 왕통의 비밀을 알게 된 백성들이 함께 하리라 기대했던 설계두는 모두 어리석은 백일몽이었다. 옥사에서는 이 이상 형문이나 문초가 벌어지지 않았다.

• • •

삼월 스무이렛날.

옥졸들이 몰려와 이인좌의 입을 힘으로 벌리고 종지에 담아온 검은 액체를 부었다. 사약인가? 아니다. 사약은 아닐 것이다. 사약이라면 옥중으로 가져와 이렇게 할 리가 없다. 입속으로 들어온 액체는 몹시 맵고 쓰다. 냄새는 느껴지지 않는다. 다음 순간 마치 불타는 숯덩이 하나를 쑤셔 넣은 것처럼 입속이 뜨거워졌다. 오두(烏頭. 초오 또는 투구꽃이라고도 하는 독성이 강한 약재)로구나! 혀끝부터 서서히 마비되기 시작했다. 이인좌는 괴로움에 몸을 뒤틀었다.

옥졸들이 이인좌를 끌고 나와 함거에 실었다. 쇠사슬을 묶었지만, 종골건이 잘린 발은 진작 기능을 잃어버려 바닥에 질질 끌렸다.

군기시(병기제조 등을 관장한 관청) 앞이었다. 이인좌를 넓은 공터로 끌고 나간 옥리들이 목에 채워진 칼을 풀고 무릎을 꿇렸다. 열 발짝 앞에 커다란 의자 하나가 놓여있었다. 혼미해 오는 정신을 가누고 보니 백관(百官)들이 왼쪽 멀찌감치 도열하여 있었고 오른쪽에는 백성들이 구름처럼 몰려나와 있었다. 이인좌가 나타나자 일부에서 "저런 천하의 역적 놈!" 하는 욕설이 들려왔으나, 잠시 후 누군가 "조용히 하시오!"라고 소리치자 일순 잦아들었다. 혀가 완전히 마비돼있어 말은커녕 신음을 내기도 힘들었다. 입안 전체에 감각이 거의 남아있지 않았다. 저만큼 포승줄에 묶여 꿇어앉은 열네댓 명의 수인들이 보였다. 그 가운데에서 이인좌를 강렬하게 바라보는 눈길들이 느껴졌다. 우장군 이배였다. 그 옆을 보니 청주목사 권서봉이 보였고, 장군 목함경도 있었다. 얼마나 모진 형신을 당했던지 그들의 몸은 하나같이 사람의 몰골이 아니었다. 이인좌가 뭐라고 말을 했으나 으으 하는 소리 말고는 언어가 되어 입밖으로 나오지는 못했다. 입속에 퍼진 달인 오두 물이 혀를 얼얼하게 붙잡고 있었다. 저들이 모두 잡혀 왔구나. 그 처참한 모습이 이인좌를 더욱 괴롭게 만들었다.

"상감마마 납시오!"

이윽고 좌중이 술렁대더니 붉은 색 어가(御駕)가 등장을 했고, 임금이 가마에서 내렸다. 백관은 허리를 굽혔고, 백성들은 엎드렸다.

왕이 앞쪽에 있는 의자에 가서 앉았다. 금부도사(禁府都事. 의금부의 수장)가 임금 옆으로 다가가 들고 온 두루마리를 펼쳐 들고는 큰소리로 읽기 시작했다.

"지금부터 역적 괴수 이인좌에 대한 형을 집행하겠다. 만고역적 이인좌는 다음과 같이 공초하였다. 한세홍·이유익·이하·남태적·남태징·김중기가 이 일을 하였고, 임서호·조관규·임서봉·임서린·조덕징·이배·이만·이의형은 이번에 양성(안성시 양성면)에 모여 곧바로 청주로 달려갔는데, 그때 모인 자 정행민·원 만주는 양성에 살고…….”

예상했던 대로였다. 저들은 한마디도 하지 않은 말들을 다 지어 내어 공초록에 담아놓고 온 세상에 발표하고 있었다. 아니다! 아 니다! 이인좌는 소리쳤으나 짐승의 울부짖음처럼 으으으 하는 소 리만 나올 뿐 단 한 마디도 말이 되어 나오지 않았다. 저들은 진 실이 두려운 것이다. 오직 진실에 대한 두려움이 저들을 저토록 사악하게 만들고 있는 것이다. 허위의 무한 욕망들이 빚어내는 권 력의 비틀린 그림자들이 이 거대한 지옥도(地獄圖)를 지어내고 있 음에 틀림이 없으리라. 손발이 저리다. 두통이 몰려온다. 귀 울림 이 나고, 복통과 구토가 솟아오른다. 오두의 독성이 마지막으로 퍼지고 있음이 틀림없다.

가짜 문초록 낭독이 끝나가고 있었다. 금부도사가 임금을 향해 돌아서서 허리 굽혀 말한다.

“……역적 괴수 이인좌가 공초한 내용이 이러한즉, 마땅히 죄인 을 반역의 죄로 다스려야 할 것입니다. 죄인을 능지처사하여 국법 의 지엄함을 만천하에 증명하심이 가한 줄로 아뢰옵니다. 가납하 여 주시옵기를 청하나이다.”

임금이 천천히 말했다.

“금부도사의 말이 타당하니, 말대로 시행하라.”

왕의 말이 떨어지자마자 공터 한쪽 귀퉁이에 둘러 서 있던 군중 들이 물러나면서 길이 열리고 다섯 개의 말수레가 나타났다. 거열 형(車裂刑)이었다.

옥졸들이 이인좌의 몸을 가차 없이 떠 매고 마당 한복판에 오방 (伍方)으로 엉덩이를 돌리고 서 있는 말수레들 한가운데로 끌고 갔다. 다섯 명의 군졸들이 말채찍을 들고 각각 말 옆에 서 있었다. 발목에 묶인 족쇄를 풀었다. 금부도사가 다가와 이인좌 앞에 섰다.

"죄인은 마지막으로 할 말이 있는가?"

할 말이 있고말고! 몇 날 몇 밤이라도 할 말이 있고말고……. 이인좌는 소리를 쳤으나 생각뿐이었다. 내가 혹시라도 말을 할까 얼마나 두려우면 저들은 혀까지 마비시켰을 것인가. 비열한 놈들! 이인좌가 눈을 부릅뜨고 금부도사를 노려보았다. 애써 아닌 척했지만, 그의 눈에는 사형수보다 더 깊은 두려움이 가득 고여 있었다. 기다리던 그가 명령했다.

"거열형을 시행하라."

옥졸들이 말수레 뒤에 묶인 밧줄들을 끌고 와서 이인좌의 팔과 다리에 각각 묶기 시작했다.

문득, 아내가 그리워졌다. 삼월 초엿샛날 소나무골 집을 나설 때 아내 윤자정이 하던 말들이 토씨 하나 빠진 것 없이 새록새록 다 떠올랐다. 당신이 가고자 하는 길을 무한 지지하나이다. 한평생 생사고락을 같이하기로 맹세한 삶의 동반자로서 위대한 한 사내의 선택에 눈곱만큼의 이견도 있지 않나이다. 성공의 보람은 오롯이 당신의 것이겠지만, 실패로 인한 희생은 한 자락도 당신께 미루지 않고 다 받아 안겠나이다. 당신은 이 세상에 있거나, 저승에 가거나 소녀의 자랑스러운 낭군이옵니다. 당신과 살아온 날들, 정말 행복하였나이다.

　옥졸들이 올가미가 지어진 마지막 다섯 번째 밧줄을 이인좌의 목에 걸어서 바짝 죄고 있었다. 이어서 거친 말 울음소리가 길게 들려왔다.

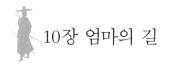

10장 엄마의 길

청주옥에 갇힌 지 이제 이틀이 흐른 것으로 헤아려지지만 분명하지는 않다. 윤자정은 가위주리에다가 줄주리까지 이미 여러 차례 주리틀기 형신을 당해 몸이 말이 아니었다. 한밤중이 되면서 전신에 퍼진 통증이 살을 후비다가 막 뼛속으로 파고드는 즈음이었다. 잠이 들지는 않았는데, 도무지 눈이 떠지질 않았다. 목에 채워진 칼이 스쳐대면서 까진 어깨살 가장자리로 그예 형구의 모서리가 파고들었는지 몹시도 쓰렸다. 멈추지 않는 현기증이 이제 곧 숨을 삼킬 것 같은 예감을 뭉게뭉게 피워 올리고 있었다.

윤자정의 뇌리에 삼월의 마지막 열흘 사이에 있었던 일들이 희미하게 떠올랐다.

청주성에 있는 둘째 시동생 기좌로부터 기별이 왔다. 남편의 거사가 뜻대로 되지 않고 있으니 아이들을 데리고 도피하라는 내용이었다. 윤자정은 당황하지 않았다. 처음에는 눈물이 났으나, 남편 이인좌와 친정아버지 윤경제에게 한 약속을 지키고 싶었다. 일이 정녕 잘못됐다 하면 자신과 아이들이 잠시 도망친다 한들 무슨 소용이 있을 것인가. 생명을 조금 연장하는 것보다는 남편의 대의 를 따르다가 죽는 것이 더 가치 있는 일일 것이었다. 비록 아녀자 의 몸이지만, 추상같은 삶을 살다 가신 백호 할아버지의 피를 물 려받은 손녀로서 당당하게 생을 마감하는 것이 영광스러운 삶일 것이었다. 마음속으로 천번 만번 되뇌었던 말을 다시 떠올렸다. 남편의 봉기는 의거다.

자정은 장롱 깊숙이 보관하고 있던 패물과 돈, 그리고 고공명부 (고용인명부)를 꺼냈다. 그러고 나서 가속(家屬)들을 모두 불러 마당 에 모았다.

남편의 전쟁 길에 따라가고 남은, 아이들을 포함한 마흔 명 남 짓 되는 가속들이 모두 눈을 휘둥그렇게 뜨고 삼삼오오 모여들었 다. 자정은 부여댁으로 하여금 화로를 가져오게 한 뒤, 고공명부 를 치켜들었다.

"지금 내 손에 들려있는 것은 지난번 남편이 노비문서를 불태우 고 여러분들을 모두 면천한 뒤 떠나지 않은 분들의 명단을 적은 고공명부랍니다. 이제 이 고공명부마저 태워 없애려고 합니다. 여 러분들이 자유의 몸이 아님을 증명하는 그 어떤 문서도 남지 않 도록 할 참입니다."

그러자 누군가가 조심스럽게 말문을 열었다.

"아씨 마님! 송구하지만 한 말씀 여쭙겠습니다. 바깥 마님께서

하시는 일이 잘 안 되고 있는 것이옵니까?"

자정은 미소를 머금은 얼굴로 대답했다.

"아닙니다. 아닙니다. 대원수님께서 하고 계신 일은 뜻대로 잘 되고 있습니다. 하지만 사람의 일이란 모르는 것이어서, 대원수님의 뜻을 받들어 여러분들이 아무 일에도 연계되지 않도록 마무리하는 일이니 그리 알기 바랍니다."

자정은 그렇게 말하면서 손에 들고 있던 고공명부를 화로에 던져 넣었다. 삭은 불씨를 품고 있던 화로가 금세 불꽃을 일구는가 싶더니, 한지로 된 서책을 먹어 치우듯 불태우면서 하얀 연기를 꾸역꾸역 피워 올렸다. 가속들은 두려움이 채 가시지 않은 얼굴로 자정을 바라보고 있었다. 불꽃에 마음을 빼앗기며 만감에 젖어서 한동안 멍하니 서 있던 자정이 다시 입을 열었다.

"혹여 나중에라도 그 어떤 경우가 닥친다 하더라도 아무것도 모른다고 해명하여 잘 헤쳐 나가기를 바랍니다."

다음날, 일단의 관군들이 집으로 들이닥쳤다.

· · ·

"자정아."

어디선가 익숙한 목소리가 나지막하게 들렸다. 한밤중이었다. 설핏 졸음에 취해 있는데, 누구의 목소리더라. 남편은 아니다. 남편이라면 이름을 부르지는 않을 것이다. 누구더라. 내가 꿈을 꾸고 있는 것인가.

"중명 어멈아. 나다. 아비다."

아버지였다. 그제야 자정의 기억 우물 속에서, 태어난 이후 자기를 가장 소중히 여겨주고 사랑해주셨던 좋은 분, 아버지의 얼굴이 길어 올려졌다.

"아버지!"

눈을 뜨는 일이 이렇게 힘들어 본 적이 있었던가. 자정은 필사적으로 눈을 떴다. 아마도 눈이 너무 퉁퉁 부어 잘 떠지지 않는 모양이었다. 밤낮으로 쏟아내고 짜낸 눈물만으로도 그녀의 눈은 이미 눈이 아니었다. 시야에 희미하게 아버지 윤경제의 모습이 들어왔다.

"자정아, 나다. 아비를 알아보겠느냐?"

"그럼요, 아버지. 그런데 꿈속이 아니온지요? 아니면 제가 이제 죽어서 비로소 아버지를 뵈옵는 것인지요?"

아버지 윤경제는 도포 차림에 갓을 썼지만, 몰골이 말이 아니었다. 광대뼈가 솟아오른 캉캉한 얼굴이 자정의 마음에 비수처럼 날아와 꽂혔다.

"딱한 것. 이제 생사마저 구분이 안 되는 모양이로구나. 아직 우리는 이생에 있단다, 아가야."

"아버지. 왜 안색이 그리 안 좋으신지요? 어디 편찮으시기라도 하온지요?"

"나는 괜찮다. 네가 지금 이런 형편에서도 아비 걱정을 하는구나."

비로소 옥에 갇힌 자식을 찾아온 아비의 모습이 생생하게 망막에 그려졌다.

"도대체 어떻게 여길 오셨사옵니까? 왜, 무엇하러 오셨나이까?"

"모든 게 다 끝났지만, 이렇게라도 내 딸자식을 한번 보고 가지 않고는 견딜 수가 없었다. 너를 볼 수 있는 잠깐의 시간을 사기 위해 재물을 다 내주고 왔다. 하나도 아깝지 않다."

윤경제가 손을 뻗어 딸의 부은 얼굴을 쓰다듬었다. 충혈된 두 눈에서 눈물이 주르륵 흐르고 있었다. 자정도 울기 시작했다.

"어머니는 어떠하신지요?"

"네 어미는 네가 이곳에 잡혀 온 일과 이 서방이 한양에 잡혀가 잘못된 소식을 듣고 실신하여 기력을 찾지 못하고 있단다."

옥리(獄吏)로부터 남편이 전투 중에 생포된 뒤 한양으로 압송돼 처형됐다는 말을 듣긴 했었다.

"진작부터 예감하고 있는 일이옵니다. 참혹한 이야기를 전해 듣긴 했지만 세세한 내용은 모르옵니다. 중명 아범은 어찌 갔는지요?"

윤경제가 떨리는 목소리로 대답했다.

"금상의 친국을 받은 후 군기시 앞에서 능지처사를 당했다. 대원수였으니 전사했다고 해야 맞겠구나. 내가 그 현장을 직접 보았느니라. 이 서방은 국문을 받으면서도 끝까지 장군으로서의 위엄을 잃지 않았단다."

자정은 더는 참지 못하고 흐느껴 울었다. 윤경제는 창살 사이로 손을 내밀어 자정의 어깨를 감싸 쥐고 눈물을 삼키려고 애를 썼다. 아버지가 한참 만에 말을 이어갔다.

"주모자들의 이름을 대라고 무던히도 윽박질렀으나 이 서방은 한마디도 하지 않고 당당했다 하더라."

"한마디도 하지 않았다고 했나이까?"

"그렇다. 금상은 물론 금부도사가 오히려 당황할 정도로 세찬 눈빛을 쏘아붙이면서 마지막 길을 의젓하게 갔다. 잘 알지 않느냐. 네 서방 이인좌가 어디 추호도 비굴한 인물이더냐."

"맞사옵니다. 중명 아범은 절대 가벼운 분이 아니지요."

윤경제가 갖고 온 보자기를 풀어 사발에다가 호리병을 기울여 감주를 따라서는 윤자정의 입술에 갖다 댔다.

"네가 좋아하는 감주란다. 어서 목을 축이렴."

윤자정이 아버지의 눈을 한번 쳐다본 후 말없이 감주를 마셨다. 딸이 물었다.

"처음부터 가망이 없는 봉기였사옵니까?"

"그렇지는 않다. 계획한 대로만 되었으면 실패할 이유가 성공할 가능성보다 훨씬 적었다. 다만 하늘이 돕지 않았을 뿐이다."

"한양은 물론 경상도와 전라도, 함경도까지 빈틈없이 준비가 다 되었다고 들었사옵니다."

"한양이 일찍 무너진 것이 결정타였느니라. 함경도 이사성마저도 힘 한번 못 써보고 압송되는 바람에 지리멸렬되고 말았다. 전라도에서도 차질이 빚어졌고. 경상도에서도 안동의 유림들이 행동하지 않았다."

"그렇게 뜻대로 안 되었으니, 중명 아범은 얼마나 고통스러웠을까요."

"약속을 지키지 않은 자들이 많아서 심적인 고통을 말로 다 할 수 없었을 것이다. 하지만 청주성을 단박에 함락하고 수천의 호서군을 몰아 한양으로 치고 올라간 일은 중명 아범이 아니었다면 그 누구도 해내지 못했을 장거(壯擧)였다."

"진정 그러했나이까. 태인의 박필현 현감 어른은 어찌하였나이까? 호남군 거병에 끝내 실패한 것이옵니까? 중명 아범이 깊이 의지한 어른이시옵니다."

"알고 있다. 박필현은 삼월 스무하룻날에 가까스로 기병하여 태인현 군사들을 인솔하고 전주성으로 가서 당초 약속한 대로 수기를 흔들었으나, 전라도관찰사 정사효가 배신하여 문을 열어주지 않는 낭패를 당했다는구나. 그러자 박필현은 직접 군졸을 이끌고 이곳 청주로 와서 호서군과 합세하려 했지만, 사태의 불리함을 알아챈 장교와 군졸들이 또 따르지 않으니 삼월 스무닷샛날에 예전 중명 아범을 만나기도 했던 경상도 상주의 집으로 황급히 피신했단다. 그러나 다음날 누군가의 밀고로 사로잡혀 곧바로 처형되고 말았다는 소식을 들었다."

모든 일을 짐작하고 있었던 듯 윤자정은 걱정했던 것보다는 평온한 얼굴로 아버지 윤경제의 이야기를 담담히 듣고 있었다.

"영남으로 간 능좌 도련님과 제부 나숭곤은 어찌 되었나이까?"

윤경제가 잠시 망설였다. 관직에 있는 지인들을 찾아다니며 전해 들은 끔찍한 이야기들과 시중의 소문들을 다 들려주어야 하느냐 마느냐 고민하는 눈치였다. 그러다가 천천히 입을 열었다.

"너의 첫째 시동생 이능좌는 영남군 대원수로, 정희량은 부원수로, 매제 나숭곤은 지략이 뛰어나 도지휘에 추대돼 삼월 스무날에 기병에 성공했느니라. 영남군은 일대의 상당 지역을 점령하면서 사천여 명의 대군을 거느리기도 했으나 경상감사 황신(黃璿)에게 발목이 잡혀 그 이상 움직이지 못했다. 그러다가 며칠 전인 사월 사흗날에 결국 일부 봉기군 간부들의 배신으로 포로가 되고 말았단다. 그 후 한양으로 압송되던 중에 토벌군 곤양(昆陽. 경남 사천)군수 우하형(禹夏亨)이 포로들을 모두 탈취해 모조리 참수하고 말았다고 하는구나."

윤경제는 차마 거사군에게 죽은 거창좌수 이술원(李述原)의 아들 이지인(李至仁)이 정희량의 간을 꺼내어 씹었다는 이야기와, 세 사람의 수급(머리통)을 소금에 절여 서울로 보냈다는 이야기는 하지 못했다. 이인좌의 수급이 '적괴 이인좌'라는 명찰과 함께 장대 끝에 매달리는 효수를 당해 백성들에게 웃음거리가 되고 있다는 말도 꺼내지 못했다. 머지않아 무신봉기군 수뇌들의 수급이 모두 금상에게 바쳐지는 헌괵례(獻馘禮)가 한양도성에서 펼쳐질 것이라는 이야기도 꾹 참고 삼켜야 했다.

"다른 도련님들도 모두 화를 당했나이까?"

"청주성에서 신천영 충청병사 수하로 성을 지키던 셋째 기좌, 넷째 준좌는 소모사 유숭(兪崇)이 이끄는 관군에 의해서 신천영 등과 함께 사로잡혀 곧바로 참형됐단다."

윤자정의 얼굴에 모든 것을 포기한 사람의 표정이 읽혔다. 눈물기가 가득한 눈으로 허공을 멀거니 응시하고 있었다. 윤경제가 다시 말했다.

"자징아."

"네, 아버지. 말씀하소서."

"네가 심문을 받으면서 거사군의 대의를 강변한다고 들었다."

"중명 아범이 봉기군의 대원수였으니, 대원수의 내자답게 당당하게 죽어야 하지 않겠나이까?"

"그래. 명분으로 따지면 네 말이 그를 까닭이 없지. 하지만 애야."

"왜 그러시옵니까? 소녀가 틀렸사옵니까?"

"아니다. 네가 틀렸다는 게 아니다. 아무래도 네가 살아날 길은 없을 것이다. 하지만 너의 아이들만은 살릴 방도를 찾아야 하지 않겠느냐?"

'아이들'이라는 단어를 듣자마자 윤자정이 참았던 눈물을 다시 터트렸다.

"아이들을 살리고 싶은 마음이야 간절하지만, 아비가 대역죄인으로 참형된 마당에 길이 있겠나이까?"

"이 서방이 무리들에 의해 어쩔 수 없이 이용당했다는 쪽으로 공술하는 것이 조금은 유리할지 모르겠구나. 아이들로 하여금 화를 면하게 하려면 어쨌든 그 길밖에 없지 않겠느냐."

"소녀가 보고 들은 바가 그게 아닌데, 어찌 의롭게 살다가 죽은 남편을 욕보이라 하시나이까?"

"이 서방도 아이들을 끔찍이 사랑하지 않았느냐?"

"그러했사옵니다. 자식들에게 이런 생지옥 같은 나라를 절대로 물려줄 수 없다는 말을 여러 차례 했사옵니다."

"그 참뜻이 무엇이었겠느냐. 실패하면 아이들도 다 죽어야 마땅하다는 뜻은 아니었지 않겠느냐?"

"신라와의 마지막 전투를 앞두고 백제의 계백장군은 가족부터 참하여 결의를 다졌다 했나이다."

"계백의 그런 행동을 반드시 옳다고 말할 수 있겠느냐. 호사가들이 재미로 말을 만드는 일에는 좋을지 모르나, 그 자식들 입장에서 보면 그런 죽음이 꼭 삶보다 값졌겠느냐."

"……."

"중명 아범이 지금 네 곁에서 이 문제를 함께 고민한다면 자기 자식들을 기어이 죽이라 할 것인지를 생각해보아라. 금상(영조)도 이후 민심이 사나워지는 일을 저어하고 있다고 들었다. 미성년인 아이들에 대해 선처해야 할 이유가 있을 경우라면 기어이 살해하지는 않을 것이다. 너까지 끝내 의로운 죽음만 꾀하다가는 아이들도 마찬가지로 살아남지 못할 것이다. 일단 살아남아야 천재일우의 희망이라도 있을 것 아니냐."

윤자정은 서럽게 울기만 할 뿐 말을 잇지 못했다. 고개를 숙인 채 얼굴 아래 칼 판 위로 눈물을 한동안 쏟아냈다. 그러고 나서 입을 열었다.

"아버지의 말씀을 따르겠나이다."

"그래. 역시 너는 나의 자랑스러운 딸이로구나. 아비의 부탁을 이렇게 들어주니 고맙구나, 아가야."

"이렇게 아버지의 가슴에 대못을 박고, 멸문지화를 가져다준 딸이 어찌 좋은 자식일 수 있겠나이까."

윤경제와 윤자정 부녀는 서로 손을 부여잡고 더욱 섧게 눈물을 쏟아냈다. 저만큼 다가오던 옥졸이 두 사람의 통곡을 우두커니 지켜보다가 돌아갔다. 윤경제가 말했다.

"아무래도 나 역시 후풍을 넘지 못하고 처벌을 받게 될 것이다. 아비하고는 지금이 이생에서는 마지막이 되겠구나. 네가 내 딸로 태어나주어서 얼마나 기뻤는지 모른다. 어떤 화를 당하더라도 너와 이 서방을 원망하는 일은 없을 것이다. 이 서방의 거사는 비록 실패했지만, 역사 속에서 큰일을 한 것이다. 역사란 고작 승자의 반쪽 기록에 불과하다. 하지만 패자의 대의가 모두 사라지는 것은 결코 아니다. 그림자처럼 숨겨져 있어도 언젠가는 누군가에 의해서 반드시 밝혀질 것이다."

"알겠나이다. 아버지 말씀 명심하여 가슴에 안고 기꺼이 세상을 떠나겠나이다."

"고통이 크지는 않을 것이다. 옥리들에게 단 한 번에 쉽게 가게 해달라고 부탁해놓았다. 머지않은 날에 다른 세상에서 다시 만나자."

"아버지. 소녀 아버지의 딸로 태어나 한세상 정말 행복하게 살았나이다. 아버지께 효도를 다 하지 못하고 먼저 가게 되어서 송구할 따름이나이다. 부디 용서하시옵소서."

"아니다. 네가 내 딸로 세상에 와주이서 참 고마웠다. 너를 반듯한 요조숙녀로 키우고 좋은 사내에게 시집보내고 했던 일이 무엇보다도 자랑스럽구나. 남들처럼 네가 오래 살지는 못했으나 일생은 참으로 훌륭했단다. 내생에 부녀지간으로 다시 만나 이생에서

못다 한 정 나누며 아름다이 살아보자꾸나."

· · ·

윤경제가 다녀간 바로 그날 청주옥에서는 윤자정에 대한 마지막 신문이 벌어졌다.

새로 온 청주병사가 물었다.

"네가 대역죄인 이인좌의 처 윤자정이 맞느냐."

"그러하옵니다."

"이인좌가 청주성을 공격해 점령하고 한양도성까지 진격해 종묘사직을 위태롭게 할 계획을 세우고 실행한 주모자라고 한다. 틀림없느냐?"

"소녀가 알기로는 전혀 사실이 아니옵니다."

"전혀 사실이 아니다?"

"예. 하늘에 맹세코 그런 말은 진짜 주모자들이 죄를 모면해보려고 지어낸 말들일 뿐이옵니다."

"그렇다면 네가 알고 있는 바를 말해 보아라."

"제 지아비 이인좌는 마지못해 거사에 가담한 게 틀림이 없나이다. 지난해 시월에 한세홍이 집에 왔으므로, 지아비도 또한 상주에 갔다가 돌아오더니, '나는 능히 살 수가 없을 것이다'라고 한탄하였습니다. 그래서 까닭을 물으니, '남인·소론의 무리가 바야흐로 나라를 향하여 일을 일으키고 나를 협박하여 동참하라고 하니, 병을 핑계 대는 것 외에 다른 계책이 없다'고 하고 이내 전신불수의 시늉을 하면서 오랫동안 누워 일어나지 않은 일까지 있었나이다."

청주병사의 입가에 미묘한 미소가 번졌다.

"그리고 또 주장할 바가 있느냐."

"한번은 제가 '반드시 적족(赤族. 멸족)의 재앙이 있을 터인데, 어찌 이런 행동을 하시옵니까?'라고 하였더니, '나도 또한 동참하려고 아니하여 병을 핑계 대기까지 하였는데도 여러 사람이 힘써 권하니 형편상 피해 나갈 도리가 없다'고 대답하기도 하였나이다."

"마지막으로 할 말이 더 있는가?"

"지아비가 용서받지 못할 역모죄로 처형됐는데, 어찌 내자인 소녀가 살아남기를 바라겠나이까. 하지만 앞서 토설한 대로 지아비가 흉측한 무리들의 계책에 말려든 게 틀림없사온데, 철없는 어린 자식들에게야 무슨 죄가 있겠나이까? 지아비의 중죄를 생각하면 참으로 염치가 없사오나, 부디 중명, 문명, 화명, 인명 네 어린 아들들과 막내 시동생 기아 도련님의 목숨만은 살려주시옵기를 빌고 또 비옵나이다."

청주병사가 다시 얼굴에 야릇한 미소를 떠올렸다.

"마지막 가는 길에 고아들을 남기고 가는 어미의 심중이 오죽하겠느냐. 네 말에 일리가 있다. 너의 아이들과 이인좌의 막냇동생은 미성년자라는 점을 감안하여 형을 십행하지 않고 관노로 각 지방에 분산 유배하도록 품신할 것이다."

"은혜가 하해와 같사옵니다. 감사하옵니다. 정말 감사하옵니다."

윤자정은 안도의 눈물을 철철 흘렸다.

그날 밤, 옥사 안에서는 윤자정의 교형(絞刑)이 집행됐다. 목에 밧줄 형구가 걸린 윤자정의 얼굴은 편안했다.

이인좌의 봄

초판 1쇄 펴낸 날 2019. 1. 18.

지은이   안휘
발행인   양진호
책임편집   박진경
디자인   김민정
발행처   도서출판 인문서원

등 록   2013년 5월 21일(제2014-000039호)
주 소   (04045) 서울시 마포구 양화로 56 동양한강트레벨 718호
전 화   (02) 338-5951~2
팩 스   (02) 338-5953
이메일   inmunbook@hanmail.net

ISBN   979-11-86542-54-5 (03810)

이 도서의 국립중앙도서관 출판예정도서목록(CIP)은 서지정보유통지원시스템
홈페이지(http://seoji.nl.go.kr)와 국가자료공동목록시스템(http://www.nl.go.kr /
kolisnet)에서 이용하실 수 있습니다. (CIP제어번호: CIP2018043153)